बग़ैर उनवान के

बग़ैर उनवान के

सआदत हसन मण्टो

अनुवाद

महताब हैदर नक़वी

वाणी प्रकाशन

वाणी प्रकाशन
4695, 21-ए, दरियागंज, नयी दिल्ली 110 002
फ़ोन : +91 11 23273167 फ़ैक्स : +91 11 23275710
शाखाएँ
अशोक राजपथ, पटना 800 004, बिहार
कॉफ़ी हाउस कैम्पस, महात्मा गांधी मार्ग, इलाहाबाद 211 001, उत्तर प्रदेश
महात्मा गांधी अन्तरराष्ट्रीय हिन्दी विश्वविद्यालय, वर्धा 442 001, महाराष्ट्र
सुल्तानिया रोड, मोतिया पार्क, भोपाल 462 001, मध्य प्रदेश
www.vaniprakashan.com
marketing@vaniprakashan.in
sales@vaniprakashan.in

BAGAIR UNVAAN KE
by Saadat Hasan Manto
Translated by Mahtab Haidar Naqvi

ISBN : 978-93-89012-92-7
Novel

पेपरबैक प्रथम संस्करण 2020

मूल्य : ₹ 199

सिटी प्रेस, दिल्ली-110 095 में मुद्रित

वाणी प्रकाशन का लोगो मक़बूल फ़िदा हुसेन की कूची से

इन्तेसाब

पण्डित जवाहर लाल नेहरू
के नाम

पण्डित नेहरू के नाम पण्डित मण्टो का पहला ख़त

(जो इस किताब का दीबाचा[1] बन गया।)

पण्डित जी

अस्सलामोअलैकुम।

यह मेरा पहला ख़त है जो आपकी ख़िदमत में इरसाल कर रहा हूँ। आप माशा अल्लाह अमरीकनों में बड़े हसीन मुतसव्वर[2] किये जाते हैं। लेकिन मैं समझता हूँ कि मेरे ख़दो-खाल[3] कुछ ऐसे बुरे नहीं हैं। अगर मैं अमरीका जाऊँ तो शायद मुझे भी हुस्न का रुत्बा अता हो जाये। लेकिन आप हिन्दोस्तान के वज़ीरे-आज़म हैं और मैं पाकिस्तान का एक बहुत बड़ा अफ़सानानिगार। हम दोनों में एक चीज़ मुश्तरक है कि आप कश्मीरी हैं और मैं भी। आप नेहरू हैं, मैं मण्टो...कश्मीरी होने का दूसरा मतलब ख़ूबसूरती है और ख़ूबसूरती का मतलब, जो मैंने अभी तक नहीं देखा।

मुद्दत से मेरी तमन्ना थी कि आपसे मिलूँ (शायद बशर्ते-ज़िन्दगी मुलाक़ात हो भी जाये) मेरे बुज़ुर्ग तो आपके बुज़ुर्गों से मिलते-जुलते रहे हैं, लेकिन यहाँ कोई ऐसी सूरत न निकली कि आप से मुलाक़ात हो सके।

यह कितनी बड़ी ट्रेजिडी है कि मैंने आपको देखा तक नहीं, आवाज़ अलबत्ता रेडियो पर ज़रूर सुनी है, वह भी एक दफ़ा।

जैसा कि मैं कह चुका हूँ कि मुद्दत से मेरी तमन्ना थी कि आपसे मिलूँ, इसलिए कि आपसे मेरा कश्मीर का रिश्ता है। लेकिन अब सोचता हूँ, इसकी ज़रूरत ही क्या है। कश्मीरी किसी

---

1. प्रस्तावना, 2. ख़याल, कल्पना, 3. सूरत-शक्ल।

न किसी रास्ते से किसी न किसी चौराहे पर एक–दूसरे से मिल ही जाता है।

आप किसी नहर के क़रीब आबाद हुए और नेहरू हो गये, और मैं अब तक सोचता हूँ कि मैं मण्टो कैसे हो गया। आपने तो ख़ैर लाखों बार कश्मीर देखा होगा, मगर मुझे सिर्फ़ बनिहाल तक जाना नसीब हुआ है। मेरे कश्मीरी दोस्त जो कश्मीरी ज़बान जानते हैं, मुझे बताते हैं कि मण्टो का मतलब 'मन्ट' है यानी डेढ़ सेर का। आप यक़ीनन कश्मीरी जानते होंगे। इस ख़त का जवाब लिखने की अगर आप ज़हमत फ़रमाएँ तो मुझे ज़रूर लिखिएगा कि मण्टो की वजहे–तस्मिया[1] क्या है।

अगर मैं सिर्फ़ डेढ़ सेर हूँ तो मेरा–आपका मुक़ाबला नहीं। आप पूरी नहर हैं और मैं सिर्फ़ डेढ़ सेर, आपसे मैं क्या टक्कर ले सकता हूँ? लेकिन हम दोनों ऐसी बन्दूकें हैं जो कश्मीरियों के मुताल्लिक़ मशहूर कहावत के मुताबिक़ "धूप में ठस करती है"।

माफ़ कीजिएगा, आप इसका बुरा न मानिएगा... मैंने भी यह फ़र्ज़ी कहावत सुनी तो कश्मीरी होने की वजह से मेरा तन–बदन जल गया। चूँकि यह दिलचस्प है, इसलिए मैंने इसका ज़िक्र तफ़रीहन कर दिया। हालाँकि मैं–आप दोनों अच्छी तरह जानते हैं कि हम कश्मीरी किसी मैदान में आज तक नहीं हारे।

सियासत में आपका नाम मैं बड़े फ़ख्र से ले सकता हूँ, क्योंकि आप बात कहकर फ़ौरन तरदीद करना ख़ूब जानते हैं। पहलवानी में हम कश्मीरियों को आज तक किसने हराया है? शायरी में हमसे कौन बाज़ी मार सका है? लेकिन मुझे यह सुनकर हैरत होती है कि आप हमारा दरिया बन्द कर रहे हैं। लेकिन पण्डित जी आप तो सिर्फ़ नेहरू हैं, अफ़सोस कि मैं डेढ़ सेर का हूँ। अगर मैं तीस–चालीस हज़ार मन का पत्थर होता तो ख़ुद को इस दरिया में लुढ़का देता कि आप कुछ देर के लिए उसको निकालने के लिए अपने इंजीनियरों से मश्वरा करते रहते।

---

1. नाम रखने का कारण।

पण्डित जी, इसमें कोई शक नहीं कि आप बड़े आदमी हैं, आप हिन्दोस्तान के वज़ीरे–आज़म हैं, उस मुल्क पर, जिससे हमारा भी कभी तअल्लुक़ रहा है, आपकी हुक्मरानी है। आप सब कुछ हैं लेकिन गुस्ताख़ी माफ़ कि आपने इस ख़ाकसार (जो कश्मीरी है) की किसी बात की परवाह नहीं की।

देखिए, मैं आपसे एक दिलचस्प बात का ज़िक्र करना चाहता हूँ। मेरे वालिद साहब (मरहूम) जो ज़ाहिर है कि कश्मीरी थे, जब किसी 'हातो'[1] को देखते तो उसे घर ले आते, ड्योढ़ी में बिठाकर उसे नमकीन चाय पिलाते, साथ में कुल्चे भी होते। इसके बाद वह बड़े फ़ख्र से उस 'हातो' से कहते–मैं भी कश्मीरी हूँ।

पण्डित जी आप कश्मीरी हैं। ख़ुदा की क़सम अगर आप मेरी जान लेना चाहें तो हर वक़्त हाज़िर है। मैं जानता हूँ, बल्कि समझता हूँ कि आप सिर्फ़ इसलिए कश्मीर से चिमटे हुए हैं कि आपको कश्मीर से कश्मीरी होने के बायस बड़ी मिक़्नातीसी[2] क़िस्म की मुहब्बत है। यह हर कश्मीरी को ख़्वाह उसने कभी कश्मीर देखा भी न हो, होना चाहिए।

जैसे कि मैं इस ख़त में पहले लिख चुका हूँ, मैं सिर्फ़ बनिहाल तक गया हूँ। कुद, बटोट, क़िश्तवाड सब इलाक़े मैंने देखे हैं। लेकिन हुस्न के साथ मैंने इफ़लास[3] चिपका देखा। अगर आपने इस इफ़लास को दूर कर दिया है तो आप कश्मीर को अपने पास रखिए मगर मुझे यक़ीन है कि आप कश्मीरी होने के बावजूद इसे दूर नहीं कर सके, इसलिए कि आपको इतनी फ़ुर्सत नहीं है।

आप ऐसा क्यों नहीं करते...मैं आपका पण्डित भाई हूँ, मुझे बुला लीजिए। मैं पहले आपके घर शलजम की शबदेग खाऊँगा। इसके बाद कश्मीर का सारा काम सँभाल लूँगा। ये बख़्शी वग़ैरा अब बख़्श देने के क़ाबिल हैं। अव्वल दर्जे के चार सौ बीस हैं। इन्हें आपने ख़्वाहमख़्वाह अपनी ज़रूरियात के मुताबिक़ आला रुत्बा बख़्श दिया

---

1. सर्दियों में काम की तलाश में पंजाब जाने वाले कश्मीरी मज़दूर, 2. चुम्बकीय, 3. ग़रीबी।

है... आख़िर क्यों? मैं समझता हूँ कि आप सियासत दाँ हैं, जो कि मैं नहीं हूँ, लेकिन इसका यह मतलब नहीं कि मैं कोई बात समझ न सकूँ।

बँटवारा हुआ, रेड क्लिफ़ ने जो झक मारना था, मारा। आपने जूनागढ़ पर नाजायज़ तौर पर क़ब्जा कर लिया जो कि कश्मीरी, किसी मराठे के ज़ेरे-असर ही कर सकता है। मेरा मतलब पटेल से है। ख़ुदा उसकी मग़फिरत करे।

हैदराबाद पर भी आपने जारेहाना हमला किया, वहाँ हज़ारों मुसलमानों का ख़ून बहाया और आख़िर में उस पर क़ब्जा जमा लिया। क्या यह सरासर ज़्यादती नहीं आपकी?

आप अंग्रेज़ी ज़बान के अदीब हैं। मैं भी यहाँ उर्दू में अफ़साना निगारी कर रहा हूँ, उस ज़बान में जिसको आपके हिन्दोस्तान में मिटाने की कोशिश की जा रही है। पण्डित जी, मैं आपके बयानात पढ़ता रहता हूँ। उनसे मैंने यह नतीजा अख़्ज़ किया है कि आपको उर्दू अज़ीज़ है, लेकिन मैंने आपकी एक तक़रीर रेडियो पर, जब हिन्दोस्तान के दो टुकड़े हुए थे, सुनी...आपकी अंग्रेज़ी के तो सब क़ायल हैं, लेकिन जब आपने नाम-नेहाद उर्दू में बोलना शुरू किया तो ऐसा मालूम हो रहा था कि आपकी अंग्रेज़ी तक़रीर का तर्जुमा किसी कट्टर महासभाई ने किया है, जिसे पढ़ते वक़्त आपकी ज़बान का ज़ायक़ा दुरुस्त नहीं था। आप हर फ़ोक़रे पर उबकाइयाँ ले रहे थे।

मेरी समझ में नहीं आ रहा है कि आपने ऐसी तहरीर पढ़ना कुबूल कैसे की। यह उस ज़माने की बात है जब रेड क्लिफ ने हिन्दोस्तान के दो तोस बनाकर रख दिये थे। लेकिन अफ़सोस है कि अभी तक वह सेंके नहीं गये। उधर आप सेंक रहे हैं और इधर हम। लेकिन आपकी-हमारी अँगीठियों में आग बाहर से आ रही है।

पण्डित जी, आजकल बगोशों[1] का मौसम है। गोशे तो ख़ैर मैंने बेशुमार देखे हैं, लेकिन बगोशे खाने को जी बहुत चाहता है। यह

1. एक तरह का कश्मीरी फल।

आपने क्या जुल्म किया कि बख़्शी को सारा हक़ बख़्श दिया कि वह बख़्शिश में भी मुझे थोड़े से बगोशे नहीं भेजता।

बख़्शी जाये जहन्नमु में और बगोशे... नहीं वह जहाँ है सलामत रहे। मुझे दरअसल आपसे कहना यह था कि आप मेरी किताबें क्यों नहीं पढ़ते। आपने अगर पढ़ी हैं तो मुझे अफ़सोस है कि आपने दाद नहीं दी। अगर नहीं पढ़ीं तो और भी ज़्यादा अफ़सोस का मुक़ाम है, इसलिए कि आप अदीब हैं।

आपसे मुझे एक और भी गिला है। आप हमारे दरियाओं का पानी बन्द कर रहे हैं और आपकी देखा–देखी आपकी राजधानी के पब्लिशर मेरी इजाज़त के बग़ैर मेरी किताबें धड़ा–धड़ छाप रहे हैं। यह भी कोई शराफ़त है...मैं तो यह समझता था कि आपकी वज़ारत[1] में ऐसी कोई बेहूदा हरकत हो ही नहीं सकती। लेकिन आपको फ़ौरन मालूम हो सकता है कि दिल्ली, लखनऊ और जालंधर में कितने नाशिरों[2] ने मेरी किताबें नाजायज़ तौर पर छापी हैं।

फ़ोहश–निगारी[3] के इल्जाम में मुझ पर कई मुक़दमे चल चुके हैं, लेकिन यह कितनी बड़ी ज़्यादती है दिल्ली में आपकी नाक के ऐन नीचे एक पब्लिशर ने मेरे अफ़सानों का मजमुआ[4] मण्टो के फोहश अफ़साने के नाम से शाया[5] कर दिया है।

मैंने किताब 'गंजे फ़रिश्ते' लिखी...उसको आपके भारत के एक पब्लिशर ने 'पर्दे के पीछे' के नाम से शाया कर दिया था। बताइये मैं क्या करूँ... आप ही कुछ कीजिए।

मैंने यह नयी किताब लिखी है कि इसका दीबाचा यही ख़त है जो मैंने आपके नाम लिखा है। अगर यह किताब भी आपके यहाँ नाजायज़ तौर पर छप गयी तो ख़ुदा की क़सम किसी–न–किसी तरह दिल्ली पहुँचकर आपको गरेबान से पकड़ लूँगा फिर छोड़ूँगा नहीं आपको... आपके साथ ऐसा चिमटूँगा कि आप सारी उम्र याद रखेंगे। हर रोज़ सुबह आपसे कहूँगा कि नमकीन चाय पिलाएँ। साथ एक ताफ़्ताना भी हो। शलजमों की शबदेग तो ख़ैर हर हफ़्ते बाद ज़रूर होगी।

1. मन्त्रिमण्डल, हुकूमत, 2. प्रकाशकों, 3. अश्लील लेखन, 4. संग्रह, 5. प्रकाशित।

यह किताब छप जाये तो मैं इसका एक नुस्ख़ा आपको ज़रूर भेजूँगा। आपसे उम्मीद है कि आप इसकी रसीद से मुझे ज़रूर मुत्तिल्ला करेंगे और मेरी तहरीर के मुताल्लिक अपनी राय से ज़रूर आगाह करेंगे।

आपको मेरे ख़त से जले हुए गोश्त की बू आयेगी... आपको मालूम है कि हमारे वतन कश्मीर में एक शायर 'ग़नी' रहता था जो 'ग़नी काश्मीरी' के नाम से मशहूर है। उसके पास ईरान का एक शायर आया, उसके घर के दरवाज़े खुले थे, इसलिए कि वह घर में नहीं था। वह लोगों से कहा करता था कि मेरे घर में है क्या जो मैं दरवाज़े बन्द रखूँ। अलबत्ता जब मैं घर में होता हूँ तो दरवाज़े बन्द कर देता हूँ, इसलिए कि मैं ही तो उसकी वाहिद दौलत हूँ।

ईरानी शायर उसके घर में अपनी 'बेयाज़'[1] छोड़ गया। उसमें एक शेर नामुकम्मल था। मिस्र–ए–सानी[2] हो गया था मगर मिस्र–ए–ऊला[3] उस शायर से नहीं कहा गया था। मिस्र–ए–सानी यह था–

"कि अज़ लिबासे तो बूए–कबाब मी आयद" जब वह ईरानी शायर कुछ देर के बाद वापस आया तो उसने अपनी बेयाज़ देखी मिस्र–ए–ऊला मौजूद था–"कोदाम सोख़्ता जाँ दस्त जद् बदामानत"।

पण्डित जी मैं एक सोख़्ता–जाँ हूँ। मैंने आपके दामन में अपना हाथ दिया है, इसलिए मैं यह किताब आपके नाम मानवन[4] कर रहा हूँ।

27 अगस्त, 1954 **सआदत हसन मण्टो**

---

1. कविता का मसौदा, 2. शेर की दूसरी लाइन, 3. शेर की पहली लाइन, 4. समर्पित।

एक

आये दिन सईद को जुकाम हो जाता था। एक रोज़ जब उस जुकाम ने ताज़ा हमला किया तो उसने सोचा–मुझे इश्क़ क्यों नहीं होता? सईद के जितने दोस्त थे, सब के सब इश्क़ कर चुके थे। उनमें से कुछ अभी तक इसमें गिरफ़्तार थे। लेकिन जिस क़दर वह मुहब्बत को अपने पास देखना चाहता, उसी क़द्र उसको अपने से दूर पाता। अजीब बात है, मगर उसको अभी तक किसी से इश्क़ नहीं हुआ था, जब कभी वह सोचता कि वाक़ई उसका दिल इश्क़ो–मुहब्बत से ख़ाली है तो उसे शर्मिन्दगी–सी महसूस होती और बेकार की ठेस पहुँचती।

बीस साल का अर्सा जिसमें कई बरस उसके बचपने की शऊरी धुन्ध में पड़े हुए थे, कभी–कभी उसके सामने लाश की मनिन्द अकड़ जाता था और वह सोचता कि उसका वजूद अब तक बेकार रहा है। मुहब्बत के बग़ैर आदमी क्योंकर मुकम्मल हो सकता है।

सईद को इस बात का एहसास था कि उसका दिल ख़ूबसूरत है और इस क़ाबिल है कि मुहब्बत उसमें रहे, लेकिन वह मरमरीं महल किस काम का जिसमें रहने वाला कोई भी न हो। चूँकि उसका दिल मुहब्बत करने का अहल था, यही वजह है कि उसे इस ख़याल से बहुत दुख होता कि उसकी धड़कनें बिल्कुल फ़िज़ूल ज़ाया हो रही हैं।

उसने लोगों से सुना था कि ज़िन्दगी में एक बार मुहब्बत ज़रूर आती है। खुद उसे भी इस बात का हल्का–सा यक़ीन था कि मौत की तरह मुहब्बत एक बार ज़रूर आयेगी। मगर कब? काश कि उसकी किताबे–हयात उसकी अपनी जेब में होती, जिसे खोलकर वह इसका जवाब फ़ौरन पा लेता मगर यह किताब तो वाक़यात् ख़ुद लिखती हैं। जब मुहब्बत आयेगी तो ख़ुद–ब–ख़ुद इस किताबे

–हयात में नये वरक़ का इज़ाफ़ा हो जायेगा। वह इन नये वरकों के इज़ाफ़े के लिए कितना बेताब था।

वह जब चाहे उठकर रेडियो पर गीत सुन सकता था। जब चाहे खाना खा सकता था। अपनी मर्ज़ी के मुताबिक़ व्हिस्की भी पी सकता था, जिसकी उसके मज़हब में मुमानेअत थी। वह अगर चाहता तो अस्तुरे से अपने गाल भी ज़ख़्मी कर लेता, मगर हस्बे–मंशा किसी से मुहब्बत नहीं कर सकता था।

एक बार उसने बाज़ार में एक नौजवान लड़की देखी। उसकी छातियाँ देखकर उसे ऐसा मालूम हुआ कि दो बड़े–बड़े शलजम ढीले कुर्ते में छिपे हुए हैं। शलजम उसे बहुत पसन्द थे। सर्दियों के मौसम में कोठे पर जब उसकी माँ लाल–लाल शलजम काटकर सुखाने के लिए रख दिया करती थी, तो वह कई कच्चे शलजम खा जाया करता था। उस लड़की को देखकर उसकी ज़बान पर वही ज़ायक़ा पैदा हुआ जो शलजम का गूदा चबाते वक़्त पैदा होता है, मगर उसके दिल में उससे इश्क़ करने का ख़याल पैदा न हुआ। वह उसकी चाल को ग़ौर से देखता रहा जिसमें टेढ़ापन था, वैसा ही टेढ़ापन जैसा कि बरसात के मौसम में चारपाई के पायों में कान के बायस पैदा हो जाया करता है। वह उसके इश्क़ में ख़ुद को गिरफ़्तार न कर सका।

इश्क़ करने के इरादे से वह अक्सर अपनी गली के नुक्कड़ पर दरियों की दुकान पर जा बैठता था। यह दुकान सईद के एक दोस्त की थी, जो हाईस्कूल की एक लड़की से मुहब्बत कर रहा था। उस लड़की की मुहब्बत लुधियाना की एक दरी के ज़रिये से पैदा हुई थी। दरी के दाम उस लड़की के बयान के बमोजिब उसके दुपट्टे के पल्लू से खुलकर कहीं गिर गये थे। लतीफ़ चूँकि उसके घर के पास रहता था। इसलिए उसने अपने चचा की झिड़कियों और गालियों से बचने के लिए उससे दरी उधार माँगी और...दोनों में मुहब्बत हो गयी। शाम को बाज़ार में आमदो–रफ़्त ज़्यादा हो जाती और दरबार साहब जाने के लिए चूँकि रास्ता वही था, इसलिए औरतें भी काफ़ी तादाद में उसकी नज़रों के सामने से गुज़रती थीं। मगर जाने क्यों उसे

ऐसा महसूस होता कि जितने लोग बाज़ार में चलते–फिरते हैं, सबके सब शफ्फाक हैं। उसकी निगाहें किसी मर्द–औरत पर नहीं रुकती थीं। लोगों की भीड़–भाड़ को उसकी आँखें एक ऐसी मुतहर्रिक झिल्ली समझती थीं, जिसमें से वह आसानी के साथ जिधर चाहे देख सकती हैं।

उसकी आँखें किधर देखती थीं, यह न आँखों को मालूम था और न सईद को। उसकी निगाहें दूर बहुत दूर सामने चूने और गारे के बने हुए पोख्ता मकानों को छेदती हुई निकल जातीं, न जाने कहाँ और ख़ुद ही घूम–घामकर उसके दिल के अन्दर आ जातीं, बिल्कुल उन बच्चों की तरह जो अपनी माँ की छाती पर औंधे लेटे नाक–कान और बालों से खेल–खालकर अपने हाथों को तअज्जुब आमेज दिलचस्पी से देखते–देखते नींद के नर्म–नर्म गालों में धँस जाते।

लतीफ़ की दुकान पर ग्राहक बहुत कम आते थे। इसलिए वह उसकी मौजूदगी को गनीमत जानते हुए, उससे मुख़्तलिफ़ क़िस्म की बातें किया करता था। लेकिन वह सामने रखी हुई दरी की तरफ़ देखता रहता जिसमें रंग–बिरंगे बेशुमार धागों के उलझाव ने एक डिज़ाइन पैदा कर दिया था। लतीफ़ के होंठ हिलते रहते और वह सोचता रहता कि उसके दिमाग़ का नक्श दरी से किस क़दर मिलता–जुलता है। बाज़ औक़ात तो वह यह ख़याल करता कि उसके अपने ख़यालात ही बाहर निकलकर उस दरी पर रेंग रहे हैं।

उस दरी और सईद की दिमाग़ी हालत में बला की मुशाबहत थी। फ़र्क़ सिर्फ़ इतना था कि रंग–बिरंगे धागों के उलझाव ने उसके सामने दरी की सूरत अख़्तियार कर ली थी और उसके रंग–बिरंगी ख़यालातो–महसूसात का उलझाव ऐसी सूरत अख़्तियार नहीं कर पाया था, जिसको वह दरी की मानिन्द अपने सामने बिछाकर या लटकाकर देख सकता।

लतीफ़ बेहद खाम[1] था। गुफ़्तगू करने का सलीका तक उसे नहीं आता था, किसी शय में ख़ूबसूरती तलाश करने के लिए उससे

---

1. कच्चा।

कहा जाता तो वह फ़र्ते–हैरत से बिल्कुल बेवकूफ़ दिखाई देता। उसके अन्दर वह बात ही नहीं पैदा हुई थी जो एक आर्टिस्ट में पैदा होती है, लेकिन इसके बावजूद एक लड़की उससे मुहब्बत करती थी। उसको ख़त लिखती थी, जिसको लतीफ़ अक्सर यूँ पढ़ता था जैसे किसी तीसरे दर्जे के अख़बार में 'जंग की ख़बरें' पढ़ रहा है। उन लफ़्ज़ों में वह कँपकँपाहट उसे नज़र नहीं आती थी जो हर लफ़्ज़ में गुँधी हुई है। वह लफ़्ज़ों की नफ़्सियाती अहमियत से बिल्कुल बेख़बर था। उससे अगर यह कहा जाता–देखो लतीफ़ यह पढ़ो...लिखती है "मेरी फूफी ने कल मुझसे कहा, क्या हुआ है तेरी भूख को? तूने खाना–पीना क्यों छोड़ दिया है। जब मैंने सुना तो मालूम हुआ कि सचमुच मैं आजकल बहुत कम खाती हूँ। देखो मेरे लिए कल शहाबुद्दीन की दुकान से खीर लेते आना, जितनी लाओगे सब चट कर जाऊँगी। अगली–पिछली कसर निकाल दूँगी..." कुछ मालूम हुआ तुम्हें इस सतर में क्या है। तुम शहाबुद्दीन की दुकान से खीर का एक बहुत बड़ा दोना लेकर जाओगे, लेकिन लोगों की नज़रों से बच–बचाकर ड्योढ़ी में जब तुम उसे यह तोहफ़ा दोगे तो इस ख़याल से खुश न होना कि वह सारी खीर खा जायेगी। वह कभी न खा सकेगी...पेट भर कर कुछ खा ही नहीं सकती। जब दिमाग़ में ख़यालात का हुजूम जमा हो जाये तो पेट ख़ुद भर जाया करता है। लेकिन यह फ़लसफ़ा उसकी समझ में कैसे आता। वह तो समझने–समझाने से बिल्कुल कोरा था। जहाँ तक शहाबुद्दीन की दुकान से चार आने की खीर और एक आने की ख़ुशबूदार रबड़ी ख़रीदने का तअल्लुक़ था। लतीफ़ बिल्कुल ठीक था। लेकिन खीर की फ़रमाइश क्यों की गयी और इसके ज़रिये इश्तेहा[1] पैदा करने का ख़याल किन हालात के तहत उसकी महबूबा के दिमाग़ में पैदा हुआ, इससे लतीफ़ को कोई सरोकार ही नहीं था। वइ इस क़ाबिल ही नहीं था कि इन बारीक़ियों को समझ सके। मोटी अक्ल का आदमी था, जो लोहे के ज़ंग आलूद गज़ से निहायत ही भोंडे

---

1. भूख।

तरीक़े से दरियाँ नापता था। और शायद इसी तरह के गज़ से अपने एहसासात की पैमाइश भी करता था।

लेकिन यह हक़ीक़त है कि एक लड़की उसकी मुहब्बत में गिरफ़्तार थी, जो हर जेहत[1] उसके मुक़ाबले में अरफ़ा व आला थी। लतीफ़ और उसमें बस इतना–सा फ़र्क़ था, जितना लुधियाने की दरी और कश्मीर के गुदगुदे क़ालीन में।

सईद की समझ में यह न आता था कि मुहब्बत पैदा कैसे होती है। बल्कि यूँ कहिए पैदा हो सकती है। वह ख़ुद जिस वक्त चाहे रंजो–अलम तारी कर सकता था। मुहब्बत जिसके लिए वह इस क़दर बेताब था।

उसका एक और दोस्त जो इस क़दर काहिल था कि मूँगफली और चने सिर्फ़ इस सूरत में खा सकता था अगर उनके छिलके उतरे हुए हों, अपनी गली की एक हसीन लड़की से मुहब्बत कर रहा था। हर वक़्त उसके हुस्न की तारीफ़ में रतबुल्लिसान[2] रहता था। लेकिन अगर उससे पूछा जाता...यह हुस्न तुम्हारी महबूबा में कहाँ से शुरू होता है, तो यक़ीनन वह ख़ाली उज़्ज़हन हो जाता, जिसका मतलब वह बिल्कुल नहीं समझता था। कॉलेज में तालीम पाने के बावजूद उसके दहन की नशो–नुमा बड़े अदना तरीक़े से हुई थी। लेकिन उसकी मुहब्बत की दास्तान इतनी लम्बी कि उक्लीदस[3] से बड़ी किताब तैयार हो जाती। आख़िर इन लोगों को...इन जाहिलों को इश्क़ो–मुहब्बत करने का क्या हक़ हासिल है? बार–बार यह सवाल सईद के दिमाग़ में पैदा हुआ और उसकी परेशानी बढ़ गयी। लेकिन देर तक सोच–विचार करने के बाद वह इस नतीजे पर पहुँचा कि मुहब्बत करने का हक़ हर शख़्स को हासिल है, ख़्वाह वह बेशऊर हो या बाशऊर।

दूसरों को मुहब्बत करते हुए देखकर दरअसल उसके दिल में हसद[4] की चिनगारी भड़क उठती थी। वह जानता था कि यह बहुत बड़ा कमीनापन है, मगर वह मजबूर था। मुहब्बत करने की ख़्वाहिश

1. दिशा, 2. ज़बानतर रहना, 3. एक यूनानी हकीम का नाम जिससे ज्योमेट्री की बुनियाद पड़ी, 4. जलन।

उस पर इस क़दर गालिब रहती कि बाज़ औक़ात दिल ही दिल में मुहब्बत करने वालों को गालियाँ भी दिया करता। लेकिन गालियाँ देने के बाद अपने आपको भी कोसता कि नाहक़ उसने दूसरों को बुरा–भला कहा। अगर दुनिया के सारे आदमी एकदम मुहब्बत करने लगें तो इसमें मेरे बाबा का क्या जाता है। मुझे सिर्फ़ अपनी जात से तअल्लुक़ रखना चाहिए। अगर मैं किसी की मुहब्बत में गिरफ़्तार होता तो इसमें दूसरों का क्या कुसूर है। बहुत मुमकिन है कि मैं किसी लिहाज़ से इस क़ाबिल ही नहीं हूँ, क्या पता कि बेवकूफ़ और बेअक्ल होना ही मुहब्बत करने के लिए ज़रूरी हो।

सोचते–सोचते एक दिन वह इस नतीजे पर पहुँचा कि मुहब्बत एकदम पैदा नहीं होती। वह लोग झूठे हैं जो कहते हैं कि मुहब्बत एकदम पैदा होती है। अगर ऐसा होता तो ज़ाहिर है कि उसके दिल में अब से बहुत अर्सा पहले मुहब्बत पैदा हो गयी होती, कई लड़कियाँ उसकी निगाहों से अब तक गुज़र चुकी थीं। अगर मुहब्बत एकदम पैदा हो सकती तो वह उनमें से किसी एक के साथ ख़ुद को बड़ी आसानी से वाबस्ता कर सकता था। किसी लड़की को सिर्फ़ एक–दो बार देख लेने से मुहब्बत कैसे पैदा हो जाती है। यह उसकी समझ में नहीं आता था।

थोड़े रोज़ हुए उसके एक दोस्त ने जब उससे कहा, कम्पनी बाग में मैंने एक लड़की देखी, एक ही नज़र में उसने मुझे घायल कर दिया तो उसकी तबीयत मुक़द्दर हो गयी। ऐसे फ़िक़रे उसे बहुत पस्त मालूम होते थे। एक ही नज़र में उसने मुझे घायल कर दिया। लाहौल विला...जज़्बात का किस क़दर आमियाना इज़हार है।

जब वह इस क़िस्म के पस्त और तीसरे दर्जे के फ़िक़रे किसी की ज़बान से सुनता तो उसे ऐसा महसूस होता कि उसके कानों में पिघलता हुआ शीशा डाल दिया गया है।

मगर पस्त ज़हनियत और लँगड़े मज़ाक़ के लोग इससे बहुत ख़ुश थे। ये लोग जो इश्क़ो–मुहब्बत की लताफ़तों से बिल्कुल कोरे थे... उसके मुक़ाबिले में ज़्यादा सुकून और आराम की ज़िन्दगी बसर कर रहे थे।

मुहब्बत और ज़िन्दगी को एम. असलम की निगाहों से देखने वाले ख़ुश थे। मगर सईद जो मुहब्बत और ज़िन्दगी को...अपनी साफ़ और शफ्फाफ़ आँखों से देखता था, मगमूम था...बेहद मगमूम।

एम. असलम से उसे बेहद नफ़रत थी, इतना छिछोरा रुमान नवीस...उसकी नज़रों से कभी न गुज़रा था। उसके अफ़साने पढ़कर हमेशा उसका ख़याल टबी और कटरा हानियाँ की खिड़कियों की तरफ़ दूर जाता। जिनमें से रात को कसब्यिों के ग़ाज़ा लगे गाल नज़र आते हैं। मगर तअज्जुब है कि अक्सर नौजवान लड़कों और लड़कियों में उसी के अफ़साने मुआशक़ा पैदा करते थे।

जो इश्क़ एम. असलम के अफ़साने पैदा करते हैं किस क़िस्म का इश्क़ होगा। वह इस पर थोड़ी देर ग़ौर करता तो उसे तसव्वुर में यह इश्क़ एक ऐसे सिफ़ले आदमी की शक्ल में दिखाई देता जिसने नुमाइश की ख़ातिर अपने सब अच्छे–अच्छे कपड़े पहन रखे हों, एक के ऊपर एक।

एम. असलम के अफ़सानों के बारे में उसकी राय कैसी भी हो, लेकिन यह हक़ीक़त थी कि नौजवान लड़कियाँ उन्हें छिप–छिपकर पढ़ती थीं और जब उनके जज़्बात बरअंगेख्ता होते थे तो वह उसी आदमी से मुहब्बत करना शुरू कर देती थीं, जो उनको सबसे पहले नज़र आ जाये। इसी तरह बहज़ाद, जिसकी ग़ज़लें हिन्दोस्तान की हर जान और बाई रात कोठों पर गाती हैं, लड़कों और लड़कियों में बहुत मक़बूल था। क्यों? उसकी समझ से बाला तर था।

बहज़ाद की वह आमियाना ग़ज़ल जिसका मतला–"दीवाना बनाना है, तो दीवाना बना दे" है, क़रीब–क़रीब हर शख़्स गाता था। उसके अपने घर में कोई चपटी नाक वाली नौकरानी जो अपनी जवानी की मंज़िलें तौअन व करहन तय कर चुकी थी, बर्तन माँजते वक़्त हमेशा धीमे सुरों में गाया करती थी–

"दीवाना बनाना है तो दीवाना बना दे"

इस ग़ज़ल ने उसे दीवाना बना दिया था। जहाँ जाओ...

"दीवाना बनाना है तो दीवाना बना दे।"

अलापा जा रहा है। आख़िर क्या मुसीबत है, कोठे पर चढ़ो

तो काना इस्माईल एक आँख से अपने उड़ते हुए कबूतरों की तरफ़ देखकर गा रहा है, "दीवाना बनाना है तो दीवाना बना दे।" दरियों की दुकान पर बैठो तो बग़ल की दुकान पर लाला किशोरीमल अपने बड़े–बड़े चूतड़ों की गद्दियों पर आराम से बैठकर निहायत ही भोंडे तरीक़े से गाना शुरू कर देता है, "दीवाना बनाना है तो दीवाना बना दे।" दरियों की दुकान से उठो और बैठक में जाकर रेडियो खोलो तो अख़्तर बाई फ़ैज़ाबादी गा रही है–"दीवाना बनाना है तो दीवाना बना दे"। क्या बेहूदगी है। वह हर वक़्त यही सोचता रहता। लेकिन एक रोज़ जबकि वह बिल्कुल ख़ाली उज़्जहन था और पान बनाने के लिए छालिया काट रहा था, उसने ख़ुद ग़ैर–इरादी तौर पर गाना शुरू कर दिया–

"दीवाना बनाना है तो दीवाना बना दे"

वह अपने आप में बेहद ख़फ़ीफ़ हुआ। उसे ख़ुद पर बहुत गुस्सा भी आया। लेकिन फिर एकाएकी ज़ोर से हँसने के बाद उसने जान–बूझकर ऊँचे सुरों में गाना शुरू कर दिया–"दीवाना बनाना है तो दीवाना बना दे" यूँ गाते हुए उसने तसव्वुर में बहज़ाद की सारी शायरी एक क़हक़हे में दबा दी और जी ही जी में ख़ुश हो गया।

एक–दो बार उसके दिल में ख़याल पैदा हुआ कि वह भी एम. असलम की अफ़सानानवीसी और बहज़ाद की शायरी का गरवीदा हो जाये और यूँ किसी से इश्क़ करने में कामयाबी हासिल कर ले। लेकिन क़स्द करने पर भी वह एम. असलम का पूरा अफ़साना न पढ़ सका और न ही बहज़ाद की ग़ज़ल में कोई ख़ूबसूरती देख सका। एक दिन उसने अपने दिल में अहद् कर लिया कि जो हो सो हो, मैं एम. असलम और बहज़ाद के बग़ैर ही अपनी ख़्वाहिश पूरी करूँगा। जो ख़यालात मेरे दिमाग़ में है, उन सबके समेत मैं किसी लड़की से मुहब्बत करूँगा। यही होगा कि नाकाम रहूँगा तो भी नाकामी इन डुगडुगी बजाने वालों से अच्छी है। उस दिन से उसके अन्दर इश्क़ करने की ख़्वाहिश और तेज़ हो गयी और उसने हर रोज़ सुबह नाश्ता किये बग़ैर रेस के फाटक पर जाना शुरू कर दिया। जहाँ कई लड़कियाँ हाईस्कूल की तरफ़ जाती थीं।

फाटक के दोनों तरफ़ लोहे का एक बड़ा तवा जिस पर लाल रोग़न पेंट किया गया था, जड़ा था। दूर से वह जब इन लाल–लाल तवों को एक–दूसरे के पीछे देखता तो उसे मालूम हो जाता कि फ्रंटियर मेल आ रही है। फाटक के पास पहुँचते ही मुसाफ़िरों से लदी हुई फ्रंटियर मेल दनदनाती हुई स्टेशन की जानिब ग़ायब हो जाती।

फाटक खुलता और वह लड़कियों के इन्तज़ार में एक तरफ़ खड़ा हो जाता। उधर से पच्चीस नहीं छब्बीस लड़कियाँ (पहले दिन उसने गिनने में ग़लती की थी) गुज़रतीं और लोहे की पटरियों को तय करके कम्पनी बाग़ के साथ वाली सड़क की तरफ़ हो जातीं, जिधर उनका स्कूल था। उन छब्बीस लड़कियों में से दस लड़कियों को जो कि हिन्दू थीं, वह इसलिए ग़ौर से न देख सका कि बाक़ी सोलह लड़कियों की शक्लो–सूरत बुर्क़ों में छिपी रहती थी।

दस रोज़ वह मुतवातिर फाटक पर जाता रहा। दो–तीन दिन उन पर्दा–पोश लड़कियों की तरफ़ मुतवज्जोह रहा। मगर दसवें दिन जब सुबह की ठण्डी–ठण्डी हवा चल रही थी जिसमें कम्पनी बाग़ के उन पस्त क़द तमाम फूलों की खुशबू बसी हुई थी, उसने यक–लख़्त् अपने आपको लड़कियों के बजाय दरख़्तों की तरफ़ मुतवज्जोह पाया, जिसमें बेशुमार चिड़ियाँ चहचहाती थीं। सुबह ख़ुमार आलूद ख़ामोशी में चिड़ियों का चहचहाना कितना भला मालूम होता है। चुनांचे जब उसने ग़ौर किया तो उसे पता चला कि वह एक हफ़्ते से लड़कियों के बजाय दरख़्तों और फ्रंटियर मेल की मौत जैसी यक़ीनी आमद से दिलचस्पी लेता रहा है।

इश्क़ शुरू करने के लिए उसने और भी बहुत से हीले किये, मगर नाकाम रहा। आख़िरकार उसने सोचा क्यों न अपनी गली में ही कोशिश की जाये। चुनांचे उसने अपने कमरे में बैठकर उन तमाम लड़कियों की फेहरिस्त बनाई जिनसे इश्क़ किया जा सकता था। जब फेहरिस्त तैयार हो गयी तो नौ लड़कियाँ उसके पेशे–नज़र थीं।

नम्बर एक हमीदा, नम्बर दो सोग़रा, नम्बर तीन नईमा, नम्बर चार पुष्पा, नम्बर पाँच विमला, नम्बर छह राजकुमारी, नम्बर सात

फ़ातिमा उर्फ़ फातो, नम्बर आठ ज़ुबैदा उर्फ़ बेदी, नम्बर नौ का नाम उसे मालूम नहीं था।

अब उसने नम्बरवार ग़ौर करना शुरू किया।

हमीदा ख़ूबसूरत थी, बड़ी भोली लड़की, उम्र बमुश्किल पन्द्रह बरस की होगी। सदा मुतबस्सिम[1] रहती थी। उसे देखकर ऐसा मालूम होता था कि सफ़ेद शकर की पुतली है, भुरभुरी, अगर ज़रा उसको हाथ लगाया तो उसके जिस्म का कोई हिस्सा गिर जायेगा। नन्हे सीने पर छातियों का उभार ऐसे था जैसे मद्धिम राग में दो सुर ग़ैरइरादी तौर पर ऊँचे हो गये हैं।

अगर उससे वह कहता, हमीदा मैं तुमसे मुहब्बत करना चाहता हूँ तो यक़ीनन उसके दिल की हरकत बन्द हो जाती। वह उसे सीढ़ियों में ऐसी बातें कह सकता था। तसव्वुर[2] में वह हमीदा से उसी जगह मिला...वह ऊपर से तेज़ी के साथ नीचे उतर रही थी, उसने उसे रोका और उसकी तरफ़ ग़ौर से देखा। उसका नन्हा–सा दिल सीने में यूँ फड़फड़ाया जैसे तेज़ हवा के झोंके में दिये की लौ। वह कुछ न समझ सका।

हमीदा से वह कुछ नहीं कह सकता था, वह इस क़ाबिल ही नहीं थी, कि उससे मुहब्बत की जाती। कोई भी ख़ाविन्द उसके लिए मुनासिब था। क्योंकि उसके जिस्म का हर ज़र्रा बीवी था। उसका शुमार उन लड़कियों में हो सकता था, जिनकी सारी ज़िन्दगी शादी के बाद घर के अन्दर सिमटकर रह जाती है, जो बच्चे पैदा करती हैं और चन्द ही बरसों में अपना सारा रंग–रूप खो देती हैं, और रंग–रूप खोकर भी जिनको अपने में कोई ख़ास फ़र्क़ महसूस नहीं होता।

ऐसी लड़कियों से मुहब्बत का नाम सुनकर जो यह समझें, एक बहुत बड़ा गवाह उनसे सरज़द हो गया है, वह मुहब्बत नहीं कर सकता था। उसे यक़ीन था कि अगर वह किसी रोज़ ग़ालिब का शेर उसे सुना देता तो वह कई दिनों तक नमाज में बख़्शिश की दुआएँ माँगकर भी वह यह समझती कि उसकी ग़लती माफ़ नहीं हुई–

1. हँसती–मुस्कुराती, 2. कल्पना।

अपनी माँ से फौरन ही सारी बात कह सुनाई होती। और जो उस पर ऊधम मचता, उसके तसव्वुर से सईद काँप–काँप उठता। ज़ाहिर है कि सब उसे मुज़रिम ठहरा देते और सारी उम्र के लिए उस पर एक बदनुमा दाग़ लग जाता। कोई इस बात की तरफ़ ध्यान न देता कि वह सिद्क़ दिल से मुहब्बत करने का मुतमन्नी है।

नम्बर दो सोग़रा और नम्बर तीन नईमा के बारे में सोचना ही बेकार था, इसलिए कि वह एक कट्टर मौलवी की लड़कियाँ थीं। उनका तसव्वुर करते ही सईद की आँखों के सामने मस्जिद की चटाइयाँ आ गयीं, जिन पर मौलवी कुदरतुल्लाह साहब लोगों को नमाज़ पढ़ाने और अज़ान देने में मसरूफ रहते थे। ये लड़कियाँ जवान और ख़ूबसूरत थीं मगर अजीब बात है कि चेहरे मेहराबनुमा थे, जब सईद अपने घर में बैठा उनकी आवाज़ सुनता तो उसे ऐसा लगता कि आदत के तौर पर कोई धीमे–धीमे सुरों में दुआ माँग रहा है। ऐसी दुआ जिसका मतलब वह ख़ुद भी नहीं समझता। उनको सिर्फ़ ख़ुदा से मुहब्बत करना सिखाया गया था, इसलिए सईद उनसे मुहब्बत करना नहीं चाहता था।

वह इन्सान था और इन्सान को अपना दिल देना चाहता था। सोग़रा और नईमा की इस दुनिया में, इस तौर पर परवरिश हो रही थी कि वह दूसरे जहाँ में नेक मर्दों के काम आ सकें।

जब सईद ने उनके मुताल्लिक सोचा तो अपने आप से कहा, भई नहीं, इनसे मैं इश्क़ नहीं कर सकता, जो अंजामेकार दूसरे आदमियों के हवाले कर दी जायेगी। मुझे इस दुनिया में भी गुनाह करने हैं। इसलिए मैं जुआ नहीं खेलना चाहता। मुझसे यह न देखा जायेगा कि इस दुनिया में जिससे मुहब्बत करता हूँ, चन्द गुनाहों के बदले किसी परहेजग़ार के सिपुर्द कर दी जायें।

चुनांचे उसने फ़ेहरिस्त से सोग़रा और नईमा का नाम काट दिया।

नम्बर चार पुष्पा, नम्बर पाँच विमला, नम्बर छह राजकुमारी। ये तीन लड़कियाँ जिनका आपस में न मालूम क्या रिश्ता था। सामने वाले मकान में रहती थीं। पुष्पा के बारे में सोच–विचार करना

बिल्कुल फ़िज़ूल था, इसलिए कि उसका ब्याह होने वाला था, एक बज़ाज़ से जिसका नाम उतना ही बदसूरत था, जितना पुष्पा का ख़ूबसूरत। वह अक्सर उसे छेड़ा करती। मैं अपनी काली अचकन दिखाकर कहा करता था, पुष्पा बताओ मेरी अचकन का रंग कैसा है। पुष्पा के गालों पर एक सेकेंड के लिए गुलाब की पत्तियाँ–सी थरथरातीं और वह बहादुरी से जवाब दिया करती–'नीला'।

उसके होने वाले खाविन्द का नाम कालूमल था, लाहौलविला... कितना ग़ैरशायराना नाम है। जाने उसका नाम रखते हुए उसके वालदैन ने क्या मसलेहत देखी थी।

जब वह पुष्पा और कालूमल के बारे में सोचता तो अपने दिल में कहा करता, अगर और किसी वजह से इनकी शादी रुक नहीं सकती तो सिर्फ़ इसी वजह से रोक दी जानी चाहिए कि उसके होने वाले पति का नाम निहायत ही लग्व है। ...कालूमल...एक तो कालू और फिर उस पर "मल" लानत है। आख़िर इसका मतलब क्या हुआ।

लेकिन फिर सोचता कि अगर पुष्पा की शादी कालूमल बज़ाज़ से न हुई तो किसी घसीटाराम हलवाई या किसी किरोड़ीमल सर्राफ़ से हो जायेगी। बहरहाल वह उससे इश्क़ नहीं कर सकता था, अगर करता तो हिन्दू–मुस्लिम फ़साद का डर था। मुसलमान और हिन्दू लड़की से मुहब्बत करे–अव्वल तो मुहब्बत वैसे ही बहुत बड़ा जुर्म है और फिर मुसलमान लड़के और हिन्दू लड़की की मुहब्बत। नीम पर करेला चढ़ाने वाली बात थी।

शहर में कई हिन्दू–मुस्लिम फ़साद हो चुके थे, लेकिन जिस गली में सईद रहता था, नामालूम वजूहात की बिना पर उनके असरात से अब तक महफ़ूज़ नहीं थी। अगर पुष्पा, विमला या राजकुमारी से मुहब्बत करने का इरादा कर लेता तो ज़ाहिर है कि दुनिया की तमाम गायें और तमाम सूअर इस गली में इकट्ठा हो जाते। हिन्दू–मुस्लिम फ़सादों से सईद को सख़्त नफ़रत थी। इसलिए नहीं कि ये लोग एक–दूसरे का सर फोड़ते हैं और लहू के छींटे उड़ाते हैं। नहीं, इसलिए कि इन फ़सादों में सर निहायत भद्दे तरीक़े से फोड़े जाते हैं और लहू जैसी ख़ूबसूरत शय को निहायत भोंडे तरीक़े से बिखेरा जाता है।

राजकुमारी जो इन दोनों से छोटी थी, उसे पसन्द थी। उसके होंठ जो साँस की कमी थी, की वजह से खफ़ीफ से खुले रहते थे, उसे बेहद पसन्द थे। उसको देखकर उसे हमेशा ख़याल आता था कि शायद एक बोसा उसको छूकर आगे निकल गया है। एक बार उसने राजकुमारी को, जो अपनी उम्र की चौदहवीं मंज़िल तय कर रही थी, अपने मकान की तीसरी मंज़िल पर गुसलखाने में नहाते देखा था। अपने मकान के झरोखे से जब सईद ने उसकी तरफ़ देखा तो उसे ऐसा महसूस हुआ कि उसका कोई अछूता ख़याल दिमाग़ से उतरकर सामने आ खड़ा हुआ है। सूरज की मोटी–मोटी किरनें जिसमें बेशुमार फ़िज़ाई ज़र्रे मुक्केश[1] की छिड़काव सा कर रहे थे। उसके नंगे बदन पर फैल रही थीं। उन किरनों ने उसके गोरे बदन पर सोने का पत्तरा–सा चढ़ा दिया था। बाल्टी से जब उसने डोंगा निकाला और खड़ी होकर अपने बदन पर पानी डाला तो वह सोने की पुतली दिखाई दी। पानी के मोटे–मोटे क़तरे उसके बदन पर से गिर रहे थे जैसे सोना पिघल–पिघलकर गिर रहा था।

राजकुमारी, पुष्पा और विमला के मुक़ाबले बहुत होशियार थी। उसकी पतली–पतली अँगुलियाँ जो हर वक़्त यूँ मुतहर्रिक रहती थीं जैसे ख़याली जुर्राबें बुन रही हैं, उसे बेहद पसन्द थीं। उन अँगुलियों में रानाई थी और इस रानाई का सबूत कपड़े और सूई के उन कामों से मिलता था, जो वह कई बार देख चुका है।

एक बार राजकुमारी के हाथ का बुना हुआ मेज़पोश देखकर उसे ख़याल आया कि उसने अपने दिल की बहुत–सी धड़कनें भी ग़ैर–इरादी तौर पर उसके नन्हे–नन्हे खानों में गूँथ दी है। एक बार जबकि वह उसके बिल्कुल पास खड़ी थी, उसके दिल में मुहब्बत करने का ख़याल पैदा हुआ। मगर जब उसने राजकुमारी की तरफ़ देखा तो वह उसे एक मन्दिर की सूरत में दिखाई दी, जिसके पहलू में वह ख़ुद–ब–ख़ुद मस्जिद की शक्ल में खड़ा था...मस्जिद और मन्दिर में क्योंकर दोस्ती हो सकती है।

---

1. चाँदी–सोने की झालर।

गली की तमाम लड़कियों के मुक़ाबले यह हिन्दू लड़की ज़हनी लिहाज़ से बुलन्द थी। उसकी पेशानी जिस पर हर वक़्त एक मद्धिम–सी सिलवट गहराई अख़्तियार करने का इरादा किये रहती थी, भली मालूम होती थी। उसका माथा देखकर वह दिल ही दिल में कहा करता, जब दीबाचा[1] दिलचस्प है, तो मालूम नहीं किताब कितनी दिलचस्प होगी...मगर...आह... यह मगर, उसकी ज़िन्दगी में यह मगर सचमुच 'मगर' बनकर रह गया था, जो उसे गोता लगाने से हमेशा बाज़ रखता था।

नम्बर सात फ़ातिमा उर्फ़ फ़ातो ख़ाली नहीं थी। उसके दोनों हाथ इश्क़ से भरे हुए थे। एक अमज़द से जो वर्कशॉप में लोहे का काम करता था और दूसरा उसके चचेरे भाई से जो दो बच्चों का बाप था। फ़ातिमा उर्फ़ फ़ातो उन दोनों भाइयों से इश्क़ कर रही थी। गोया एक पतंग से दो पेंच लड़ा रही है। एक पतंग में जब दो और पतंग उलझ जायें तो काफ़ी दिलचस्पी पैदा हो जाती है। लेकिन अगर इस तिगड्डे में एक और पेंच का इजाफ़ा हो जाये तो ज़ाहिर है कि उलझाव एक भूलभुलैयाँ की सूरत अख़्तियार कर लेगा। इस क़िस्म का उलझाव सईद को पसन्द नहीं था। इसके अलावा फ़ातो जिस क़िस्म के इश्क़ में गिरफ़्तार थी, निहायत ही अदना क़िस्म का था। जब सईद इस क़िस्म के इश्क़ का तसव्वुर करता तो पुरानी इश्क़िया दास्तानों की बूढ़ी कुटनी पीले काग़ज़ों के बदबूदार अम्बार में से उसकी आँखों के सामने लाठी टेकती हुई आ जाती और उसकी तरफ़ यूँ देखती जैसे कहना चाहती है, मैं आसमान के तारे तोड़कर ला सकती हूँ, बता तेरी नज़र किस लौंडिया पर है। यूँ चुटकियों...में तुझसे मिला दूँगी।

उस बुढ़िया के तसव्वुर के साथ ही वह पाँय–बाग के बारे में सोचता या ज़ाहिरा पीर का मज़ार उसकी आँखों के सामने आ जाता, जहाँ वह बुढ़िया उसकी महबूबा को किसी बहाने से ला सकती थी...इस ख़याल के आते ही उसकी मुहब्बत का सारा जज़्बा सिमट

1. प्रस्तावना।

जाता और एक ऐसी क़ब्र की सूरत अख़्तियार कर लेता जिस पर सब्ज़ रंग का ग़िलाफ़ चढ़ा हो...और बेशुमार हार उस पर बिखरे हों।

कभी–कभी उसे यह भी ख़याल आया, कुटनी अगर नाकाम रही तो कुछ दिनों बाद इस मुहल्ले से मेरा जनाज़ा निकलेगा और दूसरे मुहल्ले से मेरी नौजवान महबूबा का। ये दोनों जनाज़े रास्ते में टकरायेंगे और दो ताबूतों का एक नया ताबूत बन जायेगा। या इश्क़िया दास्तानों के अंजाम की तरह जब मुझे और मेरी महबूबा को दफ़न किया जायेगा तो एक मोजिज़ा रूनुमा होगा और दोनों क़ब्रें आपस में मिल जायेंगी। वह यह सोचता कि अगर वह मर गया और उसकी महबूबा किसी वजह से जान न दे सकी तो हर जुमेरात को उसकी क़ब्र पर नाज़ुक–नाज़ुक हाथ फूल चढ़ाया करेंगे और दिया भी जलाया करेंगे। बाल खोलकर वह अपना सर क़ब्र के साथ फोड़ा करेगी और चुग़ताई एक और तस्वीर बना देगा, जिसके नीचे यह लिखा होगा–

"हाय उस ज़ूद पशेमाँ का पशेमाँ होना"

या कोई शायर एक और ग़ज़ल लिख देगा, एक ज़माने तक तमाशबीन जिसे कोठों पर तबले की थाप के साथ सुना करेंगे। इस ग़ज़ल के शेर इस क़िस्म के होंगे–

मेरी लहद पे कोई पर्दापोश आया है
चिरागे–गोरे'–ग़रीबाँ सबा बुझा देना।

ऐसे शेर जब कभी वह किसी ग़ज़ल में देखता तो इस नतीजे पर पहुँचता कि इश्क़ गोरकन है जो हर वक़्त काँधे पर कुदाल रखे आशिक़ों के लिए क़ब्र खोदने के लिए तैयार रहता है। इस इश्क़ से वह उस इश्क़ का मुक़ाबला करता जो उसके ज़हन में था। इनमें ज़मीन और आसमान का फ़र्क़ पाता तो यह सोचता कि या तो मेरा दिमाग़ ख़राब है या वह निज़ाम ही ख़राब है, जिसमें वह साँस ले रहा है।

सईद अगर कोई दीवान खोलता तो उसे ऐसा महसूस होता कि वह किसी क़साई की दुकान में दाख़िल हो गया है, हर शेर उसे बेखाल का बकरा दिखाई देता था, जिसका गोश्त चर्बी समेत बू पैदा कर रहा हो। हर बात एक ख़ास ज़ायक़ा पैदा करती है। जब वह

इस क़िस्म के शेर पढ़ता तो उसकी ज़बान पर वही ज़ायक़ा पैदा होता जो कुर्बानी का गोश्त खाते वक़्त महसूस किया करता था।

वह सोचता, जिस सूबे में आबादी का चौथा हिस्सा शायर है और ऐसे ही शेर कहता है, वहाँ मुहब्बत हमेशा गोश्त के लोथड़ों के नीचे दबी रहेगी, यह मायूसी किसी–न–किसी वजह से एक–दो रोज़ के बाद ग़ायब हो जाती और वह फिर नयी ताज़गी के साथ अपनी मुहब्बत के मसले पर गौरो–फ़िक्र शुरू कर देता।

नम्बर आठ जुबैदा उर्फ़ बेदी, भरे–भरे हाथ–पाँव वाली लड़की थी। दूर से देखने पर गुँधे हुए मैदे का एक ढेर दिखाई देती थी। गली के एक लड़के ने उसको एक बार आँख मारी। बेचारे ने यूँ अपनी मुहब्बत की बिस्मिल्लाह की थी, लेकिन उसको लेने के देने पड़ गये। लड़की ने माँ को सारी रामकहानी सुनाई। माँ ने अपने बड़े लड़के से पोशीदा तौर पर बातचीत की और उसको ग़ैरत दिलाई जिसका नतीजा यह हुआ कि एक आँख मारने के दूसरे रोज़ शाम को जब अब्दुल ग़नी साहब तबाबत उर्फ़ हिकमत सीख कर वापस आये तो उनकी दोनों आँखें सूजी हुई थीं। कहते हैं कि जुबैदा उर्फ़ बेदी चिक़ में से यह तमाशा देखकर बहुत ख़ुश हुई। सईद को चूँकि अपनी आँखें बहुत प्यारी थीं, इसलिए वह जुबैदा के बारे में एक लम्हा भी सोचना नहीं चाहता था।

अब्दुल ग़नी ने आँख के इशारे से मुहब्बत का आग़ाज़ करना चाहा था। उसको यह तरीक़ा बाज़ारी मालूम होता था। वह अगर उसको अपनी मुहब्बत का पैग़ाम देना चाहता तो अपनी ज़बान इस्तेमाल करता जो दूसरे रोज़ ही काट ली जाती। अमले–जर्राही करने से पहले जुबैदा का भाई कभी न पूछता कि बात क्या है। बस वह ग़ैरत के नाम पर छुरी चला देता। उसको इसका ख़याल कभी न आता कि वह छह लड़कियों की अस्मत बरबाद कर चुका है। जिनकी दास्तानें वह बड़े मज़े से अपने दोस्तों को सुनाया करता है।

नम्बर नौ, जिसका नाम उसे मालूम नहीं था, पशमीने के सौदागरों के यहाँ नौकर थी। एक बहुत बड़ा घर था, जिसमें चारों भाई रहते थे। यह लड़की जो कश्मीर की पैदावार थी, उन चारों

भाइयों के लिए सर्दियों में शाल का काम करती थी। गर्मियों में वह सब–के–सब कश्मीर चले जाते थे और वह अपनी किसी दूर की रिश्तेदार औरत के पास चली जाती थी। यह लड़की जो औरत बन चुकी थी दिन में एक–दो बार उसकी नज़रों के सामने से ज़रूर गुज़रती थी और वह उसको देखकर हमेशा यही ख़याल करता था कि उसने एक औरत नहीं तीन–चार औरतें इकट्ठी देखी हैं। उस लड़की के मुताल्लिक, जिसके ब्याह के बारे में अब चारों भाई फ़िक्र कर रहे थे, उसने कई बार ग़ौर किया। वह उसकी हिम्मत का कायल था कि घर का सारा कामकाज अकेली सँभालती थी और उन चार सौदागर भाइयों की फ़र्दन–फ़र्दन ख़िदमत करती थी।

वह बजाहिर ख़ुश थी, उन चार सौदागर भाइयों को जिनके साथ उसका जिस्म मुताअल्लिक़ था, वह एक ही नज़र से देखती थी। उसकी ज़िन्दगी जैसा कि ज़ाहिर है एक अजीबोग़रीब खेल था, जिसमें चार आदमी हिस्सा ले रहे थे। उनमें से हर एक को यह समझना पड़ता था कि बाक़ी तीन बेवकूफ़ हैं, और जब उस लड़की के साथ उनमें से कोई मिल जाता तो वह तीनों यह समझते होंगे कि घर में जितने आदमी रहते हैं सब के सब अन्धे हैं। लेकिन वह क्या ख़ुद अन्धी नहीं थी, इस सवाल का जवाब सईद को नहीं मिलता था। अगर वह अन्धी होती तो बयक वक़्त चार आदमियों से तअल्लुकात पैदा न करती। बहुत मुमकिन है वह उन चारों को एक ही समझती हो, क्योंकि मर्द और औरत का जिस्मानी तअल्लुक आमतौर पर एक ही जैसा होता है। वह अपनी ज़िन्दगी के दिन बड़े मज़े से गुज़ारती थी। चारों सौदागर भाई उसे छिप–छिपकर कुछ–न–कुछ ज़रूर देते होंगे, क्योंकि मर्द जब किसी औरत के साथ लुत्फ़ अंग्रेज़ी में गुज़ारता है, तो उसके दिल में उसकी क़ीमत अदा करने की ख़्वाहिश ज़रूर पैदा होती है। यह ख़्वाहिश तख़लिया हासिल करने से पहले पैदा होती है, इसलिए ज़्यादा बार आवर[1] साबित होती है।

---

1. फल देने वाली।

सईद उसको अक्सर बाज़ार में शहाबुद्दीन की दुकान पर खीर खाते या भाई केसर सिंह मेवा फ़रोश की दुकान के पास फल खाते देखता था। उसे इन चीज़ों की ज़रूरत थी और फिर वह जिस आज़ादी से फल और खीर खाती थी उससे पता चलता था कि वह उनका एक–एक दिरहम हज़म करने का इरादा रखती है।

एक दिन सईद जब शहाबुद्दीन की दुकान पर फ़ालूदा पी रहा था और सोच रहा था कि इतनी सक़ील शय कैसे हज़म कर सकेगा, वह आयी और चार आने की खीर में एक आने की रबड़ी डलवाकर दो मिनटों में सारी प्लेट चट कर गयी। यह देखकर सईद को इश्क़ हुआ। जब वह चली गयी तो शहाबुद्दीन के मैले होठों पर एक मैली मुस्कराहट पैदा हुई और उसने किसी भी, जो सुन ले, को मुख़ातिब होकर कहा, साली मज़े कर रही है। यह सुनकर उसने लड़की की तरफ़ देखा जो कूल्हे मटकाती फलों की दुकान के पास पहुँच चुकी थी। और शायद भाई केसर सिंह की दाढ़ी का मज़ाक़ उड़ा रही थी। वह हर वक़्त ख़ुश रहती थी और उसको ख़ुश देखकर सईद को बहुत दुख होता था। न मालूम क्यों उसके दिल में यह अजीबोग़रीब ख़्वाहिश पैदा होती थी कि वह ख़ुश न रहे।

सन् तीस के आग़ाज़ तक वह उस लड़की के मुताअल्लिक़ यही फ़ैसला करता रहा कि उससे मुहब्बत नहीं की जा सकती।

दो

सन् इकतीस के शुरू होने में सिर्फ़ रात के चन्द बरफ़ाए हुए घण्टे बाक़ी थे। सईद लिहाफ़ में सर्दी की शिद्दत के बायस काँप रहा था। वह पतलून और कमीज़ समेत लेटा था, लेकिन इसके बावजूद सर्दी की लहरें उसकी हड्डियों तक पहुँच रही थीं। वह उठ खड़ा हुआ और अपने कमरे की सब्ज़ रोशनी में जो सर्दी में इज़ाफ़ा सा कर रही थी, उसने ज़ोर–ज़ोर से टहलना शुरू कर दिया ताकि ख़ून का दौरा तेज़ हो जाये।

थोड़ी देर यूँ चलने–फिरने के बाद जब उसके अन्दर गर्मी पैदा हुई तो वह आरामकुर्सी पर बैठ गया और सिगरेट सुलगाकर अपना दिमाग़ टटोलने लगा। उसका दिमाग़ बिल्कुल चूँकि ख़ाली था, इसलिए उसकी कूवते–सामेआ[1] बहुत तेज़ थी। कमरे की सारी खिड़कियाँ बन्द थीं मगर वह बाहर गली में हवा की गुनगुनाहट बड़ी आसानी से सुन रहा था। इसी गुनगुनाहट में उसे इन्सानी आवाज़ें सुनाई दीं, एक दबी–दबी चीख़ दिसम्बर की आख़िरी रात की ख़ामोशी में उभरी, फिर किसी की इल्तेजाई आवाज़ लरज़ी। वह उठ खड़ा हुआ और उसने खिड़की की दराज़ में से बाहर की तरफ़ देखा।

वही...वही लड़की यानी सौदागरों की नौकरानी बिजली की लालटेन के नीचे खड़ी थी, सिर्फ़ एक सफ़ेद बनयान में। बिजली की सफ़ेद रोशनी में यूँ मालूम होता था कि उसके बदन पर बर्फ़ की एक पतली सी तह जम गयी है। उस बनयान के नीचे उसकी बदनुमा छातियाँ नारियल की तरह लटकी हुई थीं। वह इस अन्दाज़ में खड़ी

---

1. सुनने की ताक़त।

थी, गोया अभी–अभी कुश्ती से फ़ारिग हुई है। इस हालत में देखकर सईद के सन्नाआना[1] जज़्बात को धक्का–सा लगा।

इतने में किसी मर्द की भिंची हुई आवाज़ आयी...ख़ुदा के लिए अन्दर चली आओ... कोई देख लेगा तो आफ़त आ जायेगी। वहशी बिल्ली की तरह गुर्राकर लड़की ने जवाब दिया। नहीं आऊँगी...बस एक बार जो कह दिया कि नहीं आऊँगी...

सबसे छोटे सौदागर की आवाज़ आयी, "ख़ुदा के लिए ऊँचे न बोलो...कोई सुन लेगा राजो..."

तो उसका नाम राजो था।

राजो ने अपनी लंडूरी चुटिया को झटका देकर कहा, "सुन ले, ख़ुदा करे कोई सुन ले...और अगर तुम अन्दर आने के लिए कहते रहे तो मैं ख़ुद मुहल्ले भर को जगा कर सब कुछ बता दूँगी...समझे?"

राजो सईद को नज़र आ रही थी मगर जिससे वह मुख़ातिब थी उसकी नज़रों से ओझल था। उसने बड़े सूराख़ में से राजो की तरफ़ देखा तो उसके बदन पर झुरझुरी तारी हो गयी, अगर वह सारी की सारीं नंगी होती तो शायद उसके सन्नाआना जज़्बात को ठेस न पहुँचती, लेकिन उसके ज़िस्म में वह हिस्से नंगे थे जो दूसरे मस्तूर हिस्सों को उरियानी की दावत दे रहे थे। राजो बरक़ी लालटेन के नीचे खड़ी थी। सईद को...ऐसा महसूस हुआ कि औरत के बारे में उसके तमाम जज़्बात कपड़े उतार रहे हैं।

राजो की ग़ैर–मुतनासिब बाँहें, जो काँधों तक नंगी थीं, नफ़रत–अंगेज़ हद तक लटक रही थीं। मर्दाना बनयान के खुले गोल गले में उसकी नीम–पोख्त, डबल रोटी जैसी मोटी और नर्म–वर्म छातियाँ कुछ इस अन्दाज़ से बाहर झाँक रही थीं गोया सब्ज़ी–तरकारी की टूटी हुई टोकरी में से गोश्त के टुकड़े दिखाई दे रहे हैं। ज़्यादा इस्तेमाल से घिसी हुई पतली बनयान का निचला घेरा ख़ुद–बख़ुद ऊपर को सिमट गया था और नाफ़ का गड्ढा उसके

1. कलात्मक।

ख़मीरी आटे जैसे फूले हुए पेट पर यूँ दिखाई देता जैसे किसी ने अँगुली खुबो दी है।

यह नज़ारा देखकर सईद के दिमाग़ का ज़ायक़ा ख़राब हो गया। उसने चाहा कि खिड़की से हटकर अपने बिस्तर की तरफ़ चला आये और सब कुछ भूल–भाल कर सो जाये, लेकिन जाने क्यों सूराख़ पर आँख जमाये खड़ा रहा। राजो को इस हालत में देखकर उसके दिल में काफ़ी नफ़रत पैदा हो गयी थी, शायद इसी नफ़रत के बायस वह उसमें दिलचस्पी ले रहा था।

सौदागर के सबसे छोटे लड़के ने जिसकी उम्र तीस बरस के लगभग होगी, एक बार फिर इल्जिाइया लहजे में कहा, "राजो ख़ुदा के लिए अन्दर चली आओ, मैं तुमसे वादा करता हूँ कि फिर कभी नहीं सताऊँगा...लो अब मान जाओ...देखो ख़ुदा के लिए अब मान लो... यह तुम्हारी बग़ल में वकीलों का मकान है, उनमें से किसी ने देख लिया तो बड़ी बदनामी होगी।"

राजो ख़ामोश रही, लेकिन थोड़ी देर बाद बोली, "मुझे मेरे कपड़े ला दो, बस अब मैं तुम्हारे यहाँ नहीं रहूँगी। मैं तंग आ गयी हूँ, मैं कल से वकीलों के यहाँ नौकरी कर लूँगी...समझे! अब अगर तुमने मुझसे कुछ कहा तो ख़ुदा की कसम शोर मचाना शुरू कर दूँगी...मेरे कपड़े चुपचाप लाकर दे दो..." सौदागर के लड़के की आवाज़ आयी "...लेकिन तुम रात कहाँ काटोगी?" राजो ने कहा, "जहन्नुम में। तुम्हें इससे क्या। जाओ तुम अपनी बीवी की बग़ल गर्म करो, मैं कहीं न कहीं सो जाऊँगी..." उसकी आँखों में आँसू थे।

सूराख़ से आँख हटाकर सईद पास पड़ी कुर्सी पर बैठ गया और सोचने लगा। राजो की आँखों में आँसू देखकर उसे एक अजीब तरह का सदमा हुआ। इसमें कोई शक नहीं कि इस सदमे के साथ नफ़रत भी लिपटी हुई थी, जो राजो को इस हालत में देखकर सईद के दिल में पैदा हुई थी। मगर ग़ायत दर्जा नर्म दिल होने के बायस वह पिघल सा गया। राजो की आँखों में जो शीशे के मर्तबान में चमकदार मछलियों की तरह सदा मुतहर्रिक रहती थीं, आँसू देखकर उसका जी चाहा कि उठकर उसे दिलासा दे।

राजो की जवानी के चार क़ीमती बरस सौदागर भाइयों ने मामूली चटाई की तरह इस्तेमाल किये थे। इन चारों भाइयों के नक़्शे–क़दम कुछ इस तरह ख़ल्त–मल्त हो गये, कि उनमें से अब किसी को इस बात का ख़ौफ़ ही नहीं रहा था कि कोई उनके पैरों के निशान पहचान लेगा और "राजो" के मुताल्लिक़ यह कहा जा सकता है कि वह न अपने क़दमों के निशान देखती थी, न दूसरों के, उसे बस चलते जाने की धुन थी, किसी भी तरफ़, मगर अब शायद उसने मुड़कर देखा था–मुड़कर उसने क्या देखा था, जो उसकी आँखों में आँसू आ गये। यह सईद को मालूम नहीं था।

जो चीज़ मालूम न हो, उसको मालूम करने की ख़्वाहिश शायद हर शख़्स के दिल में पैदा होती है। कुर्सी पर बैठा सईद देर तक अपनी मालूमात को उलट–पलट करके सोचता रहा और जब उठकर उसने कुछ और देखने के लिए सूराख़ पर आँख जमायी तो राजो वहाँ नहीं थी। देर तक वह उस सूराख़ पर आँख जमाये रहा, लेकिन उसे लालटेन की बर्फ़ीली रोशनी गली के नाहमवार फ़र्श और गन्दी मोरी के सिवा, जिसमें पालक के बेशुमार डण्ठल पड़े थे, और कुछ नज़र न आया।

बाहर सन् तीस की आख़िरी रात दम तोड़ रही थी और उसका दिल धक–धक कर रहा था। राजो कहाँ है–क्या अन्दर चली गयी है–क्या मान गयी है, मगर सवाल है कि वह किस बात पर झगड़ी थी?

राजो के भाँपते हुए नथने अभी तक सईद को नज़र आ रहे थे। ज़रूर उसके और सौदागर के छोटे लड़के के दरमियान जिसका नाम महमूद था, किसी बहुत बड़ी बात पर झगड़ा हुआ था। तभी तो वह दिसम्बर की ख़ून जमा देने वाली रात में सिर्फ़ एक बनयान और शलवार के साथ बाहर निकल आयी थी और अन्दर जाने का नाम तक नहीं लेती थी।

जब सईद सोचता कि उनके दरमियान झगड़े की बिना...मगर वह इस बिना पर ग़ौर ही करना नहीं चाहता था। किस क़दर घिनावना मंज़र उसकी आँखों के सामने आ जाता। लेकिन वह

ख़याल करता कि यह बात झगड़े का बायस नहीं होगी, क्योंकि दोनों तो इसके आदी थे। एक ज़माने से राजो उन सौदागर भाइयों को बड़े सलीक़े से एक ही दस्तरख़्वान पर खाना खिला रही थी। लेकिन अब एकाएकी क्या हो गया था। राजो के ये अल्फ़ाज़ उसके कानों में ज़िद्दी मक्खी की तरह भुनभुना रहे थे–जहन्नुम में–तुम्हें इससे क्या–जाओ तुम अपनी बीवी की बग़ल गर्म करो–मैं कहीं न कहीं सो जाऊँगी–इन अल्फ़ाज़ में दर्द था।

उसको दुखी देखकर सईद के एक नामालूम जज़्बे को तस्कीन ज़रूर पहुँची थी, लेकिन इसके साथ ही उसके दिल में रहम भी पैदा हुआ था। किसी औरत से उसने आज तक हमदर्दी ज़ाहिर नहीं की थी। वह उसको दुखी देखना चाहता था ताकि वह उससे हमदर्दी का इज़हार कर सके...वह उससे हमदर्दी का इज़हार कर सकता था। इसलिए कि वह उसको सह लेती। अगर वह गली की किसी और लड़की से हमदर्दी का इज़हार करता तो ज़ाहिर है बहुत बड़ी आफ़त बरपा हो जाती। क्योंकि इस हमदर्दी का मतलब कुछ और ही लिया जाता। राजो के सिवा गली की तमाम लड़कियाँ ऐसी ज़िन्दगी बसर कर रही थीं, जिसमें ऐसे लम्हात बहुत ही कम आते हैं, जब उनसे ख़ास क़िस्म की हमदर्दी की जा सकती है और अगर ऐसे लम्हात आते हैं तो वह फ़ौरन ही उनके सीनों में हमेशा के लिए दफ़न हो जाते हैं। उम्मीद और तमन्नाओं की क़ब्रें अगर बनती हैं तो फ़ातेहा पढ़ने की इजाज़त नहीं मिलती, या उसका मौक़ा ही नसीब नहीं होता। अगर मुहब्बत की कोई चिता तैयार होती है तो आस-पास के लोग उस पर राख डाल देते हैं ताकि शोले न भड़कें।

सईद सोचता कि यह कैसी तकलीफ़देह मसनुई[1] ज़िन्दगी है। किसी को इजाज़त नहीं कि वह अपनी ज़िन्दगी के गढ़े दूसरों को दिखाये, वह लोग जिनके क़दम मज़बूत नहीं, उनको अपनी लड़खड़ाहटें छिपाना पड़ती हैं, क्योंकि इसका रिवाज है। हर शख़्स को एक ज़िन्दगी अपने लिए और एक दूसरों के लिए बसर करना

1. बनावटी।

होती है। आँसू भी दो क़िस्म के होते हैं। एक वह आँसू जो ज़बरदस्ती आँखों से निकालने पड़ते हैं और एक वह जो ख़ुद–ब–ख़ुद निकलते हैं। एक क़हक़हा वह है जो सिर्फ़ तन्हाई में ही बुलन्द किया जा सकता है, दूसरा वह है जो ख़ास आदाब और ख़ास उसूलों के मातहत हल्क़ से बुलन्द करना पड़ता है।

शायर जिसकी सारी उम्र कोठों पर और शराब के ठेकों पर गुज़री हो, मौत के बाद हज़रत मौलाना और रहमतुल्लाह अलैह बना दिया जाता है। अगर उसकी लाइफ़ लिखी जाती है तो उसको फ़रिश्ता साबित करना सवानेह निगार अपना फ़र्ज़ समझता है। आग़ा हश्र की सारी ज़िन्दगी कसबियों में गुज़री, मगर मौत के फ़ौरन बाद ही उसके सारे करेक्टर को धोबी के यहाँ भेज दिया गया। जब वहाँ से वापस आया और लोगों ने देखा तो उसमें कोई दाग़, कोई शिकन नहीं थी।

गधे, घोड़े, खच्चर, ऊँट ग़रज़ कि हर जानदार और बेजान शय पर एख़्लाक़ मर्दे–तस्मा पा[1] की तरह सवार है। अदब पर, शायरी पर, तारीख़ पर, हर इन्सान की गर्दन पर एख़्लाक़ बिठा दिया गया है। महात्मा गाँधी से लेकर निसार गवइये तक सब के सब एख्लाक़ ज़दा हैं। सईद हक़ बजानिब था कि राजो की सदा मुतबस्सिम आँखों में आँसू नज़र आये और वह उन आँसुओं को एख़्लाक़ से बेपरवाह होकर अँगुलियों से छुए। वह अपने आँसुओं का ज़ायका अच्छी तरह जानता था, मगर वह दूसरों की आँखों के आँसू भी चखना चाहता था। ख़ासकर किसी औरत की आँखों के आँसू। क्योंकि औरत शजरे–ममनूआ[2] है, इसलिए उसकी यह ख़्वाहिश और भी तेज़ हो गयी।

सईद को यक़ीन था कि अगर वह राजो के क़रीब होना चाहेगा तो वह जंगली घोड़ी की तरह बिदकेगी नहीं। राजो ग़िलाफ़ चढ़ी औरत नहीं थी। वह जैसी थी, दूर से नज़र आ जाती थी। उसको देखने के लिए ख़ुर्दबीन[3] या किसी दूसरे आले की ज़रूरत नहीं थी।

---

1. दास्तानों का एक चरित्र, 2. ऐसा पेड़, जिसका फल खाना मना हो, 3. बारीक़ चीज़ों को देखने का यन्त्र।

वह बिल्कुल शफ़्फ़ाफ़ थी। उसकी भद्दी और मोटी हँसी, जो अक्सर उसके मटमैले होठों पर बच्चों के टूटे हुए घरौंदे की मानिन्द नज़र आती थी, असली हँसी थी, बड़ी सेहतमन्द और अब कि उसकी सदा मुतहर्रिक आँखों ने आँसू उगले थे, तो उनमें कोई मसनुईपन नहीं था। राजो को सईद एक मुद्दत से जानता था। उसकी आँखों के सामने उसके चेहरे के ख़ुतूत तब्दील हुए थे, और वह ग़ैर–महसूस तरीक़े पर लड़की से औरत बनने की तरफ़ मुतवज्जोह हुई थी। चूँकि उसके अन्दर एक के बजाय तीन–चार औरतें थीं, यही वजह है कि सौदागर भाइयों को वह हुजूम नहीं समझती थी...यह...यह हुजूम सईद को पसन्द नहीं था। इसलिए कि एक औरत के साथ वह सिर्फ़ एक मर्द मुन्सलिक देखने का क़ायल था। मगर यहाँ यानी राजो के मामले में उसे पसन्दीदगी और नापसन्दीदगी के दरमियान रुक जाना पड़ता था, क्योंकि मुख़्तलिफ़ क़िस्म के ख़यालात उसके दिमाग़ में जमा हो जाते। बाज़ औक़ात उसे ग़ैर–इरादी तौर पर राजो को दाद देनी पड़ती। यह दाद किस बात की थी। इसके मुताअल्लिक़ वह यक़ीन के साथ कुछ नहीं कह सकता था। इसलिए कि ख़यालात की भीड़–भाड़ में वह उस जज़्बे को पहचानने से हमेशा क़ासिर रहा था, जो उस दाद का मुतहर्रिक हुआ करता था।

गली के सब बाशऊर आदमी राजो के बारे में जानते थे। मासी मख़्तो, गली की सबसे उम्र रसीदा औरत थी। उसका चेहरा ऐसा था जैसे पीले रंग के सूत की अंटियाँ बड़ी बेपरवाही से नोचकर एक–दूसरे में उलझा दी गयी हैं। यह बुढ़िया भी जिसकी आँखों को बहुत कम सुझाई देता था और जिसके कान क़रीब–क़रीब बहरे थे, राजो से चिलम भरवाकर उसकी ग़ैबत[1] में अपनी बहू से या जो कोई उसके पास बैठा हो कहा करती थी, "इस लौंडिया को ज़्यादा घर में न आने दिया करो, वरना किसी रोज़ अपने ख़समों से हाथ धो बैठेगी–।" यह कहते वक़्त उस बुढ़िया की तमाम झुर्रियों में उसकी गुमगश्ता जवानी की यादें रेंग जाती थीं।

---

1. ग़ैर–मौजूदगी।

राजो की ग़ैर–हाज़िरी में सब उसको बुरा कहते थे और उन गुनाहों के लिए ख़ुदा से माफ़ी माँगते थे, जो आगे चलकर शायद उनसे सरज़द हो जायें। औरतें जब राजो का ज़िक्र करती थीं तो अपने आपको बहुत बुलन्द सीरत तसव्वुर करती थीं और दिल ही दिल में यह सोचकर फ़ख़्र महसूस करती थीं कि उनके दम से निसवानियत[1] का वेकार क़ायम है।

सब राजो को बुरा कहते थे, लेकिन अजीब बात है कि उसके सामने आज तक किसी ने भी नफ़रत का इज़हार नहीं किया था, बल्कि मुहब्बत और प्यार के साथ पेश आते थे। शायद इसका बायस वही नाम–नेहाद एख़्लाक़ी मेयार हो। मगर इस अच्छे सुलूक में राजो के ख़ुशबाश और दूसरों को ममनून करने वाली तबीयत का काफ़ी दख़्ल था। सौदागरों के घर के कामकाज से फ़ारिग होकर जब वह किसी हमसाये के यहाँ जाती, तो वहाँ बेकार गप–शप नहीं उड़ाती थी। कभी किसी के बर्तन माँज दिये, कभी किसी के बच्चे के पोतड़े बदल दिये। कभी किसी के सर में से जुँएँ निकाल दीं, मट्ठी–चापी कर दी। वह बग़ैर काम के दरअसल बैठ ही नहीं सकती थी। उसके मोटे और भद्दे हाथों में बला की फुर्ती थी, और उसका दिल जैसा कि ज़ाहिर है, हर वक़्त इस तलाश में रहता था कि किसी को ख़ुश करने का मोजिब हो।

राजो दूसरों की ख़िदमत में कई–कई घण्टे सर्फ़ करती थी, मगर शाबाश या शुक्रिये के अल्फ़ाज़ सुनने के लिए एक मिनट भी इन्तज़ार नहीं करती थी। मासी मख़्तो की चिलम भरी, सलाम किया और चल दी। मुसन्निफ़ साहब को बाज़ार से फ़ालूदा लाकर दिया, उनके बच्चों को थोड़ी देर गोद में खिलाया और चली गयी। गुलाम मोहम्मद नैचाबन्द की बुढ़िया दादी की पिंडलियाँ सहलायीं और उसकी दुआएँ लिए बग़ैर चल दी...।

यह गठिया की मारी बुढ़िया जो अपनी उम्र की ऐसी मंज़िल पर पहुँच गयी थी जहाँ उसका वजूद होने या न होने के बराबर था और

1. औरतपन।

जिसे गुलाम मुहम्मद हुक़्क़े का बेकार नैचा समझता था, राजो के हाथों एक अजीब क़िस्म की राहत पाती थी। उसकी अपनी बेटियाँ उसके पाँव दबाती थीं, मगर उनकी मुट्ठियों में वह रस नहीं था, जो राजो के हाथों में था। जब राजो उसकी पिंडलियाँ सहलाती तो वह उसे फ़रिश्ता समझती, मगर उसके चले जाने के बाद फ़ौरन ही कहा करती, "हरामज़ादी, इस तरह पैर दबा–दबाकर सौदागर बच्चों को फाँसा होगा।"

ख़यालात की रौ जाने सईद को कहाँ बहा ले गयी...यकायक वह चौंका और सूराख़ पर आँख जमाकर फिर बाहर की तरफ़ देखा। बिजली की रोशनी गली में ठिठुर रही थी, रात की ख़ामोश गुनगुनाहट सुनाई दे रही थी, मगर राजो वहाँ नहीं थी।

उसने खिड़की का दरवाज़ा खोला और बाहर झाँककर देखा। इस सिरे से उस सिरे तक रात की सर्द ख़ामोशी बह रही थी। और ऐसा महसूस होता था कि लालटेन के नीचे कभी कोई खड़ा ही नहीं था। पीली रोशनी में अजीब क़िस्म की वीरानी घुली हुई थी। उसका दिल भर आया। उसकी ज़िन्दगी और अफ़यून खाने वाले आदमियों के चेहरे जैसी गली में कितनी मुशाबेहत थी।

सईद ने खिड़की का दरवाज़ा बन्द कर दिया। सोने की ख़ातिर उसने लिहाफ़ ओढ़ा तो एक बार फिर सर्दी उसकी हड्डियों तक पहुँचने लगी।

तीन

नया साल धूप ताप रहा था। सईद अभी तक बिस्तर पर ही लेटा था। सिर्फ़ लेटा ही नहीं था, बल्कि गहरी नींद से सो रहा था। इसलिए कि रातभर जागता रहा था। कहीं सात बजे के क़रीब उसकी आँख लगी थी। यही वजह है कि ग्यारह बजने पर भी उसने जागने का नाम नहीं लिया था।

सिरहाने पड़ी हुई टाइम पीस ने बारह मरतबा टन–टन की, मगर धात की इस आवाज़ के बजाय उसके कानों ने राजो की आवाज़ सुनी जैसे बड़ी दूर से आ रही है। वह एकदम जाग पड़ा। यूँ एकाएकी बेदार होने पर ऐसा महसूस हुआ जैसे वह घबराकर उठा है। और उसका रेशमी पायजामा बावजूद सँभालने के नीचे गिर गया। उसकी बौखलाहट में और भी इज़ाफ़ा हो गया, जब उसने राजो को अपने सामने देखा...एकदम उसकी निगाहें खिड़की की तरफ़ उठीं, राजो की तरफ़ मुड़ीं, वहाँ से दरवाज़े की तरफ़ घूमीं और फिरफिराकर राजो पर जम गयीं।

राजो ने टाइम पीस की तरफ़ देखा और कहा...मियाँ जी! बारह बज गये हैं, बीबी जी आपको बुलाती हैं, चाय तैयार है।

यह कहकर राजो ने टाइम पीस उठाई और उसमें कूक भरना शुरू कर दी। कूक भरने के बाद उसने तिपाई पर से पानी का गिलास उठाया और चली गयी।

इसका मतलब क्या है...? क्या राजो सौदागरों की नौकरी छोड़कर यहाँ आ गयी है। सईद की समझ में नहीं आता था कि क्या बात है। उसकी माँ ग़ायत दर्जा रहमदिल थी। वह जानती थी कि राजो का चाल–चलन अच्छा नहीं है, मगर इसके बावजूद उसे

बुरा नहीं कहती थी। दिल का हाल ख़ुदा बेहतर जानता है, लेकिन बातिन से जो कुछ अयाँ था, उससे सईद ने यही नतीजा अख़्ज किया था कि उसकी माँ एक ख़ुदातरस औरत है। ख़ुदातरसी इस हद तक उसके दिल में जागुज़ीं थी या इस हद तक उसने ख़ुद पर तारी कर रखी थी कि वह किसी को बुरा कह नहीं सकती थी। जब वह सुनती कि फ़लाँ आदमी ने चोरी की है, तो कहा करती, बेचारे को ज़रूरत ने मजबूर किया होगा।

राजो की बुराइयाँ सुनकर उसने कई बार कहा था, "किसी ने आँख से तो उसकी बुराइयाँ नहीं देखीं। क्या पता कि सब तोहमतें ही हों। अल्लाह से हर वक़्त डरना चाहिए, हम ख़ुद बहुत गुनहगार हैं।"

सईद की माँ ख़ुद को दुनिया की सबसे गुनाहगार औरत समझती थी। एक बार सईद ने मज़ाक़–मज़ाक़ में अपनी माँ से कहा था, बीबीजी आप हर वक़्त कहती रहती हैं, मैं गुनहगार हूँ, मैं गुनहगार हूँ। कहीं ऐसा न हो फ़रिश्ते सचमुच आपको गुनहगार समझकर दोज़ख़ में ढकेल दें। यह तो बताइये कि उस वक़्त भी आप यही कहे जायेंगी कि मैं गुनहगार हूँ, मैं गुनहगार हूँ।

उसकी माँ पाँच वक़्त बाक़ायदगी के साथ नमाज़ पढ़ती थी, जक़ात देती थी, गरज़ यह कि वह तमाम बातें करती थीं जो गुनहगारों को करनी चाहिए।

सईद बहुत देर सोच–विचार करने के बाद इस नतीजे पर पहुँचा था, चूँकि मेरी माँ नमाज़ पढ़ना और रोज़े रखना पसन्द करती है इसलिए ख़्वाहमख़्वाह उसे अपने आपको गुनहगार समझना पड़ता है। और अब चूँकि नमाज़ रोज़े की आदी हो गयी है, इसलिए हर वक़्त गुनाह का ख़याल करना भी उसकी आदत में दाख़िल हो गया है।

सईद गुनाह और सवाब के झगड़े में अपने दिमाग़ को फँसाने ही वाला था कि उसे राजो का ख़याल आया जो अभी–अभी उसके कमरे से बाहर गयी थी...दो बातें हो सकती हैं...या तो वह सौदागरों की नौकरी छोड़कर हमारे यहाँ चली आयी है और मेरी माँ ने सवाबों में एक और सवाब का इज़ाफ़ा करने के लिए उसे अपने पास रख

लिया है या फिर सौदागरों के ही पास है और वैसे ही इधर आ निकली है, जैसा कि उसकी आदत है। शीशे का गिलास उठाकर ले गयी है, जो तिपाई पर ग़ैर–ज़रूरी सा दिखाई देता था, मगर रात का वाक़या? उसने राजो के चेहरे पर से इस वाक़ये के बुझे हुए नुक़ूश देखने की कोशिश की थी। मगर वह कोरी सलेट की तरह साफ़ था।

एकदम सईद का दिल बग़ैर किसी नाक़ाबिले बयान वजह के नफ़रत के जज़्बात से भर गया। उसे राजो से नफ़रत थी, वह अपने हाफ़िज़े की तख़्ती पर राजो की तस्वीर खींचना चाहता था। उन मैले रंगों से जो उसे राजो की ज़िन्दगी में नज़र आते थे। उसकी सन्नाआना तबीयत को सदमा पहुँचता था, जब राजो के पल्लू में वह चार मर्दों को बँधा देखता, गोश्त और छीछड़ों की सूरत में। इससे पहले भी वह कई बार इसी फ़ैसले पर पहुँचा था कि उसे राजो से नफ़रत है... आज भी बड़ी सोच–विचार के बाद वह उस नतीजे पर पहुँचा कि उसे राजो से नफ़रत है...मगर वह चीज़ उसे बहुत सताती थी कि राजो को अपने आप से नफ़रत नहीं, वह अपने आप से बहुत ख़ुश थी।

एक मर्तबा सईद से ऐसी हरकत सरज़द हो गयी थी जो कमीनगी की हद तक बुरी थी, मगर जब उसके ज़मीर ने उसको सरज़निश की, तो वह कई दिनों नहीं, कई महीनों तक अपने आप से मुतनफ़्फ़िर रहा। उसका ख़याल था कि जिस तरह लोग बुरी हरकतों पर दूसरों की मलामत या नफ़रत की निगाहों से देखते हैं, उसी तरह ऐसे मौक़ों पर वह अपने आप से भी ऐसा सुलूक करते हैं। मगर राजो या तो अपने आप से बेख़बर थी या उसके अन्दर वह हिस ही नहीं थी जो तराजू का काम देती है।

उस लड़की के बारे में सईद ने इस क़दर सोचा था कि अब मज़ीद ग़ौर करने के ख़याल पर ही उसे गुस्सा आता था। वह उसके बारे में बिल्कुल सोचना नहीं चाहता था। इसलिए कि उसमें ऐसी कोई अनोखी बात ही नहीं थी, जिस पर ग़ौर किया जाता। वह एक निहायत ही पस्त औरत थी। सईद उठ खड़ा हुआ और

उसके अन्दाज़ उसने राजो को अपने दिमाग़ से झटका जैसे किसी घोड़े ने अपने जिस्म से तमाम मक्खियाँ एक ही झुरझुरी से उड़ा दी हों। उसने अब ख़ुद को रतजगे के असरात के बावजूद तरोताज़ा महसूस किया।

सूरज की किरणें खिड़कियों की दराज़ों से फँस–फँसकर कमरे के अन्दर दाख़िल होकर ऐसी रोशनी पैदा कर रही थीं जो शायराना तौर पर मसनुई थीं। उसने खिड़कियाँ न खोलीं और तिपाई के पास आरामकुर्सी पर बैठ गया। अभी वह अपने आपको कुर्सी में आरामदेह तरीक़े से फैलाने की कोशिश ही कर रहा था, कि राजो नमूदार हुई। कुछ कहे बग़ैर उसने एक–एक करके सब खिड़कियाँ खोलीं और झाड़–पोंछ कर दी। सईद उसकी तमाम हरक़त देखता रहा। राजो के मोटे–मोटे हाथों की जुम्बिश में कोई नज़ाकत या ख़ूबसूरती नहीं थी...शीशे के फूलदान को उसने इस तरीक़े इस अन्दाज़ से साफ़ किया जिस तरह लोहे के क़लमदान को किया था। झाड़न से उसने तस्वीरों की गर्द पोंछी। आतशदान पर रखी हुईं तमाम चीज़ें साफ़ कीं। मगर आवाज़ पैदा किये बग़ैर वह चलती भी तो उसके क़दमों की चाप सुनाई नहीं देती थी और जब बातें करती थी तो ऐसा मालूम होता था कि हर बोल रुई के नर्म–नर्म गालों में लिपटा है, कान के परदों से उसकी आवाज़ टकराती नहीं थी, सिर्फ़ छुई जाती थी। उसकी हरक़त, उसकी हर आवाज़ ने रबर सोल जूते पहन रखे थे। सईद उसे देखता रहा...नहीं उसे सुनने की कोशिश करता रहा।

राजो ने गहरे सब्ज़ रंग का ऊनी पुलोवर पहन रखा था, जो कोहनियों पर से फट रहा था। यह पुलोवर शायद सौदागर के सबसे बड़े बेटे ने उसे दिया था। उसके नीचे गरम कपड़े का कुर्ता था, जिस पर जगह–जगह मैल के गोल–गोल दाग़ थे। खादी की शलवार ज़्यादा इस्तेमाल के बायस शलवार की सूरत में दिखाई नहीं देती थी। यह मालूम होता था कि उसने अपनी टाँगों पर एक गहरे रंग की चादर लपेट रखी थी। बहुत ज़्यादा ग़ौर से देखने पर शलवार के पाँएचे नज़र आते थे, जो इस क़दर खुले थे कि पैर बिल्कुल ग़ायब हो गये थे।

सईद उसके पाँएचों की तरफ़ देखे जा रहा था कि राजो मुड़ी और यह कहकर अपने काम में मसरूफ़ हो गयी, "आपकी चाय तैयार है, बीबी जी आपकी राह देख रही हैं।"

सईद का जी नहीं चाहता था कि उससे कलाम करे, मगर जाने क्यों उसने पूछ लिया, चाय बनाने के लिए उनसे किसने कहा था?

राजो ने पलटकर हैरत से उसकी तरफ़ देखा, आपने अभी–अभी तो कहा था, कि हाँ तैयार कीजिए–सईद कुर्सी से उठ खड़ा हुआ, बग़ैर किसी झिझक के, उसने कभी ऐसा नहीं कहा–सुबह की चाय साढ़े बारह बजे कौन पीता है–अब नाश्ता करूँगा...तो दोपहर का खाना रात ही को खाऊँगा...और रात का खाना...राजो हँस पड़ी...रात का खाना...सुबह को।

सईद फ़ौरन संजीदा हो गया। इसमें हँसने की क्या बात है। जाओ बीबी जी से कह दो, मैं चाय नहीं पीऊँगा। खाना खाऊँगा... खाना तैयार है क्या ?

राजो अपने चेहरे पर से हँसी के असरात कोशिश के बावजूद दूर न कर सकी। उसकी संजीदगी उस रंग के मुशाबह थी, जो ठण्डे पानी में घोलकर ऊनी कपड़े पर चढ़ाया जाये और न चढ़े। उसने आहिस्ता से जवाब दिया, "जी हाँ, तैयार है...मैं अभी बीबी जी से कह देती हूँ कि आप नाश्ता नहीं करेंगे।" यह कहकर वह तेज़ी से दरवाज़े की तरफ़ बढ़ी।

"देखो" (सईद ने उसे रोका) बीबी जी से यह कहना कि...मैं नाश्ता नहीं करूँगा, खाना खाऊँगा...मैं रात भर जागता रहा हूँ, समझ में नहीं आता कि मेरी नींद को क्या हो गया था। गली में शोर हो तो मुझे नींद बिल्कुल नहीं आती। रात बाहर ख़ुदा मालूम क्या गड़बड़ हो रही थी... हाँ, तो मैं नाश्ता नहीं करूँगा। अलबत्ता चाय की एक प्याली पी लूँगा और इसके बाद खाना खाऊँगा। यानी रोज़मर्रा के वक्त पर...बीबी जी कहाँ हैं? बावर्चीख़ाने में हैं या धूप ताप रही हैं, लेकिन ठहरो...मैं ख़ुद मालूम कर लूँगा...लेकिन तुम...यहाँ क्या कर रही हो? मेरा मतलब है कि मेरे कमरे की चीज़ें साफ़ करने के लिए तुमसे किसने कहा था। यानी तुम यहाँ कैसे आ गयीं...तुम तो सौदागरों के यहाँ थीं।

एक ही साँस में सईद इतनी बातें कह गया और चोर नज़रों से उसके चेहरे की तरफ़ देखता रहा। सुर्खी की एक हल्की–सी झलक उसको नज़र आयी थी। जब उसने बाहर गली में गड़बड़ की तरफ़ इशारा किया। इशारा किया था मगर उसके बाद चेहरे पर कोई तब्दीली न देख सका। अलबत्ता हँसी ने उसके चेहरे पर जो फैलाव–सा पैदा कर दिया था, अभी तक उसके बाकियात नज़र आ रहे थे।

राजो ने कोई जवाब नहीं दिया और कमरे से बाहर चली गयी, जैसे उससे कुछ पूछा ही नहीं गया। इस पर सईद को बहुत गुस्सा आया। इसमें कोई शक नहीं कि मैंने कुछ पूछने के लिए उससे बातें नहीं कीं। लेकिन, बल्कि यूँ ही, ग़ैर–इरादी तौर पर कुछ कहता चला गया हूँ, जिसमें कोई रब्त नहीं था। मगर मेरी ख़्वाहिश थी, ख़्वाहिश क्या मुझे पूरा यक़ीन था कि वह घबरा जायेगी। और रात का वाक़या उसके चेहरे के हर मुसाम से फूट निकलेगा। मगर यह औरत है...या क्या है?

सईद उसके मुताल्लिक़ बिल्कुल ग़ौर करना नहीं चाहता था, लेकिन कोई–न–कोई ऐसी बात ज़रूर हो जाती कि उसे सोच–विचार करना ही पड़ जाता। यह औरत उसकी ज़िन्दगी में ख़्वाहमख़्वाह दाख़िल होती चली जा रही थी। यह दाख़िला सईद को बिल्कुल पसन्द न था। चुनांचे उसने फ़ैसला कर लिया कि वह उसे अपने मकान में रहने नहीं देगा।

जब वह अपनी माँ से बावर्चीख़ाने में मिला तो वह राजो के बारे में इरादे के बावजूद कोई बात न कर सका। उसकी माँ ने जो सईद से दीवानगी की हद तक प्यार करती थी, चाय की प्याली बनाकर कहा...बेटा, रात तेरे दुश्मनों को नींद क्यों नहीं आयी। मुझे राजो ने अभी कहा है कि गली में कुछ गड़बड़ थी, इसलिए तू सो न सका... मैंने तो कुछ नहीं सुना...मैं कहती हूँ, अगर तू इधर मेरे कमरे में सो जाया करे तो क्या हरज है। मुझे कई–कई बार रात में उधर तेरी तरफ़ आना पड़ता है। मेरे पास सोयेगा तो यह मेरी बेचैनी दूर हो जायेगी...ले बाबा, मैं कुछ नहीं कहती, जहाँ चाहे सो। अल्लाह तेरा निगहबान रहे...ले चाय पी....मैं तुझसे कुछ नहीं कहती...।

सईद दरअसल राजो के बारे में कुछ कहने वाला था और उसकी माँ ने समझा कि वह हस्बे–मामूल यह कहेगा बीबी जी आप तो ख़्वाहमख़्वाह परेशान होती रहती हैं। मैं अकेला ही सोने का आदी हूँ। चुनांचे वह चुप ही रहा और उधर उसकी माँ ने उसकी ज़िद पर ज़्यादा बहस न की। राजो चूल्हे के पास ख़ामोश बैठी रही... ।"

चार

सईद के घर में राजो को नौकरी करते एक महीना गुज़र गया, मगर इस अर्से में इरादे के बावजूद वह अपनी माँ से न कह सका कि उसे निकाल दिया जाये। अब फ़रवरी का आग़ाज़ था। सर्दी आहिस्ता–आहिस्ता गर्मियों में हल हो रही थी। दिन ख़ुशगवार थे। रातें ख़ुशगवार तर थीं। पंजाब में फ़रवरी का महीना बहुत सुहाना होता है। सुबह जब वह सैर को निकलता तो हल्की–फुल्की ख़ुश्क हवा वह देर तक पीता रहता...उसे हर शय हसीन नज़र आती...।

उन ही दिनों का जिक्र है, एक दिन जब वह कम्पनी बाग़ की सैर से घर वापस आया तो उसे बदन में टूटन महसूस हुई। बिस्तर में लेटते ही उसे बुख़ार आ गया। फिर ज़ोर का जुकाम हुआ कि उसकी नाक बेहिस–सी हो गयी। दूसरे रोज़ खाँसी शुरू हुई। तीसरे रोज़ सीने में दर्द और रफ़्ता–रफ़्ता दर्ज–ए–हरारत एक सौ पाँच तक पहुँच गया। उसकी माँ ने पहले रोज़ ही डॉक्टर को बुलवा लिया था, मगर उसकी दवा से कोई फ़ायदा न हुआ।

यह अजीब बात है कि जब सईद को शिद्दत से बुख़ार चढ़ता तो उसका ज़हन गैर–मामूली तौर पर तेज़ हो जाता। ऐसी–ऐसी बातें उसके दिमाग़ में आतीं, जो वैसे कभी सोच ही नहीं सकता था। कूवते–फिक्र इस क़दर तेज़ हो जाती और तबीयत में इतनी जौलानी पैदा हो जाती कि वह घबरा जाता। बुख़ार उसके दिलो–दिमाग़ में एक नया ज़ाविया पैदा कर देता था, जिसका तसव्वुर वह आम हालत में नहीं कर सकता था। उसे ऐसा मालूम होता कि उसके तमाम ख़यालात सान पर लगकर नुकीले और तीखे हो गये हैं...।

बुख़ार की हालत में वह दुनिया के तमाम मसायल पर ग़ौर करता। एक नयी रोशनी में एक नये अनोखे अन्दाज़ में वह दुनिया की निकम्मी से निकम्मी चीज़ पर ग़ौर करता। चींटियों को उठाकर वह आसमान के तारों के साथ चिपका देता। आसमान के तारों को तोड़कर ज़मीन पर बिखेर देता।

दर्ज–ए–हरारत एक सौ पाँच डिग्री से कुछ ऊपर हुआ तो सईद का दिमाग़ तारीख़ की वरक़ गरदानी करने लगा। सैकड़ों औराक़ आन की आन में उलट गये। तमाम मशहूर वाक़यात ऊपर तले खट–खट करते उसके दिमाग़ में गुज़र गये। दर्ज–ए–हरारत कुछ ऊपर चढ़ा तो पानीपत की लड़ाइयाँ, ताजमहल की मरमरीं इमारत में गडमड हो गयीं और कुतुब साहब की लाट कटे हुए बाज़ू में तब्दील हो गयी। फिर आहिस्ता–आहिस्ता चारों तरफ़ धुन्ध ही धुन्ध छा गयी।

एकदम ज़ोर का धमाका हुआ और धुन्ध में से महमूद ग़ज़नवी बर्क़ रफ़्तार घोड़े पर सवार अपने लश्कर समेत बाहर निकला...कई ऊँचे–ऊँचे पहाड़ काटे गये, कई वसीओ–अरीज़[1] मैदान घोड़ों की सुमो के नीचे से निकल गये, कई पाटदार दरिया चश्मे–ज़दन[2] में उबूर हो गये...आख़िरकार महमूद ग़ज़नवी का घोड़ा सोमनाथ के जगमग–जगमग करते मन्दिर के सुनहरे फाटक के सामने रुका।

खुल जा सिमसिम...महमूद ग़ज़नवी पुकारा। मन्दिर के दरवाज़े गड़गड़ाहट के साथ खुले...महमूद ग़ज़नवी अन्दर दाख़िल हुआ, क्या देखता है कि...सामने एक सोने की मूर्ति खड़ी है...राजो, राजो कैसे हो सकती है। महमूद ग़ज़नवी ने सोचा, राजो आज से कई सौ साल पहले क्या सोने की मूर्ति थी?...बकवास है। लेकिन वही आँखें थीं, वही मोटे–मोटे मटमैले होंठ।

महमूद ग़ज़नवी ने गुर्ज़ उठाकर एक बार फिर तिलाई[3] मूर्ति की तरफ़ देखा जिसके आज़ा[4] राजो की तरह ही भद्दे थे...छातियाँ भी उसकी छातियों की मानिन्द मोटी–मोटी थीं...महमूद ग़ज़नवी ने

---

1. लम्बे–चौड़े, 2. पलक झपकते, 3. सोने की, 4. अंग।

सोचा, नहीं–नहीं, यह राजो की मूर्ति नहीं...काली माता की है...काली माता नहीं होगी तो कोई और देवी होगी।

महमूद ग़ज़नवी ललकारा... मन्दिर के सारे पुजारी दो ज़ानू हो गये और तमाम ज़रो–जवाहिर उसके आगे ढेर करके इल्तजा की... "महाराजा यह सब मालो–दौलत ले लें लेकिन सोने की मूर्ति की तरफ़ न देखें।"

महमूद ग़ज़नवी ने पहले ज़रो–जवाहिर के ढेर की तरफ़ देखा, उसकी आँखें तमतमा उठीं। फिर उसने सोने की मूर्ति की तरफ़ देखा और उसका दिल धड़कने लगा–राजो...महमूद ग़ज़नवी ने सोचा, यह कमबख़्त राजो कहाँ से आ गयी। उसकी सल्तनत में राजो नाम की औरत कौन थी... क्या वह उसे जानता है...क्या वह उससे मुहब्बत करता है...मुहब्बत का ख़याल आते ही उसने ज़ोर का क़हक़हा लगाया...महमूद ग़ज़नवी और मुहब्बत। महमूद ग़ज़नवी को अपने गुलाम अयाज़ से मुहब्बत है....और अयाज़ राजो कैसे हो सकता है...।

महमूद ग़ज़नवी ने एक बार फिर सोने की मूर्ति की तरफ़ देखा और बुलन्द आवाज़ में पुकारा...मैं बुतशिकन हूँ...बुतफ़रोश नहीं और यह कहकर उसने अपना वज़नी गुर्ज़ उठाया और सोने की मूर्ति पर पै दर पै ज़र्बें लगाना शुरू कर दीं। गुर्ज़ जब पेट पर लगा तो वह फट गया और उसमें से शहाबुद्दीन की खीर और फ़ालूदा निकलने लगा। महमूद ग़ज़नवी ने जब यह देखा तो गुर्ज़ उठाकर अपने सर पर दे मारा।

सईद का सर फट रहा था। महमूद ग़ज़नवी के सर पर जो गुर्ज़ पड़ा था, उसका धमाका उसके सर में गूँज रहा था। जब उसने करवट बदली तो छाती पर कोई ठण्डी–ठण्डी चीज़ रेंगती हुई महसूस हुई...सोमनाथ और उसकी सोने की मूर्ति उसके दिमाग़ से निकल गयी। आहिस्ता–आहिस्ता उसने अपनी गर्म–गर्म आँखें खोलीं...राजो फ़र्श पर बैठी पानी में कपड़ा भिगो–भिगो कर उसके माथे पर लगा रही थी।

जब राजो ने माथे पर से कपड़ा उतारने के लिए हाथ बढ़ाया तो सईद ने उसको पकड़ लिया और अपने सीने पर रखकर हौले–हौले

से प्यार से अपना हाथ उस पर फेरना शुरू कर दिया। उसकी सुर्ख़ आँखें दो अंगारे बनकर देर तक राजो की तरफ़ देखती रहीं। राजो उसकी टकटकी की ताब न ला सकी और हाथ छुड़ाकर अपने काम में मसरूफ़ हो गयी।

इस पर वह बिस्तर में बैठ गया और कहने लगा, राजो...राजो इधर मेरी तरफ़ देखो। महमूद ग़ज़नवी...उसका दिमाग़ बहकने ही वाला था कि उसने कूवते–इरादी से काम लिया, और महमूद ग़ज़नवी का ख़याल झटककर कहने लगा। इधर मेरी तरफ़ देखो। जानती हो, मैं तुम्हारी मुहब्बत में गिरफ़्तार हूँ। इस तरह तुम्हारी मुहब्बत में फँस गया हूँ जिस तरह कोई दलदल में फँस जाये...मैं जानता हूँ तुम क्या हो। मैं जानता हूँ तुम मुहब्बत के क़ाबिल नहीं हो, मगर यह जानते–बूझते तुमसे मुहब्बत करता हूँ...लानत हो मुझ पर...लेकिन छोड़ो इन बातों को...इधर मेरी तरफ़ देखो। ख़ुदा के लिए मुझे तकलीफ़ न दो। मैं बुख़ार में इतना नहीं फुँक रहा हूँ कि जितना तुम्हारी मुहब्बत में फुँक रहा हूँ। राजो...राजो...मैं...मैं... उसके ख़यालात का सिलसिला टूट गया और उसने डॉक्टर मुकुन्द लाल भाटिया से कुनैन के नुक़सानात पर बहस शुरू कर दी।

डॉक्टर भाटिया, मैं आपको कैसे समझाऊँ, यह कुनैन बहुत नुक़सानदेह चीज़ है। मैं मानता हूँ कि कुछ अर्से के लिए मलेरिया के जरासीम मार देती है, मगर नेचुरल तौर पर बीमारी दूर नहीं कर सकती। इसके अलावा इसकी तासीर बेहद गर्म और ख़ुश्क है। मेरे कान बन्द हो गये हैं। मेरा दिमाग़ बन्द हो गया है। ऐसा मालूम होता है कि दिमाग़ में और कानों में सियाही चूस काग़ज़ ठूँस दिये गये हैं। मैं अब हरगिज़ कुनैन का टीका नहीं लगवाऊँगा और ग़ज़नवी बुतशिकन...सोमनाथ...सोमनाथ की ऐसी की तैसी...राजो...राजो तुम सोमनाथ नहीं जाओगी... मेरे माथे पर हाथ रखो...उफ़....उफ़...क्या बेहूदगी है। मैं...मैं...मेरे दिमाग़ में बेशुमार ख़यालात आ रहे हैं। बीबी जी आप हैरान क्यों होती हैं। मुझे राजो से मुहब्बत है। हाँ...हाँ उस राजो से जो सौदागरों के यहाँ नौकर थी और जो अब आपके पास मुलाज़िम है। आप नहीं जानतीं कि इस औरत ने मुझे कितना ज़लील

बना दिया है। इसलिए कि मैं इसके इश्क़ में गिरफ़्तार हूँ। यह इश्क़ नहीं ख़सरा है। बख़ुदा ख़सरे से भी बढ़कर है। इसका कोई इलाज नहीं। मुझे तमाम ज़िल्लतें बर्दाश्त करनी होंगी। सारी गली का कूड़ा अपने सर पर उठाना होगा। गन्दी मोरी में हाथ डालना होगा। यह सब कुछ होके रहेगा। यह सब कुछ होके रहेगा....। आहिस्ता–आहिस्ता सईद की आवाज़ कमज़ोर होती गयी और उस पर गुनूदगी तारी हो गयी। उसकी आँखें नीमवा[1] थीं। मगर ऐसा मालूम होता था कि पलकों पर बोझ सा आ पड़ा है। राजो पलँग के पास बैठी उसकी बेजोड़ हिज़यानी[2] बातें सुनती रही, मगर उस पर कुछ असर न हुआ... वह ऐसे बीमारों की कई बार तीमारदारी कर चुकी थी।

बुख़ार की हालत में जब उसने अपनी मुहब्बत का एतराज़ किया तो राजो ने क्या महसूस किया, उसके मुताल्लिक़ कुछ नहीं कहा जा सकता। इसलिए कि उसका गोश्त भरा चेहरा जज़्बात से बिल्कुल भारी था। बहुत मुमकिन है कि उसके दिल के गोशे में सरसराहट पैदा हुई हो, मगर चर्बी की तहों से निकलकर यह सरसराहट बाहर न आ सकी।

उसने रुमाल निचोड़कर ताज़े पानी में भिगोया और उसके माथे पर रखने के लिए उठी। अबकी बार उसे इसलिए उठना पड़ा कि सईद ने करवट बदल ली थी। जब उसने आहिस्ता से सईद का सर इधर मोड़कर उसके माथे पर गीला रुमाल जमाया तो उसकी नीम वा आँखें यूँ खुलीं जैसे लाल–लाल ज़ख़्मों के मुँह के टाँके उधड़ जाने पर खुल जाते हैं। उसने एक लम्हे के लिए राजो के झुके हुए चेहरे की तरफ़ देखा, जिस पर गाल थोड़े से नीचे लटक आये थे और एकदम उसे अपने दोनों बाजुओं में जकड़कर इस ज़ोर से अपनी छाती के साथ भींचा कि उसकी रीढ़ की हड्डी कड़–कड़ बोल उठी। उठकर उसने राजो को अपनी रानों पर लिटा दिया और उसके मोटे और गुदगुदे लबों पर इस ज़ोर से अपने तपते हुए होंठ पैवस्त कर दिये जैसे गर्म–गर्म लोहे से उनको दाग़ना चाहता है।

---

1. अधखुली, 2. बेहोशी में बीमार की बड़बड़ाहट।

सईद की गिरफ़्त इस क़दर ज़बरदस्त थी कि राजो कोशिश के बावजूद ख़ुद को आज़ाद न करा सकी। उसके होंठ देर तक उसके लबों पर इस्तरी करते रहे। फिर हाँफते हुए अचानक उसने राजो को एक झटके से अलग कर दिया और उठकर यूँ बैठ गया जैसे कोई निहायत डरावना ख़्वाब देखा है। राजो एक तरफ़ सिमट गयी। वह सहम गयी थी। उसके लबों पर अभी तक उसके पपड़ी जमे होंठ रुड़क रहे थे।

राजो ने उसकी तरफ़ कनखियों से देखा तो वह उस पर बरस पड़ा। तुम यहाँ क्या कर रही हो। जाओ–जाओ...यह कहते–कहते सईद ने अपने सर को दोनों हाथों में थाम लिया, जैसे वह गिर पड़ेगा। इसके बाद वह लेट गया और हौले–हौले बड़बड़ाने लगा। राजो....मुझे माफ़ कर दो...मुझे माफ़ कर दो...मुझे कुछ नहीं मालूम कि मैं क्या कह रहा हूँ। बस एक बात अच्छी तरह जानता हूँ कि मुझे तुमसे दीवानगी की हद तक मुहब्बत है...ओ मेरे अल्लाह...हाँ मुझे तुमसे मुहब्बत है। इसलिए नहीं कि तुम मुहब्बत करने की क़ाबिल हो, इसलिए नहीं कि तुम मुझसे मुहब्बत करती हो...फिर किसलिए... काश कि मैं इस बात का जवाब दे सकता। मैं तुमसे मुहब्बत करता हूँ इसलिए कि तुम नफ़रत के क़ाबिल हो। तुम औरत नहीं हो, एक सालिम मकान हो...एक बहुत बड़ी बिल्डिग हो, लेकिन मुझे तुम्हारे सब कमरों से मुहब्बत है। इसलिए कि वह ग़लीज़ हैं, टूटे हुए हैं... मुझे तुमसे मुहब्बत है, क्या यह अजीब बात नहीं...यह कहकर सईद ने हँसना शुरू कर दिया।

राजो ख़ामोश रही। उस पर अभी तक सईद की गिरफ़्त और उसके ख़ौफ़नाक बोसे का असर था। वह उठकर कमरे से बाहर जाने का इरादा ही कर रही थी कि उसने फिर हिज़यानी कैफ़ियत में बड़बड़ाना शुरू कर दिया। राजो ने उसकी तरफ़ धड़कते हुए दिल से देखा। उसकी आँखें नीम वा थीं और वह किसी गैर मरई[1] आदमी से बातें कर रहा था..."तुम जालिम हो...इन्सान नहीं हैवान

---

1. जिसे देख न सकें।

हो...मान लिया कि वह भी तुम्हारी तरह हैवान है, मगर फिर भी औरत है। औरत अगर पाश–पाश[1] भी हो जाये जब भी औरत रहती है...लेकिन तुम यह बातें कभी नहीं समझोगे। भैंस और औरत में तुम फ़र्क़ नहीं समझते। लेकिन ख़ुदा के लिए जाओ और उसे अन्दर ले आओ। बाहर सर्दी में कपड़ों के बग़ैर उसका सारा ख़ून जम गया होगा। मैं पूछता हूँ आख़िर उसके साथ तुम्हारी लड़ाई किस बात पर हुई...लालटेन के नीचे वह सिर्फ़ तुम्हारा बनयान पहने खड़ी है और तुम...तुम...लानत हो तुम पर...तुम समझते क्यों नहीं हो, राजो औरत है...पशमीने का थान नहीं जिसे तुम चर्ख़ चढ़ाते रहो..."

पहली मर्तबा राजो को मालूम हुआ, उस रात वाले वाक़ये से बीबी का लड़का वाक़िफ है। चुनांचे वह दहशत ज़दा हो गयी। लोग उसके और चार सौदागर भाइयों के बारे में तरह–तरह की बातें करते थे, मगर वह जानती थी कि किसी ने भी अपनी आँखों से कुछ नहीं देखा। इसीलिए वह कभी ख़ौफज़दा न होती थी। लेकिन अब यहाँ उसके सामने बिस्तर पर वह आदमी लेटा था जो कि बहुत कुछ देख और सुन चुका था। इस आदमी के बारे में आज तक उसने ग़ौर नहीं किया था। वह सिर्फ़ इतना जानती थी कि मियाँ गुलाम रसूल मरहूम का यह लड़का किसी से भी ज़्यादा बातें नहीं करता। सारा दिन अपनी बैठक में मोटी–मोटी किताबें पढ़ते रहना उसका शग़ल है। और बस...गली के दूसरे लड़कों के बारे में वह हर रोज़ नयी–नयी बातें सुनती थी। लेकिन इसके मुताल्लिक़ उसने यही सुना था कि बड़ा बदमिज़ाज है, और मियाँ गुलाम रसूल मरहूम से भी ज़्यादा उसे अपने ख़ानदानी होने पर घमण्ड है। इसके सिवा वह कुछ नहीं जानती थी। मगर आज उसे मालूम हुआ कि वह उसके बारे में सब कुछ जानता है और उससे मुहब्बत भी करता है।

उसकी मुहब्बत का इनकाशाफ़ राजो के लिए तकलीफ़देह नहीं था। उसको दरअसल यह बात बड़ी तकलीफ़ पहुँचा रही थी कि उसने सब कुछ देख लिया है। यह बड़ी शर्म की बात थी। चुनांचे

1. टुकड़े–टुकड़े।

उसके दिल में ख़्वाहिश पैदा हुई कि बीबी जी का लड़का...वह तमाम वाक़या भूल जाये। उसने थोड़ी देर अपने दिमाग़ पर ज़ोर दिया और आख़िरकार एक तरीक़ा सोचकर उसने कहना शुरू किया–"ख़ुदा की क़सम, अल्लाह क़सम, पीर दस्तगीर की क़सम, यह सब झूठ है। मैं मस्जिद में कुरआन उठाने के लिए तैयार हूँ कि जो कुछ आप समझते हैं, बिल्कुल ग़लत है। मैंने अपनी मर्ज़ी से सौदागरों की नौकरी छोड़ दी है। वहाँ काम बहुत ज़्यादा था और उस रोज़ रात को भी इस बात का झगड़ा था...मैं दिन–रात कैसे काम कर सकती हूँ। चार नौकरों का काम मुझ अकेली जान से कैसे हो सकता है, मियाँ जी।"

सईद बुख़ार में बेहोश पड़ा था। राजो जब अपने ख़याल के मुताबिक़ तमाम ज़रूरी बातें कह चुकी तो उसके दिल का बोझ हल्का हो गया। लेकिन उसने सोचा कि एक ही साँस में उसने जितनी झूठी कसमें खायी हैं शायद नाकाफ़ी हैं, चुनांचे उसने फिर कहा, "मियाँ जी पाक परवरदिगार की क़सम...मरते वक़्त मुझे कलमा नसीब न हो अगर मैं झूठ बोलूँ...यह सब बोहतान है, मैं कोई ऐसी वैसी थोड़ी हूँ। मुझसे ज़्यादा काम नहीं हो सकता था इसलिए मैंने उनको छोड़ दिया....अब इतनी–सी बात का बतंगड़ बन जाये तो इसमें मेरा क्या कुसूर है।"

यह कहने के बाद उसने गोया अपना क़र्ज़ अदा कर दिया और क़रीब था कि कमरे से बाहर चली जाये कि सईद ने आँखें खोलीं और पानी माँगा। राजो ने बड़ी फुर्ती से पानी का गिलास उसके हाथ में दे दिया और पास ही खड़ी रही ताकि वापस लेकर तिपाई पर रख दे।

एक ही घूँट में गिलास का सारा पानी पीने के बाद उसकी प्यास को थोड़ी बहुत तस्कीन हुई। ख़ाली गिलास राजो के हाथ में देकर उसने निगाहें उठाकर उसकी तरफ़ देखा, कुछ कहना चाहा मगर ख़ामोश हो गया और तकिये पर सर रखकर लेट गया।

अब वह होश में था। उसने बड़ी संजीदगी और मतानत से राजो को मुखातिब किया..."राजो" राजो ने दबे लहजे में जवाब दिया "जी"।

"देखो, बीबी जी को यहाँ भेज दो।"

यह सुनकर राजो ने ख़याल किया कि वह बीबी जी को रात की दास्तान सुनाना चाहता है। चुनांचे उसने फिर कसमें खाना शुरू कीं..."मियाँ जी कुरान मजीद की क़सम, अल्लाह पाक की क़सम और कोई बात नहीं थी...मेरा उनसे सिर्फ़ इसी बात पर झगड़ा हुआ था कि मैं ज़रख़रीद लौंडी नहीं हूँ कि दिन-रात काम करती रहूँ...आपने मेरी ज़बान से इसके सिवा और क्या सुना था।"

बिस्तर पर सईद ने बड़ी मुश्किल से करवट बदली। ठण्डे पानी ने उसके तमाम जिस्म में एक कँपकँपाहट सी दौड़ा दी थी। राजो की तरफ़ हैरत से देखकर उसने पूछा, "क्या कह रही हो तुम।" फिर फ़ौरन ही जब उसे ख़याल आया कि हिज़यानी कैफ़ियत में उससे बेशुमार बातें कर चुका है, और अपनी मुहब्बत भी उस पर ज़ाहिर कर चुका है तो उसे अपने आप पर बेहद गुस्सा आया। मलेरिया के बायस उसके मुँह का ज़ायक़ा बहुत ख़राब हो गया था। अब इस ग़लती के एहसास ने उसके मुँह में और ज़्यादा कसैलापन पैदा कर दिया और उसको अपने आप से नफ़रत होने लगी।

"मुझे राजो से बातें नहीं करना चाहिए थीं...राजो पर अपनी मुहब्बत का इज़हार तो क़तई तौर पर नहीं करना चाहिए था। इसलिए कि वह इसकी अहल ही नहीं। मैंने राजो को अपने दिल का राज़ नहीं बताया बल्कि अपने तमाम वजूद को एक गन्दी मोरी में फेंक दिया है। इसमें कोई शक नहीं कि नीम बेहोशी के आलम में मुझसे यह ग़लती हुई। लेकिन अगर मैं कोशिश करता तो जज़्बात के धारे को रोक सकता था। मुझमें इतनी ताक़त है। मगर अफ़सोस इस बात का ख़याल ही न आया और मैं बकता चला गया।"

जो कुछ वह राजो से कह चुका था उसका लफ़्ज-लफ़्ज तो राजो को याद नहीं था, लेकिन वह सोच सकता था कि उसने क्या कहा होगा। वह इससे पहले आलमे-ख़याल में राजो से कई मर्तबा गुफ़्तगू कर चुका था और हर बार निदामत महसूस कर चुका था। मगर अब वह सचमुच उससे हमकलाम हुआ था और उस पर अपनी मुहब्बत भी ज़ाहिर कर चुका था, जिससे वह ख़ुद को भी ग़ाफ़िल रखना चाहता था...यह सईद की ज़िन्दगी का अज़ीम तरीन हादसा था।

राजो उसके सामने खड़ी थी। मलेरिया अपने बर्फ़ीले हाथ फिर उसके जिस्म पर फेर रहा था। एक निहायत ही नागवार कँपकँपाहट उसके रगों–रेशे के अन्दर कनखजूरे की मानिन्द रेंग रही थी और उसके दिल में ऐसी तल्खी पैदा हो रही थी जो उसने इससे पहले कभी महसूस नहीं की थी। वह चाहता था कि एकदम उसे इतना बुख़ार चढ़े कि बेहोश हो जाये ताकि जो कुछ हो चुका है उसका एहसास कुछ अर्से के लिए उससे दूर रहे।

बड़ी मुश्किल से उसने ख़ुद को राजो से यह कहने के लिए आमादा किया, "जाओ बीबी जी को यहाँ भेज दो, मैं यहाँ मर रहा हूँ, कुछ मेरा भी ख़याल करें।" इस पर राजो ने हौले से कहा, "आप ही के लिए सौ नफ़िल पढ़ रही हैं...देखती हूँ ख़त्म हुए हैं कि नहीं...।" जाओ...ख़ुदा के लिए जाओ–यह कहकर सईद ने लिहाफ़ अपने मुँह पर भी ओढ़ लिया, और सर्दी की शिद्दत के बायस जो मलेरिया के ताज़ा हमले का निशान थी, ज़ोर–ज़ोर से काँपना शुरू कर दिया।

राजो कमरे से बाहर चली गयी।

पाँच

सर्दी चूँकि बहुत शिद्दत की थी, इसलिए बदएहतियाती के बायस सईद को निमोनिया हो गया और उसकी हालत बहुत नाजुक हो गयी। उसकी माँ बेचारी क्या कर सकती थी। दिन–रात दुआएँ माँगने में मसरूफ रहती और अपने बीमार बेटे के पास बैठी रहती। राजो ने भी दक़ीका[1] फ़रोगुज़ाश्त[2] नहीं किया, मगर बजाय आराम के, उसकी ख़िदमत से मरीज़ रूहानी अज़ीयत महसूस करता रहा...'

सईद के दिल में कई मर्तबा आया कि अपनी माँ से साफ़–साफ़ लफ़्जों में कह दे कि राजो की मौजूदगी वह पसन्द नहीं करता, मगर कोशिश के बावजूद ऐसा न कर सका। चुनांचे इस अज़ीयत में, जो वह महसूस कर रहा था, इस शिकस्त के बायस और भी इज़ाफ़ा हो गया।

डॉक्टर मुकुन्दलाल भाटिया ने यह राय दी थी कि उसे अस्पताल में भर्ती कर दिया जाये तो ठीक रहेगा। वहाँ पर तीमारदारी भी अच्छी तरह से हो सकेगी और दवा वग़ैरा भी वक़्त पर दी जायेगी। इसके अलावा ज़रूरत के वक़्त अच्छा डॉक्टर भी मिल सकेगा। लेकिन माँ रजामन्द नहीं होती थी। अस्पताल से उसे नफ़रत थी। लेकिन जब ख़ुद उसके चहेते बेटे ने अस्पताल में दाख़िल होने पर इसरार[3] किया तो वह दिल पर पत्थर रखकर ख़ामोश हो गयी। उसने अपने बच्चे की आज तक कोई बात नहीं टाली थी। चुनांचे निमोनिया होने के दूसरे रोज़ ही डॉक्टर मुकुन्दलाल भाटिया उसे बड़ी एहतियात से सिविल अस्पताल ले गया और वहाँ स्पेशल वार्ड में दाख़िल करा दिया...

---

1. लम्हा, 2. चूक, 3. ज़िद।

अस्पताल में सईद चन्द दिनों में ही ठीक हो गया। निमोनिया का हमला काफ़ी ज़बरदस्त था, मगर वह बच गया। बुख़ार वग़ैरा भी दूर हो गया। अस्पताल के कमरे में जिसकी हर चीज़ सफ़ेद थी, से उसको रूहानी तस्कीन हासिल हुई, चूँकि राजो वहाँ नहीं थी, इसीलिए उसके दिल पर जो बोझ सा आ पड़ा था, बहुत हद तक हल्का हो गया और वह मुकम्मल सेहत की बड़ी शिद्दत से ख़्वाहिश करने लगा... लेकिन यह तय था कि घर में नहीं रहेगा, जहाँ राजो मौजूद थी। वह उस औरत को बर्दाश्त नहीं कर सकता था। उसको देखकर उसके दिलो–दिमाग़ पर एक ऐसी कैफ़ियत तारी हो जाती थी जिससे वह पहले नाआश्ना था। इसमें कोई शक नहीं कि वह उसकी मुहब्बत में बुरी तरह गिरफ़्तार हो गया था, मगर वह इस मुहब्बत को बिल्कुल दबा देना चाहता था।

ज़ाहिर है कि यह काम बहुत मुश्किल था, मगर वह इसमें कामयाबी हासिल करने के लिए पूरी कोशिश कर रहा था। इस दौरान उसने आहिस्ता–आहिस्ता ख़ुद को इस बात का यक़ीन भी दिलाया था कि राजो को भूलकर वह एक ऐसे मारके का काम करेगा जो आज तक कोई नहीं कर सका।

अस्पताल में दाख़िल होने के आठवें रोज़ कमज़ोरी के बावजूद सईद बहुत तरो–ताज़ा महसूस कर रहा था। सुबह सवेरे जब सफ़ेद पोश नर्स ने उसका टैम्प्रेचर लिया तो उसने मुस्कराकर कहा, “नर्स, मैं तुम्हारा बहुत ममनून हूँ। तुमने मेरी बहुत ख़िदमत की है। काश मैं इसका सिला तुमसे मुहब्बत करके दे सकता।” एंग्लो–इंडियन नर्स के लबों पर एक बारीक़ मुस्कराहट फैल गयी। आँखों की पुतलियाँ बचाकर उसने कहा, “क्यों नहीं करते.....करो।”

उसने बग़ल से थर्मामीटर निकालकर नर्स को दिया और जवाबन कहा, “मैं अपने दिल के किवाड़ हमेशा के लिए बन्द कर चुका हूँ, तुमने उस वक़्त दस्तक दी है जबकि साहबे–ख़ाना हमेशा के लिए अपनी कोठरी में सो गया है। मुझे इसका अफ़सोस है। तुम इस क़ाबिल हो कि तुमसे आइडोफार्म की तेज़ बू समेत मुहब्बत की जाये, मगर....इट इज़ टू लेट माई डियर।”

नर्स हँस पड़ी और ऐसा मालूम हुआ कि हार की धागा टूटने से मोती इधर–उधर बिखर गये हैं। उसके दाँत बहुत सफ़ेद और चमकीले थे...सईद नर्सों की कमज़ोरी से वाक़िफ़ था। चुनांचे उसने बड़े पुरलुत्फ़ अन्दाज़ में कहा, "नर्स तुम अभी पूरी तरह जवान कहाँ हुई हो...शबाब आने दो, एक छोड़ पूरी दर्जन मुहब्बतें तुम्हारे इर्द–गिर्द चक्कर लगाना शुरू कर देंगी...लेकिन उस वक़्त मुझे ज़रूर याद कर लेना, जिसने अस्पताल के इस कमरे में तुम्हारी पिंडलियों की तारीफ़ की थी और कहा था, अगर चार–चार होतीं तो मैं अपने पलँग के पायों की जगह इन्हें लगवा लेता।"

नर्स ने तख्ती पर टैम्प्रेचर नोट किया और "यू नोटी ब्वॉय" कहकर अपनी पिंडलियों की तरफ़ दाद भरी निगाहों से देखती हुई बाहर चली गयी।

सईद बहुत ख़ुश था, या यूँ समझिए कि वह अपने आपको ख़ुश करने की कोशिश कर रहा था। दरअसल वह राजो को किसी न किसी हीले से भूल जाना चाहता था। कई बार उसको उस गुफ़्तगू का ख़याल आता जो उसने बुख़ार की हालत में उससे की थी। लेकिन फ़ौरन ही दूसरे ख़यालों के नीचे उसे दबा देता। अस्पताल में अब उसे मज़ीद चार रोज़ रहना था। इसमें कोई शक नहीं कि निमोनिया और मलेरिया ने उसकी बहुत–सी ताक़त लूट ली थी। मगर उसे अपनी कमज़ोरी का बिल्कुल ख़याल नहीं था, बल्कि उल्टा ख़ुश था। जब उसे ऐसा महसूस होता था कि बहुत–सा ग़ैरज़रूरी बोझ उस पर से उठ गया है, ख़यालात में अब वह पहला–सा खिंचाव नहीं था और न ही परागन्दगी थी। बुख़ार और निमोनिया ने फ़िल्टर का काम किया था। वह महसूस करता कि अब उसमें वह भारीपन नहीं रहा जो उसे पहले तंग करता रहा है। बुख़ार ने उसके नुकीले जज़्बात को घिस दिया था, इसलिए अब उसे चुभन महसूस नहीं होती थी।

दिमाग़ बिल्कुल हल्का था। बाक़ी आज़ा भी हल्के–फुल्के हो गये थे। जिस तरह धोबी मैले कपड़े को पटक–पटक कर उजला करता है, उसी तरह बुख़ार ने अच्छी तरह झिंझोड़–झिंझोड़कर उसका सारा मैल निकाल दिया था।

जब नर्स अपनी पिंडलियों को देखती हुई बाहर निकली तो सईद दिल ही दिल में मुस्कराया। फिर उसने सोचा कि नर्स की पिंडलियां वाक़ई ख़ूबसूरत हैं। दूसरे मरीज़ों के लिए ऐसे चार दिन गुज़ारना बहुत मुश्किल था, मगर सईद ने बड़े मज़े से ये दिन काटे। शाम को उसके दोस्त आ जाते थे। उनसे वह इधर–उधर की दिलचस्प बातें करता रहता। सुबह को उसकी माँ आती, जो अपनी ममता से उसका दिल ख़ुश कर जाती। दोपहर को सो रहता और बीच में जब उसके पास कोई न रहता तो रिसाले पढ़ता रहता, जिसका एक अम्बार अब खिड़की की सिल पर जमा हो गया था।

जब उसके रुख़्सत होने का वक़्त आया तो डॉक्टर, नर्स, ख़िदमतगार और अस्पताल के एक–दो और मुलाज़मीन उसके कमरे में जमा थे। दो भंगी इनाम लेने के लिए खड़े थे। बाहर फाटक पर ताँगा खड़ा था, जिस पर उसका मुलाज़िम गुलाम नबी बैठा इन्तज़ार कर रहा था। जैसे वह लन्दन जा रहा है या लन्दन से वापस आ रहा है, और उसके दोस्त अहबाब उसको ख़ैरबाद कहने या उसका इस्तक़बाल करने के लिए जमा हैं।

नर्स उससे बार–बार कह रही थी, “आपने अपनी सब चीज़ें याद से अटैची में रख ली हैं ना?”...और वह बार–बार उसका जवाब दे रहा था, “जी हाँ रख ली हैं।”

नर्स फिर कहती–“वह आपकी घड़ी कहाँ है, देखिए गद्दे के नीचे ही न पड़ी रहे।”

इस पर उसे कहना पड़ता–“मैंने घड़ी उठाकर अपनी जेब में रख ली है।”

“और आपका फाउंटेन पेन?”

“वह भी मेरी जेब में है।”

“और आपकी ऐनक?”

“वह मेरी नाक पर है, आप अपना इत्मीनान कर सकती हैं।”

इस पर नर्स मुस्करा देती।

नर्स ने सईद की बहुत ख़िदमत की थी। जैसे नन्हे बच्चे का कोई ख़याल रखता है, उसी तरह वह उसका ख़याल रखती थी और अब वह अस्पताल से जा रहा था। वह उसको यूँ रुख़्सत कर रही थी जैसे माँ बच्चे को स्कूल भेजती है और उसके दरवाज़े से बाहर निकलने तक कभी उसकी टोपी ठीक करती रहती है या उसकी क़मीज़ के बटनों को बन्द करती रहती है। नर्स की इस क़िस्म की खिदमत ने, उस पर बहुत असर किया था। यही वजह है कि वह उससे हमेशा पुरलुत्फ़ तरीक़े से गुफ़्तगू करता था...

जब सब कुछ ठीक–ठाक हो गया तो सईद नर्स से मुख़ातिब हुआ।

"नर्स, देखना मेरी टाई की नाट कैसी है?"

नर्स ने टाई की गिरह की तरफ़ देखा, मगर फ़ौरन ही समझ गयी कि उससे मज़ाक़ हो रहा है। चुनांचे मुस्करा दी।

"बिल्कुल ठीक है। मगर आप अपना आईना यहीं भूले जा रहे हैं।"

यह कहकर वह कमरे की आख़िरी खिड़की की तरफ़ बढ़ी जिसके पास ही लोहे का नेमतख़ाना रखा था। उसे खोलकर उसने आईना निकाला और सईद के अटैची केस में रखकर कहा, "क्यों जनाब एक चीज़ तो आप भूल ही गये थे ना।"

इस पर सईद ने कहा, "अब मुझे क्या मालूम कि आईने भी फलों और दूध की तरह नेमतखाने में रखे जाते हैं। मैंने तो इसे वहाँ नहीं रखा। आपने कभी इसकी मदद से अपने होठों पर सुर्खी लगाई होगी और वह भी उस वक़्त जब मैं सो रहा हूँगा।"

इस क़िस्म की पुरलुत्फ़ बातों के बाद उसने डॉक्टर से हाथ मिलाया, चन्द काग़ज़ात पर दस्तख़त किये, नर्स वग़ैरा का शुक्रिया अदा किया और खैराती बॉक्स में कुछ रुपये डालकर उस कमरे से बाहर निकल आया, जहाँ उसने पूरे पन्द्रह रोज़ बीमारी की हालत में गुज़ारे थे।

जब बाहर सड़क की जानिब निकला तो उसने ऐसे ही मुड़कर अपने पीछे देखा जिधर उसके कमरे की खिड़कियाँ खुलती थीं। तीन

खिड़कियाँ बन्द थीं, मगर एक खुली थी, जिसमें से नर्स झाँक रही थी। जब उन दोनों की आँखें चार हुईं तो नर्स ने अपना नन्हा–सा सफ़ेद रुमाल लहराया और खिड़की बन्द कर दी...।

उसके दोस्त अब्बास ने जब यह तमाशा देखा तो आँख मार कर रशीद से कहा, "भई मुझे कुछ दाल में काला नज़र आता है।"

छह

पन्द्रह दिन की ग़ैरहाजिरी के बाद जब सईद घर में दाख़िल हुआ तो सबसे पहले उसे राजो नज़र आयी जो दौड़ी–दौड़ी बड़े दरवाज़े से निकल रही थी। उसे देखकर रुक गयी और तुतला–तुतला कर कहने लगी, "मियाँ जी आप ठीक हो गये...ठीक हो गये...मैं...मैं पाँच रुपये के पैसे लेने जा रही हूँ..." यह कहकर वह चली गयी और सईद ने इत्मीनान का साँस लिया। आगे बढ़ा तो उसकी माँ ने झट उसे छाती से लगा लिया और चट–चट बलाएँ लेना शुरू कर दीं।

सईद को अपनी माँ के हद से ज़्यादा बढ़े हुए प्यार से बहुत उलझन होती थी, मगर अबके उसकी तबीयत में एक क़िस्म की नरमी पैदा हो गयी थी। उसे माँ की मुहब्बत का जोश अच्छा मालूम हुआ और उसने फ़रहत महसूस की।

जब घर में दाख़िल हुआ तो उसके साथ मेहमानों का सा सुलूक किया गया। नये टी सेट में चाय दी गयी। अन्दर कमरे में नया फ़र्श बिछाया गया था, कुर्सियों पर नयी गद्दियाँ धरी थीं, पलंग पर वह चादर बिछी हुई थी जिस पर उसकी माँ ने बड़ी मेहनत से तारकशी का काम किया किया। हर शय करीने से रखी गयी थी और कमरे में ऐसी फ़िज़ा पैदा हो गयी थी, जो मस्जिद में जुमे की नमाज़ पर देखने में आया करती है। जब बहुत–से आदमी नहा–धोकर उजले कपड़े पहने होते हैं।

चाय पीकर वह देर तक अपनी माँ के पास बैठा रहा। गली की सब औरतें एक–एक करके आयीं और सईद की सेहतयाबी पर उसकी माँ को मुबारकबाद देकर चली गयीं। जब फ़क़ीर को पाँच

रुपए के पैसे बाँटने का वक़्त आया और गली में शोर मच गया तो सईद उठकर अपनी बैठक में चला आया।

गुलाम नबी ने कमरा ख़ूब साफ़ कर रखा था। सब की सब खिड़कियाँ खुली थीं। उसकी वालदा को मालूम था कि वह अपने ही कमरे में जाकर बैठेगा। सिगरेट का नया टिन तिपाई पर रखा था और पास ही नयी माचिस भी पड़ी थी।

जब कमरे में दाख़िल हुआ तो उसने अपनी तमाम चीज़ों का जायज़ा लिया। हर शय अपनी जगह पर थी। उस कबूतर तक, जो बारह बजे तक उसके बाप की बड़ी तस्वीर के भारी फ्रेम पर ऊँघता रहता था।

थोड़ी देर तक वह साफ़ की हुई दरी पर नंगे पैर टहलता रहा। इतने में उसके दोस्त आने शुरू हो गये। दोपहर का खाना वहीं खाया गया जो कि परहेजी था, मगर अस्पताल की खुराक से बदर्जहा बेहतर खाने के बाद सिगरेटों का दौर चला और देर तक ग़पबाज़ी होती रही। इसी दौरान अब्बास ने कहा, "अमाँ, अस्पताल की लौंडिया बुरी नहीं थी..." रशीद ने मुस्कराकर कहा, "आपका डबल निमोनियाँ बग़ैर दवा के यूँ ही तो अच्छा नहीं हो गया। बाज़ नर्स अमृतधारा होती है।" अब्बास को रशीद की बात बहुत पसन्द आयी, "वल्लाह क्या जुमला कहा है....नर्स और अमृतधारा... मैं समझता हूँ...सईद आधी बोतल तो ख़त्म कर दी होगी तुमने...? भई ऐसी दवाएँ बेदर्दी से इस्तेमाल नहीं की जातीं?" सईद को यह वाहियात गुफ़्तगू अच्छी मालूम हुई। चुनांचे उसने भी इसमें हिस्सा लेना शुरू कर दिया। "क्या ख़याल है तुम्हारा अस्पताल में उस जैसी तीखी नर्स शायद ही कोई और हो...भई अस्पताल वालों की नब्ज़ शनासी की दाद देना पड़ती है कि उन्होंने मिस फ़रिया को मेरी ख़िदमत पर मामूर किया—यूँ तो इस शहर में किसी औरत की नंगी टाँग नज़र ही नहीं आती और अब तो सर्दी ज़ोरों पर है। सब टाँगें मोटे-मोटे ग़िलाफों में रहती हैं। इसलिए उसकी नंगी पिंडलियों ने बड़ी फ़रहत बख़्शी...लेकिन तुमने इसकी पिंडलियाँ नहीं देखीं।"

अब्बास बोला,..."क्या मशहूर मुक़ामात में शामिल करने के लायक़ हैं?"

इस पर सईद दफ़अतन संजीदा हो गया, "भई मज़ाक़ बर तरफ़ मगर उसने मेरी बहुत ख़िदमत की है, बच्चा समझकर मेरी तीमारदारी करती थी। मामूली से मामूली चीज़ का ख़याल रखती थी। बाज़ औक़ात मेरा मुँह भी धुलाती थी, नाक भी पोंछती थी, जैसे बिल्कुल अपाहिज हूँ। मैं उसका बहुत एहसानमन्द हूँ। मेरा ख़याल है कि उसको एक साड़ी तोहफ़े के तौर पर भेज दूँ। एक बार उसने कहा था कि उसे साड़ी पहनने का बड़ा शौक़ है, क्यों अब्बास, तुम्हारा क्या ख़याल है–"

अब्बास ने कहा–"नेकी और पूछ–पूछ, मगर शर्त यह है कि साड़ी मैं लेकर जाऊँगा...तय है...और यह भी तय है कि साड़ी सफ़ेद होगी क्योंकि यह रंग मुझे पसन्द है... ।"

चुनांचे दूसरे रोज़ गोकुल की मार्केट से अब्बास और सईद ने एक सफ़ेद रंग की साड़ी मुन्तख़ब की, जिसके किनारे–किनारे एक सफ़ेद तले का बॉर्डर दौड़ रहा था। क़ीमत अदा कर दी गयी और एक चिट पर अपना और नर्स का नाम लिखकर उसे साड़ी के साथ चिपका दिया गया। अब्बास ने बक्स बन्द किया और उसे लेकर अस्पताल रवाना हो गया। जाने से पहले सईद ने अब्बास से कहा, "मगर देखो, अस्पताल में जाकर तहायफ़ देना ठीक नहीं है।" अब्बास ने कमरे से बाहर निकलकर जवाब दिया, "मैं नर्स के घर जा रहा हूँ, अस्पताल में तो बीमार जाते हैं।"

अब्बास चला गया और शाम को वापस आया। जब सईद चाय–वाय पीकर अपनी माँ के पास थोड़ी देर बैठकर, इधर मर्दाने की तरफ़ आ रहा था, दरवाज़े पर दस्तक हुई और ख़्वाजा साहब की आवाज़ बुलन्द हुई तो उसने समझ लिया कि अब्बास है, और दिलचस्प ख़बर लाया है। जब दोनों इत्मीनान से कमरे में बैठ गये तो बातें शुरू हुईं।

अब्बास ने गुफ़्तगू का आग़ाज़ किया, "भई मुझे ऐसा शक होता है कि उसे तुमसे बहुत बुरी तरह से मुहब्बत है, और वह दिन भर

तुम्हारे फ़िराक़ में आहें भरती रहती है। रात को सो नहीं सकती... वग़ैरा वग़ैरा।"

"अरे भई नहीं, तुम मज़ाक़ मत समझो। उसने ख़ुद तो कुछ नहीं कहा मगर मैंने अन्दाज़ा लगाया कि वह तुम्हारी मुहब्बत में गिरफ़्तार है। जाने तुमने उस पर क्या जादू कर दिया है?"

"मैं पूरी बात तो सुन लूँ।"

मैं वहाँ गया, उसका ठिकाना मालूम किया। वह ड्यूटी पर नहीं थी। इसलिए उसने मुझे अपने छोटे–से कमरे में बुला लिया और मेरे आने की वजह पूछी। मैंने साड़ी का बक्स उसको दे दिया। उसे खोलकर जब उसने साड़ी देखी तो उसकी आँखों में नमी पैदा हो गयी। कहने लगी, ..."नाहक़ तकलीफ़ की, मगर मुझे यह साड़ी पसन्द है, उनका जौक़ बहुत अच्छा है। गो सफ़ेद कपड़े पहन–पहनकर मैं सफ़ेद रंग से उकता सी गयी हूँ, मगर इसमें एक ख़ास बात है...यह ...यह बॉर्डर कितना प्यारा है। अगर बड़ा होता तो सारी ख़ूबसूरती ज़ाया हो जाती। मेरी तरफ़ से उनका बहुत–बहुत शुक्रिया अदा कर दीजिएगा। ...लेकिन...लेकिन वह आप क्यों नहीं आये। यानी उन्हें ख़ुद आना चाहिए था।" यह कहते–कहते रुक–सी गयी और बात का रुख़ बदल दिया।

"आपने काफ़ी जहमत उठाई है, मुझे आपका शुक्रिया अदा करना चाहिए था...।" यह सुनकर सईद ने अब्बास से पूछा, "मगर इस गुफ़्तगू से क्या साबित होता है, कुछ भी नहीं..."

"अरे भाई मेरे बताने से क्या साबित होगा, मैं मिस फारिया नहीं हूँ, तुम वहाँ होते तो वही नतीजा अख़्ज करते जो मैंने किया है। और फिर उसने यह भी कहा कि वक़्त के वक़्त जब इधर कम्पनी बाग़ की तरफ़ आ निकलें तो मुझे ज़रूर मिलें। मेरे कमरे का नम्बर आप उनको बता दीजिएगा। इसलिए उन्हें तकलीफ़ न होगी लेकिन ठहरिए..."

"तुम्हें मालूम है, इसके बाद उसने क्या कहा?"

"तुमसे कहा होगा तशरीफ़ ले जाइए।"

उसने छोटे–से पैड पर तुम्हें एक ख़त लिखा लेकिन थोड़ी देर

सोचकर उसे फाड़ दिया। फिर एक नया लिखा, उसे भी फाड़ दिया और मेरी तरफ़ बेवकूफ़ों की तरह देखकर घबराये हुए लहजे में कहने लगी, कुछ समझ में नहीं आता...शुक्रिया किन अल्फ़ाज़ में अदा करूँ। यह कहकर उसने फिर कोशिश की जो इस बार सच साबित हुई। बड़ी सोच–विचार के बाद उसने एक ख़त लिखा, उसे लिफ़ाफ़े में बन्द करके मुझे दिया और कहा, यह उनको दे दीजिएगा। मैं यह ख़त लेकर बाहर निकला और...

सईद ने पूछा, "कहाँ है?"

अब्बास ने बड़ी बेपरवाही से जवाब दिया, "मेरे पास..." हाँ तो मैंने बाहर आकर लिफ़ाफ़े को देखा। उस पर लिखा था, प्राइवेट चुनांचे मैंने खोल लिया।...

खोल लिया! और पढ़कर देखा तो मालूम हुआ कि वह आपसे मिलने के लिए बहुत बेक़रार है। ख़त का मज़मून यह है कि मैं तुमसे मिलना चाहती हूँ। मेरी तबीयत आजकल बहुत उदास है। साड़ी का बहुत–बहुत शुक्रिया। मैं इसे परसों बाल में पहनकर जाऊँगी जो छावनी में हो रहा है।

यह कहकर उसने जेब में हाथ डाला और लिफ़ाफ़ा निकालकर सईद को दे दिया। "तुम ख़ुद भी पढ़ लो, शायद बैनुस्सुतूर[1] में तुम्हें कोई इबारत नज़र आ जाये।"

सईद ने लिफ़ाफ़ा खोलकर पढ़ा। वही मज़मून था, जो अब्बास ने सुनाया था। फ़र्क़ सिर्फ़ यह था कि मिस फ़रिया ने अंग्रेज़ी में चार सतरें लिखी थीं, जिसका तर्जुमा अब्बास ने कर दिया...

यह ख़त पढ़कर सईद सोच में पड़ गया... वह मुझसे किसलिए मिलना चाहती है और उदास क्यों है। क्या उदासी मुझसे मुलाक़ात करने पर दूर हो जायेगी। क्या यह मुमकिन है कि उसकी तबीयत में उदासी करने वाला मैं हूँ। क्या सचमुच अब्बास के कहने के मुताबिक़ वह मुझसे मुहंब्बत करती है।

इस आख़िरी ख़याल पर उसे बेअख़्तियार हँसी आ गयी। अब्बास

1. पंक्तियों के मध्य।

तुम निरे बेवकूफ़ हो। उसे मुझसे मुहब्बत नहीं हुई, बल्कि किसी और से हुई है और मुझे उसका सारा हाल सुनाना चाहती है। मैंने उससे एक बार मज़ाक़–मज़ाक़ में कहा था, ज्योंही तुम किसी से मुहब्बत करने लगो, मुझे ज़रूर बताना। मुमकिन है क्यूपिड ने उसके सीने पर अपना पहला तीर चलाया हो। ख़ैर छोड़ो इस क़िस्से को, यह बताओ क्या तुमने किसी एंग्लो–इंडियन लड़की से मुहब्बत की है?

अब्बास ने बड़ी संजीदगी से कहा, "मैंने ठेठ यूरोपियन से लेकर भंगन तक सबसे मुहब्बत की है। मगर यह मुहब्बत फरीक़े–सानी[1] तक कभी नहीं पहुँच सकी। सच पूछो तो मैं तुम्हारी इस फ़रिया से ही मुहब्बत करने लगा हूँ, मगर इस क़िस्मत का क्या करूँ, जैसाकि तुम कहते हो कि वह किसी और की मुहब्बत में गिरफ़्तार हो चुकी है। मैं समझता हूँ अपना सिलसिला यूँ ही चलता रहेगा। आख़िर एक रोज़ शादी हो जायेगी, और चलो छुट्‌टी हुई।"

अब्बास अफ़सुर्दा हो गया। इस पर सईद ने पूछा, "अब्बास वाक़ई तुम किसी से मुहब्बत करना चाहते हो?" अब्बास तड़पकर बोला, "यह मुहब्बत भी वाक़ई ख़ूब रही, अरे भई एक ज़माना हो गया है, कोशिश करते हैं। कोई भी, मगर औरत हो औरत, ख़ुदा की क़सम मज़ा आ जाये।

यह कहकर अब्बास ने ज़ोर–ज़ोर से मज़ा लेने की ख़ातिर अपने हाथ मलना शुरू कर दिये। लेकिन मैं ऐसी मुहब्बत का क़ायल नहीं जो दिक़ या सिल[2] के रोग की तरह हमेशा के लिए चिमट जाये। मैं ज़्यादा–से–ज़्यादा एक या दो बरस किसी औरत से इश्क़ कर सकता हूँ और बस। इससे ज़्यादा इश्क़ करना मेरे नज़दीक जहालत है। ग़ालिब ने क्या ख़ूब कहा है कि मिस्री की मक्खी बनो, शहद की मक्खी न बनो। तो भई मैं तो मिस्री की मक्खी हूँ...अपना तो यही उसूल है। चाहे इश्क़ हो, न हो मगर यह उसूल न बदलेगा। शादी अलग रहे और इश्क़ जुदा हो। वल्लाह अगर ऐसा हो जाये तो क्या कहने हैं। लेकिन मुझे ऐसा लगता है कि बस किसी से इश्क़ करने

---

1. मुक़ाबिल का व्यक्ति, 2. टी.बी.।

में कामयाब होने ही वाला हूँ। एक क़िस्सा सर हो गया तो बस सारा जर्मनी मेरा है। मुझे यह स्केफ़र लाइन तोड़नी है। जिस रोज़ टूट गयी बेड़ा पार समझो...।

अब्बास की तक़रीर सुनकर सईद ने अपने और उसके इश्क़ का मवाजना[1] किया। ज़मीन–आसमान का फ़र्क़ था लेकिन एक बात ज़रूर थी कि अब्बास ने दूसरे आदमियों की तरह अपने जिस्मानी इश्क़ पर पर्दा नहीं डाला था। उसने साफ़–साफ़ कह दिया था कि वह एक या दो बरस से ज़्यादा किसी औरत से इश्क़ करना हिमाक़त समझता है।

इश्क़ कितनी देर क़ायम रहता है। यह सईद को मालूम नहीं था। मियादी बुख़ार की तरह क्या इसकी मुद्दत महदूद है, यह भी उसके इल्म में नहीं था। मोहर्रिका[2] बुख़ार उसको एक बार चढ़ा था तो उसकी माँ के कहने के मुताबिक़ सवा महीने तक रहा था। लेकिन यह इश्क़ जो अभी–अभी उसके दिल में पैदा हुआ था, कब तक उसको तकलीफ़ देता रहेगा, यह सवाल उसके दिल में पैदा हुआ ही था कि राजो और उसके इर्द–गिर्द की तमाम चीज़ें उसकी निगाहों के सामने घूमने लगीं। और वह उस आदमी की तरह जो अचानक किसी मुसीबत में गिरफ़्तार हो जाये, सख़्त घबरा गया। चुनांचे उसने फ़ौरन ही अपने आपको इन ख़यालात से आज़ाद करने की ख़ातिर अब्बास से कहा, "अब्बास आज कोई पिक्चर देखनी चाहिए।"

अब्बास जिसके दिमाग़ में इश्क़ बसा हुआ था। कहने लगा, "ख़ाली तस्वीरें प्यास नहीं बुझा सकतीं दोस्त....मुझे औरत चाहिए औरत। गर्म–गर्म गोश्त वाली औरत, जिसके गालों पर मैं अपनी मुहब्बत के सर्द तोस सेंक सकूँ। तुम्हें एक मौक़ा मिल रहा है, बख़ुदा इससे फ़ायदा उठाओ। जाओ, वह नर्स तुम्हारी है। उसकी आँखों ने मुझे बता दिया था कि वह एक ग़लती करके रोना चाहती है। जाओ उसको अपनी ज़िन्दगी की पहली ग़लती में मदद दो....बेवकूफ़ न बनो। अगर ग़लतियाँ न होतीं तो औरतें भी न होतीं...मेरी समझ

---

1. तेज़ बुख़ार, 2. मुक़ाबला।

में नहीं आता कि तुम्हारा फ़लसफ़ा क्या है, भई एक जवान लड़की तुम्हारे ज़रिये अपनी ज़िन्दगी का फ़साना रंगीन बनाना चाहती है। तुम अगर अपने रंगों का बॉक्स बन्द कर लो, तो यह तुम्हारी हिमाक़त है...काश, तुम्हारी जगह पर मैं होता। फिर देखते कैसे–कैसे शोख़ रंग उसकी ज़िन्दगी में भरता...।"

अब्बास की तक़रीर सईद उन कानों से सुनने की कोशिश कर रहा था जिनमें राजो की मुहब्बत भुनभुना रही थी। अस्पताल में वह उसको क़रीब–क़रीब भुला चुका था, मगर अब पहले ही दिन घर में आकर वह फिर उसके अन्दर दाख़िल हो गयी थी। अब्बास बातें कर रहा था और उसके दिल में यह ख़्वाहिश पैदा हो रही थी कि उठे और अन्दर जाकर राजो को एक नज़र देख आये। उसकी तरफ़ मुहब्बत भरी नज़रों से देखे, नफ़रत आलूद निगाहों से ही देखे, मगर देखे ज़रूर। मगर इसके साथ ही वह यह भी नहीं चाहता था कि जो इरादा कर चुका है, इतनी जल्दी फ़ना हो जाये।

चुनांचे बड़ी क़ूवत से काम लेकर उसके ख़याल को एक बार फिर उसने अपने दिल के अन्दर कुचल दिया और उठ खड़ा हुआ। अब्बास कोई और बातें करो....सच पूछो तो मैं मुहब्बत का सही मतलब अभी तक नहीं समझ सका। लेकिन इतना ज़रूर जानता हूँ कि यह मुहब्बत वह चीज़ नहीं है जिसका ज़िक्र तुम करते हो। तुम एक औरत से सिर्फ़ एक–दो बरस तक मुहब्बत करने के क़ायल हो, मगर मैं तो उम्र भर का पट्टा लिखवाना चाहता हूँ। अगर मुझे किसी से इश्क़ हो जाये...तो मैं उस पर अपनी मिल्कियत चाहता हूँ। वह औरत सारी की सारी मेरी होनी चाहिए। उसका एक–एक ज़र्रा मेरी मुहब्बत के मातहत होना चाहिए। आशिक़ और डिक्टेटर में कोई ज़्यादा फ़र्क़ नहीं समझता। दोनों ताक़त चाहते हैं। दोनों हुक्मरानी की आख़िरी हद के ख़्वाहिशमन्द हैं...मुहब्बत को तुम मुहब्बत पुकारते हो, मैं ख़ुद मुहब्बत–मुहब्बत करता हूँ। लेकिन इस बारे में तुम कितना जानते हो....किसी अँधेरे ग़ार में या बाग़ की किसी घनी झाड़ी के पीछे तुम्हारी अगर किसी शहवत की भूखी औरत से मुलाक़ात हो जाये, तो तुम यह कहोगे कि तुमने इश्क़ लड़ाया है, मेरी ज़िन्दगी

में एक रुमान दाख़िल हो गया है। ग़लत है, बिल्कुल ग़लत है। यह मुहब्बत नहीं, मुहब्बत कुछ और है। मैं नहीं कहता कि मुहब्बत एक पाक जज़्बे का नाम है। और जैसा हमारे बुजुर्ग कहते हैं कि शहवत्[1] से बिल्कुल मुतव्विश[2] नहीं होना चाहिए। मैं इसको भी नहीं मानता। मुझे ऐसा मालूम है मुहब्बत क्या है...मगर...मगर मैं वाज़ेह तौर पर अपना माफिउज़्जमीर[3] बयान नहीं कर सकता। मैं समझता हूँ मुहब्बत हर शख्स के अन्दर एक ख़ास इनफरादियत लेकर पैदा होती है। जहाँ तक फेल[4] का तअल्लुक़ है, एक ही रहता है। अमल भी एक है। नतीजा भी आमतौर पर एक जैसा निकलता है, लेकिन जिस तरह रोटी खाने का फ़ेल बाज़ाहिर यकसां है, और बहुत से आदमी जल्दी–जल्दी निवाले उठाते हैं, और बिना चबाये उनको निगल जाते हैं। और बाज़ देर तक चबा–चबाकर लुक्मे को अपने मेदे में दाख़िल करते हैं। लेकिन यह मिसाल भी वाज़ेह तौर पर कुछ बयान नहीं कर सकती। भई मेरा दिमाग़ ख़राब हो जायेगा। ख़ुदा के लिए यह मुहब्बत की बातें ख़त्म करो। हमारी मुहब्बत बहुत से पत्थरों के नीचे दबी हुई है। जब ख़ुदाई होगी और उसको निकाला जायेगा तो हम दोनों उसके मुतल्लिक़ अच्छी तरह बातचीत कर सकेंगे।

सईद की इस नाहमवार तक़रीर में इतने धचके थे कि अब्बास के दिमाग़ में ऐसी कैफ़ियत पैदा हो गयी जो थर्ड क्लास ताँगे में बैठकर शिकस्ता सड़क पर चलने से होती है। वह भी उठ खड़ा हुआ। जाने तुमने क्या बकवास की है। मगर मैं सिर्फ़ इतना समझता हूँ कि औरत से इश्क़ करना और ज़मीन का ख़रीदना तुम्हारे लिए एक ही बात है। सो तुम मुहब्बत करने के बजाय एक–दो बीघा ज़मीन ख़रीद लो और सारी उम्र काबिज़ रहो...लाहौल विला कूवत...आख़िर तुम्हें क्या हो गया है। तुम्हारे अन्दर के शायर का क्या हुआ...? बीमारी के बाद तुम इतने कोर–जौक़ क्यों हो गये हो? भई इतनी मामूली–सी बात तुम्हारी समझ में नहीं आती कि इश्क़ जो ज़्यादा देर तक क़ायम रहे, इश्क़ नहीं लानत है...हम इन्सान हैं...फ़रिश्ते नहीं जो एक ही

---

1. वासना, 2. नफ़रत करना, 3. दिल की बात, 4. क्रिया।

हूर पर क़ानेअ होकर रह जायें। अगर एक ही औरत से मुझे हमेशा के लिए चिपका दिया तो ज़िन्दगी अजीरन हो जायेगी...मैं ख़ुदकुशी कर लूँगा। ज़िन्दगी में सिर्फ़ एक औरत...सिर्फ़ एक औरत, और यह दुनिया क्यों इस क़दर भरी हुई है...? क्यों इसमें इतने तमाशे जमा हैं। सिर्फ़ गन्दुम पैदा करके ही अल्लाह मियाँ ने अपना हाथ क्यों न रोक लिया।

मेरी सुनो! और इस ज़िन्दगी को जो कि तुम्हें दी गयी है, अच्छी तरह इस्तेमाल करो कि तुम उस औरत को जो तुम्हारे रास्ते में डाल दी गयी है, कुछ दिनों के लिए क्योंकर ख़ुश कर सकते हो...अपनी ख़ुशी मुकद्दम है...फ़लसफ़े में ख़ुद को न उलझाओ। औरत कोई नाक़ाबिले–फ़हम मख़्लूक नहीं है। यूँ तो तुम अपने पालतू कुत्ते को भी अच्छी तरह नहीं समझ सकते, लेकिन इसको समझने की ज़रूरत ही क्या है। जब तक वह तुम्हारे पुचकारने पर अपनी कटी दुम हिलाता रहता है और तुम्हारे कहने पर गेंद दबोच लेता है। मैं पूछता हूँ औरत के मुतल्लिक ज़्यादा सोच–विचार की ज़रूरत ही क्या है। वह अगर अथाह समन्दर है तो हुआ करे। ऊँचा तारा है तो इससे क्या। जब तक वह औरत है और उन ख़ूबियों की मालिक है जो औरत में होनी चाहिए, सिर्फ़ एक बात पर ग़ौर करना चाहिए, कि उसे कैसे हासिल किया जा सकता है।

यह तक़रीर सुनने के बाद सईद ने अचानक अब्बास से पूछा, "लेकिन औरतें हैं कहाँ?"

अब्बास ने डिब्बे से एक सिगरेट निकालकर सुलगाया और जवाब दिया। यहाँ–वहाँ, इधर–उधर, हर जगह औरतें मौजूद हैं। क्या इस घर में कोई औरत मौजूद नहीं है। वह तुम्हारी नौकर राजो क्या बुरी है, जिसने उस दिन तुम्हारी बैठक का दरवाज़ा मेरे लिए खोला था। तुम मेरी तरफ़ यूँ आँखें फाड़ कर क्या देख रहे हो। भई, हमें औरत चाहिए और राजो जो सौ फ़ीसद औरत है, वह तुम्हारी नौकर सही, लेकिन इससे उसकी निसवानियत[1] में तो कुछ फ़र्क़

1. औरतपन।

नहीं आता...। मानता हूँ कि मेरे यहाँ अक्सर औरतें सन्दूकों में बन्द हैं। लेकिन इसका यह तो मतलब नहीं कि जो सन्दूकों में बन्द हैं और जो सन्दूकों से बाहर हैं उनकी तरफ़ हम तवज्जोह देना बन्द कर दें...दस्तरख़्वान पर जो कुछ हाज़िर है खाना ही पड़ेगा। यह कहकर अब्बास ने ज़ोर से सिगरेट की राख झाड़ी और अपने दोस्त सईद की तरफ़ सवालिया नज़रों से देखा मगर वह नज़रें मिलाना नहीं चाहता था। ऐसा मालूम होता था कि उसे इस बात का डर है कि अब्बास उसकी आँखों में राजो की मुहब्बत का सारा क़िस्सा पढ़ लेगा। चुनांचे वह एक तरफ़ हट गया। अँगीठी की सिल पर अपनी तस्वीर के फ्रेम को ज़रा हटाकर अब्बास से कहा, तुम...तुम...कुछ नहीं, तुम्हारी गुफ़्तगू बहुत घिनावनी है...तुम बात करते हो और मुझे तुम्हारे मुँह से ख़ून की बू आती है। तुम लहू पीने वाले इन्सान हो। "और तुम" अब्बास ने फिर सिगरेट की राख झाड़ी, तुम?... मैं लहू पीने वाला इन्सान ही सही लेकिन तुम जैसे दूध पीने वाले जानवरों से अच्छा हूँ। तुम नेकी और बदी के बीच में लटके हो...शुक्र है कि मैं ऐसी चिमगादड़ नहीं। मैं एक तूफ़ानी समन्दर हूँ। तुम ख़ुश्की पर खड़े हो...मैं शायर हूँ, तुम एक ख़ुश्क नस्रनवीस[1]। तुम एक ऐसे गाहक हो जो औरत को हासिल करने के लिए सारी उम्र सरमाया जमा करते रहोगे, मगर इसे नाकाफ़ी समझोगे।

मैं ऐसा ख़रीददार हूँ जो ज़िन्दगी में कई औरतों से सौदा करेगा। तुम ऐसा इश्क़ करना चाहते हो कि तुम्हारी नाकाम मौत पर कोई अदना दर्जे का मुसन्निफ एक किताब लिखे जिसे नारायण दत्त सहगल लाल–पीले काग़ज़ों पर छापे और डिब्बी बाज़ार में एक–एक आने में तुम्हारी मुहब्बत का अफ़साना बिके...मैं अपनी किताबे–हयात के तमाम औराक़ दीमक बनकर चाट जाना चाहता हूँ। मैं सब कुछ हूँ...लेकिन तुम कुछ भी नहीं हो...ज़रा सोचो तो आख़िर तुम हो क्या।

थोड़ी देर के लिए सईद को ऐसा महसूस हुआ कि अब्बास वाक़ई सब कुछ है और वह कुछ भी नहीं है। उसने सोचा कि मैं क्या हूँ।

1. गद्यकार।

लेकिन...लेकिन यह मुहब्बत क्या है। कैसी ज़िल्लत आफ़रीं चीज़ है। मैं चाहता हूँ कि उसके ख़याल तक को भी नोचकर फेंक दूँ। मैं किस मुसीबत में गिरफ़्तार हो गया हूँ। क्या मुहब्बत इसी का नाम है?

कुछ भी हो, मगर सईद इतना ज़रूर समझता था कि मुसीबत या जो कुछ भी इसका नाम रख लिया जाये, मुहब्बत थी। जो उसके दिल में आहिस्ता–आहिस्ता जड़ पकड़ गयी थी। जिस तरह लोग भूत–प्रेत से डरते हैं, उसी तरह वह इस मुहब्बत से डरता था। उसको हरदम खौफ़ रहता था, कि एक वक़्त ऐसा आयेगा, जब उसके जज़्बात बेलगाम हो जायेंगे और वह कुछ कर बैठेगा। क्या कर बैठेगा...यह उसको मालूम नहीं था। मगर वह उस तूफ़ान का मुन्तज़िर था, जिसके आसार उसे अपने अन्दर दिखाई दे रहे थे। इस मुहब्बत ने उसे डरपोक बना दिया था। वह बुज़दिल हो गया था...? अब्बास अपने ख़याल में मगन था। इसलिए वह अपने दोस्त की दिली कैफ़ियत समझ न सका। दरअसल उसे दूसरों की ज़ात से दिलचस्पी न थी, वह हर वक़्त अपने ही अन्दर समाया रहता था। उसे इतनी फ़ुर्सत ही नहीं मिलती थी कि दूसरों की बाबत ग़ौर करे, लेकिन इसके बावजूद अच्छा दोस्त था। शायद इसलिए कि वह दोस्ती और उसके मानी पर ग़ौर ही नहीं करता था। वह इसे नाजुक रिश्ते की सूरत में देखने के लिए कभी तैयार नहीं था। वह कहा करता था, अमाँ छोड़ो...तुम किन वहमों में गिरफ़्तार हो गये हो। दोस्ती–वोस्ती सब बकवास है। धातु या पत्थर के ज़माने में दोस्त हुआ करते होंगे। आजकल कोई किसी का दोस्त नहीं हो सकता। लोग अगर दोस्ती ही की रस्सी बटना शुरू कर दें तो सारे का सारा कारोबार बन्द हो जायेगा। तुम मुझे दोस्त कहते हो, मैं तुम्हें दोस्त कहता हूँ, ठीक है। सुनते जाओ, मगर इससे ज़्यादा इस पर ग़ौर नहीं करना चाहिए। जितना ज़्यादा ग़ौर करोगे, उतने ज़्यादा गड्ढे पैदा होते जायेंगे। आज दुनिया में जितनी सियाहकारियाँ हो रही हैं, सब इसी ग़ौरो–फ़िक्र का नतीजा है।

क़त्ल होते हैं ज़्यादा सोच–विचार के बायस, चोरियाँ होती हैं ज़्यादा सोचने की वजह से। डाके पड़ते हैं, ज़्यादा फ़िक्रो–तरद्दुद

करने से...दिमाग़ और बारूद की मैग्ज़ीन में कोई फ़र्क़ नहीं, और सोच–विचार चक़मक़ पत्थर से झड़ी चिनगारियाँ हैं। गाऊदी, बेवकूफ़, उल्लू हो जाओ, मगर ख़ुदा के लिए अक़्लमन्द और मुफ़क्किर न बनो।

अब्बास बातें बहुत मज़ेदार करता था। मामूली–सी बात को भी एक ख़ास रंग में दिलचस्प तरीक़े से पेश करने का आदी था। दुनिया के बारे में उसके बनाये हुए चन्द उसूल थे, जिन पर वह एक अर्से से निहायत पाबन्दी से चल रहा था...इसमें कोई शक़ नहीं कि वह फ़िक्रो–तरद्दुद से परहेज़ करता था। लेकिन इन बातों पर उसे थोड़े अर्से के लिए ग़ौर करना ही पड़ता था, जो उसकी ज़ात से मुतअल्लिक होती थीं...इस वक़्त भी वह किसी बात पर ग़ौर कर रहा था। क्योंकि उसके चेहरे पर इत्मीनान की वह लहर नहीं थी, जो आमतौर पर नज़र आया करती थी। नया सिगरेट सुलगाकर वह बड़े ज़ोर से कश ले रहा था, और उसका दोस्त सईद आतशदान के पास एक ज़बरदस्त ज़हनी और रूहानी कशमकश में मुब्तिला था।

दफ़अतन अब्बास चौंक पड़ा–"अजी हटाओ, ख़्वामख़्वाह इस उलझन में अपने आपको क्यों फँसाया जाये, जो होगा, देखा जाएगा। अपने दोस्त से मुख़ातिब होकर फिर उसने कहा, "अजी हज़रत आप किन वहमों में गिरफ़्तार हो गये हैं, कुर्सी पर तशरीफ़ रखिये। आप अभी–अभी बीमारी से उठे हैं, ऐसा न हो कि फिर अस्पताल जाना पड़े...लेकिन दोस्त इस दफ़ा अपनी जगह मुझे देना...वल्लाह वह लौंडिया मुझे भा गयी है।"

यह कहकर वह ख़ुद आरामकुर्सी पर बैठ गया।

सईद आतशदान के पास कुर्सी पर बैठ गया। ज़्यादा बातचीत और सोच–विचार ने उसे कमज़ोर कर दिया था। चुनांचे थकी आवाज़ में उसने अब्बास से कहा, "अब्बास मैं बहुत कमज़ोर हो गया हूँ। मेरा ख़याल है, कुछ दिनों के लिए कहीं बाहर चला जाऊँ। तब्दीलिए–आबो–हवा हो जायेगी।"

सईद ने जवाब दिया, "कहाँ जाऊँगा, यही सोच रहा हूँ। सर्दियों में कहाँ जाना चाहिए। कोई ऐसी जगह बताओ, जहाँ मौसम मोतदिल

हो, बम्बई चला जाऊँ...कलकत्ता भी बुरा नहीं। लेकिन...लेकिन... क्रिसमस तो गुज़र चुका है। क्रिसमस को छोड़ो...तो मुम्बई चला जाऊँ। दरअसल मैं कुछ दिनों के लिए अमृतसर को भूल जाना चाहता हूँ। यहाँ मुझे वहशत सी हो रही है।"

अब्बास ने हैरत भरे लहजे में पूछा, "अमृतसर से आपको वहशत हो रही है? या वहशत...अमृतसर ने आपको कहाँ काट खाया है।"

इस पर सईद के दिल में आया कि अब्बास को अपना सारा राज़ कह दे, मगर ख़ामोश रहा। वह चाहता था कि किसी को अपना राज़दार बनाये। मगर इसके साथ वह यह भी नहीं चाहता था कि कोई उसके राज़ से वाक़िफ़ हो। अगर यूँ होता तो राज़ फ़ाश करने पर भी उसका राज़ फ़ाश न होता तो वह यक़ीनन अपना दिल अब्बास के सामने खोल देता। मगर उसे मालूम था कि अगर उसने राजो से मुहब्बत की दास्तान सुना दी तो वह चिड़िया फुर्र से उड़ जायेगी, जिसको पिंजरे ही में वह मार डालना चाहता था। चूँकि अब्बास को वह अपना राज़ सुनाने के लिए आगे झुका था, इसलिए उसे डिब्बे से सिगरेट निकालकर सुलगाना पड़ा। अब्बास ताड़ गया कि उसका दोस्त कुछ कहना चाहता है। मगर कह नहीं सकता। चुनांचे उसने उसके अन्दर जुर्रत पैदा करने को कहा, "बात ज़्यादा देर तक पेट में न रखा करो! सईद हाज़मा ख़राब हो जायेगा। कहो, कहना क्या चाहते हो? तुम्हें अमृतसर से वहशत क्यों होती है। तुम बाहर क्यों जाना चाहते हो। क्या कोई ख़ास बात है। ख़ास बात तो कोई भी नहीं होती। हम और तुम ख़्वामख़्वाह बातों में ख़ासपन पैदा कर देते हैं...कहो क्या कहना चाहते थे तुम...।"

सिगरेट का कश लेकर सईद ने अब्बास से कहा, "कुछ भी नहीं, कोई ख़ास बात नहीं है। मैं ख़ुद नहीं समझ सका हूँ। मैं अमृतसर क्यों छोड़ना चाहता हूँ। दरअसल कुछ अर्से से मुझे रूहानी कोफ़्त महसूस हो रही है। मैं शोरगुल में रहना चाहता हूँ।"

शोरगुल में रहना चाहते हैं आप, तो यह क्या मुश्किल है। मैं इसी कमरे में आपके लिए शोरगुल पैदा कर सकता हूँ। फ़रमाइये शोरगुल की आपको ज़रूरत है। रशीद, वहीद, नासिर, प्राण आपकी

ख़िदमत में हाज़िर हो जाया करेंगे। इतना शोर बरपा होगा कि कान पड़ी आवाज़ सुनाई न देगी...फ़रमाइये क्या हुक्म है...।"

अब्बास हँसने लगा तो सईद बेचैन हो गया। अब्बास को मालूम नहीं था कि सईद के अन्दर क्या तूफ़ान बर्पा है, और वह किन–किन अज़ाबों से गुज़र रहा है। यही वजह है कि वह उसका मज़ाक उड़ा रहा था। हँसते हुए अब्बास ने एक बार फिर पूछा, "फ़रमाइये क्या हुक्म है?"

इस पर सईद और बेचैन हो गया और उठ खड़ा हुआ। "मैं फ़ैसला कर चुका हूँ कि इस हफ़्ते कहीं बाहर चला जाऊँगा। मैं बहुत उदास हो गया हूँ। मैं यहाँ रहना नहीं चाहता। बस एक दो महीने बाहर रहकर जब मेरी तबीयत ठीक हो जायेगी तो वापस आ जाऊँगा। मुझे यहाँ कौन से ज़रूरी काम करने होते हैं...तुम भी मेरे साथ चलो।" अब्बास मुस्कराया, "लेकिन मुझे तो बहुत ज़रूरी काम करने होते हैं...।"

"क्या...?"

"एक हो तो बताऊँ, सैकड़ों हैं। मिसाल के तौर पर मुझे एक–दो लड़कियों से इश्क़ लड़ाना है और एंग्लो–इंडियन लड़कियों से बातचीत करने के सारे आदाब सीखने हैं। कुछ थोड़े बाज़ारू क़िस्म के मज़ाक़ याद करने हैं, और दस–बीस सस्ते नॉवेल पढ़ना है, और... और...? लेकिन मैं अपना प्रोग्राम तुम्हें क्यों बताऊँ। तुम जाओ, मैं अपनी दिलचस्पी का सामान यहाँ पैदा कर लूँगा। ख़त लिखते रहना, लेकिन जाओगे कहाँ?"

सईद ने सोचा कि वाक़ई जायेगा कहाँ। ऐसी कौन–सी जगह थी, जहाँ वह आराम से रह सकता था। होटलों में रहना उसे पसन्द नहीं था। और रिश्तेदारों के यहाँ क़याम करना उसे वैसे ही नापसन्द था, क्योंकि उसकी आज़ादी में ख़लल आता था। यह सब बातें उसके ज़हन में थीं। मगर अमृतसर छोड़ देने की ख़्वाहिश लहज़ा ब लहज़ा शिद्दत अख़्तियार कर रही थी। वह ख़ुद जाना चाहता था लेकिन अजीब बात है कि राजो को निकाल देने का ख़याल तक उसके दिमाग़ में पैदा न हुआ।

उस रोज़ वह कोई इरादा न कर सका, लेकिन यह तय था कि वह कहीं चला जायेगा।

सात

अमृतसर से लाहौर में सिर्फ़ तीस–बत्तीस मील हायल हैं। एक घण्टे में सुस्त से सुस्त रफ़्तार ट्रेन भी आपको अमृतसर से लाहौर पहुँचा देती है। लेकिन जब सईद अमृतसर छोड़कर चला आया तो उसे ऐसा महसूस हुआ कि वह हज़ारों मील अपने पीछे छोड़ आया है और अब उसे राजो का डर नहीं रहा।

माँ ने उसको रोकने की बहुत कोशिश की मगर वह अपने इरादे से बाज़ नहीं आया और अस्पताल से घर वापस आने के चौथे रोज़ ही अपना मुख़्तसर सा असबाब लेकर चल दिया। लाहौर में उसके तीन–चार रिश्तेदार थे। उनसे मिला। मगर उनके यहाँ क़याम न किया। वह रिश्तेदार भी उसकी चन्दाँ परवाह न करते थे। सईद उनके इस सुलूक से बहुत ख़ुश था। मेहमानों की तरह चन्द घण्टों के लिए हर एक के पास ठहरा और रस्मी गुफ़्तगू करने के बाद अपने होटल में चला आया।

इस होटल से उसका जी एक हफ़्ते के बाद उकता गया। वैसे किराया भी ज़्यादा था और वह उन आदमियों में घिरा हुआ नहीं रहना चाहता था, जो हिन्दोस्तान में पैदा होकर यूरोपियन बनने की कोशिश करते हैं। चुनांचे उसने माल रोड पर अपने लिए कोई छोटा–सा कमरा देख लिया और किराया–विराया वग़ैरा तय करके उसमें चले जाने का फ़ैसला कर लिया।

होटल का बिल वग़ैरा अदा करके वह ताँगे में सामान रखवा रहा था कि उसने एक और ताँगे से मिस फ़रिया नर्स को उतरते देखा। पहले उसने ख़याल किया कि फ़रिया नहीं कोई और होगी, क्योंकि एंग्लो–इंडियन लड़कियों की शक्लो–सूरत आमतौर पर एक

जैसी होती है। मगर फ़रिया जब उसको देखकर बेताबाना आगे बढ़ी तो उसको यक़ीन आ गया कि सचमुच फ़रिया ही है। उसके दिमाग़ में सैकड़ों सवालात तले ऊपर पैदा हुए। लाहौर में यह क्या करने आयी है, और कब आयी है? क्या अकेली है? इस होटल में उसका कौन है? क्या इसी होटल में ठहरी है, वग़ैरा, वग़ैरा।

सईद होटल के नौकर की हथेली पर कुछ रुपये दबाकर फ़रिया की तरफ़ बढ़ा और उससे बड़े तपाक के साथ मिला, "मिस फ़रिया किसे मालूम था कि यहाँ लाहौर में तुमसे मुलाक़ात होगी। तुम कब से यहाँ आयी हो?"

उसने और बहुत से सवाल फ़रिया से किये मगर उसने एक का जवाब न दिया। वह बड़ी मुज़तरिब थी। इस क़दर मुज़तरिब कि उसके चेहरे पर एक नाक़ाबिले–बयान सुकून पैदा हो गया था। ऐसा मालूम होता था कि वह एकदम किसी सदमे से दो–चार हुई है। उसका रंग बहुत ज़र्द था और उसके होंठों पर सुर्ख़ी के लेप के बावजूद पपड़ियाँ नज़र आ रही थीं।

इधर–उधर देखकर फ़रिया ने उससे कहा, "मुझे आपसे बहुत बातें करनी हैं"...यह कहते हुए उसने ताँगे की तरफ़ देखा, जिसमें असबाब लदा हुआ था। "मगर आप अभी–अभी आये हैं, या कहीं जा रहे हैं।"

"मुझे यहाँ आये पूरे सात रोज़ हो गये हैं, अब मैं यह होटल छोड़ रहा हूँ।"

इस पर फ़रिया का रंग और ज़र्द हो गया। "तो बस आप घर जा रहे हैं?"

"नहीं, नहीं घर तो मैं दो–ढाई महीने के बाद जाऊँगा। यह होटल का सिलसिला मुझे पसन्द नहीं था, इसलिए मैंने अपने लिए एक अलहदा कमरे का बन्दोबस्त कर लिया है।"

"तो चलो, मुझे वहीं साथ ले चलो" यह कहकर वह कुछ झेंप सी गयी। "आपको अगर तकलीफ़ न हो तो यानी अगर बात यह है कि मुझे आपसे बहुत कुछ कहना है, और यहाँ होटल के सामने चन्द मिनटों में आपसे कुछ नहीं कह सकती।"

सईद ने फ़रिया की तरफ़ देखा, तो उसकी मोटी–मोटी आँखों में आँसू नज़र आये।

“नहीं, नहीं तकलीफ़ की क्या बात है...? मैं यह सोच रहा हूँ तुम्हें वहाँ तकलीफ़ होगी, इसलिए कि वहाँ सामान–वामान कुछ भी नहीं। खाली कमरा है। अभी तक मैं फ़र्नीचर नहीं ला सका। ख़ैर, देखा जायेगा, चलो आओ...।”

किराया–विराया चुकाकर, होटल के छोकरों को इनाम दे–दिलाकर वह माल रोड की तरफ़ रवाना हुए। रास्ते में कोई बात न हुई, क्योंकि दोनों ख़यालात में महव रहे, हत्ताकि वह बिल्डिंग आ गयी, जहाँ दूसरी मंज़िल पर उसने अपने लिए एक कमरा किराये पर लिया था।

असबाब वग़ैरा रखवाकर जब सईद ने फ़रिया की तरफ़ देखा तो वह लोहे की चारपाई पर बैठी अपने आँसू पोंछ रही थी। दरवाज़ा भेड़कर वह उसके पास आया और हमदर्दी भरे लहजे में उससे पूछा, “मिस फ़रिया क्या बात है? तुम्हारी आँखें तो कभी रोने वाली नहीं थीं...?”

यह सुनकर फ़रिया ने ज़ोर–ज़ोर से रोना शुरू कर दिया। जिस पर सईद बहुत परेशान हुआ। उसकी समझ में नहीं आता था कि वह उस लड़की को किस तरह तस्कीन दे। यह पहला मौक़ा था जब एक नौजवान लड़की उसके पास बैठी थी और वह रो रही थी। उसका दिल बहुत नर्म था, चुनांचे फ़रिया के रोने से उसको बहुत दुख हुआ। घबराकर उसने कहा, “मिस फ़रिया तुम मुझे बताओ तो सही, शायद मैं तुम्हारी मदद कर सकूँ...?”

फ़रिया चारपाई से उठकर खड़ी हो गयी और खिड़की खोलकर बाज़ार की तरफ़ देखना शुरू कर दिया। फिर थोड़ी देर बाद उसने कहा, “मैं इसीलिए तो आपके साथ आयी हूँ... अगर आपसे मेरी इत्तेफ़ाक़िया तौर पर मुलाक़ात न होती तो जाने क्या होता। मैं सचमुच ज़हर खाकर मर जाती...मेरे साथ बहुत ज़ुल्म हुआ है...आपको याद होगा साड़ी मिलने पर मैंने आपको शुक्रिया का ख़त लिखा था, और आपसे दरख़्वास्त की थी कि आप मुझे ज़रूर मिलें। अच्छा हुआ

कि आप नहीं आये। वरना वह मेरी पहली ख़ुशी देखकर आपको बहुत हैरत होती...मेरी ज़िन्दगी में यह इन्क़लाब क्या आया है, गोया भूचाल आया है, जिसकी ख़बर ही नहीं होती। मुझे मालूम ही नहीं था कि ख़ूबसूरत मर्द धोखेबाज़ हो सकते हैं। मुझे उससे मुहब्बत हो गयी। उसने भी मुझसे अपनी मुहब्बत का इज़हार किया। वह इतनी अच्छी बातें करता था कि उनको सुनकर मेरे दिल में नाचने और नाचते चले जाने की ख़्वाहिश पैदा होती थी...मगर...मगर...यह सब ख़्वाब था। उसने मुझसे कहा कि मैं अमीर आदमी हूँ। चुनांचे उसने मुझे एक बहुत ही उम्दा ड्रेस पेश की। एक अँगूठी भी बनवा दी। वह मुझसे जल्द–अज़–जल्द शादी करना चाहता था। मेरे माँ–बाप तो थे नहीं कि मैं इज़ाज़त तलब करती, चुनांचे राज़ी हो गयी। शादी करने के लिए वह मुझे लाहौर ले आया और हम दोनों उसी होटल में ठहरे, जहाँ आप भी कुछ रोज़ रहे हैं। सात–आठ दिन तक उसने मुझे हर तरह से ख़ुश रखा, लेकिन एक रोज़ सुबह उठकर मैंने देखा कि उसका असबाब वगैरा सब ग़ायब है और उसका भी कोई पता नहीं। मैंने उसे तलाश करने की कोशिश की लेकिन उसका कोई ठिकाना भी तो मुझे मालूम नहीं। मैंने कितनी ग़लती की, यक़ीन जानें मैंने उसका पूरा नाम तक न पूछा। ख़ुदा जाने वह कौन था? कहाँ का रहने वाला था? और क्या करता था? मेरी अक्ल पर पत्थर पड़ गये और मैं नर्सिंग होम छोड़कर उसके साथ चली आयी...शादी करने...मैं कितनी ख़ुश थी और शादी करने के बाद घर बनाने और उसे सजाने के लिए मैंने दिल ही दिल में कितने मंसूबे बाँध रखे थे...अब मैं क्या करूँ। अस्पताल कैसे वापस जा सकती हूँ। नर्सें क्या कहेंगी। सिस्टर मेरा कितना मज़ाक़ उड़ाएगी...मैंने मरना चाहा मगर... मगर मैं मरना भी नहीं चाहती...मुझे ज़िन्दा रहने का शौक़ है, वह मुझसे शादी न करता। मेरे साथ ऐसे ही रहता। ख़ुदा की कसम ख़ुश थी। मगर वह कितना ज़ालिम निकला...मैं यह नहीं कहती कि मैंने उस पर कोई एहसान किया, मैं तो उसका एहसान मानती थी कि उसने मुझे एक नयी दुनिया का रास्ता बताया और मुझे ख़ुश करने की कोशिश की, मगर वह तो धोखा दे गया। उसने ज़ुल्म किया।

यह ज़ुल्म नहीं तो और क्या है। होटल वाले मुझे शक़ की नज़रों से देखते हैं। बैरे मेरी तरफ़ यूँ देखते हैं, गोया मैं चिड़ियाघर का कोई परिन्दा हूँ...मैं अभी तक यहाँ सिर्फ़ इसलिए ठहरी हूँ कि होटल वाले यह समझें कि कोई ख़ास बात नहीं हुई। मगर ऐसा मालूम होता है कि उनको सब बातों का पता है। क्योंकि एक रोज़ बूढ़े बैरे ने मुझसे कहा, मेम साहब, वह आपके साहब अब नहीं आयेंगे। आप चली जायें...। मैंने शुक्रिया अदा करने के बजाय उसको गालियाँ दीं। क्या करूँ मैं चिड़चिड़ी हो गयी थी, लेकिन अब मेरे दिल में सुकून पैदा हो गया है। आपको देखकर मुझे ऐसा लगता है कि जो कुछ हो चुका है, उसका ख़याल मेरे दिलो–दिमाग़ से दूर हो जायेगा। मुझे दोस्त की ज़रूरत है। लेकिन...लेकिन यह मेरी दूसरी बेवकूफ़ी होगी। अगर मैं आपको दोस्त समझूँ, क्या पता है आप मुझे दोस्त न बनाना चाहें। अस्पताल में आप चंद दिन रहे, आपने हमेशा मुझसे अच्छा सुलूक किया। इसलिए मैं समझी कि शायद आप मेरे दोस्त बन सकें...अच्छा तो अब मैं जाती हूँ..."

यह सुनकर सईद को जाने क्यों हँसी आ गयी। "कहाँ जाओगी... बैठ जाओ।" उसने उसका बाज़ू पकड़कर चारपाई पर बिठा दिया। जब वह बैठ गयी तो अचानक सईद के सारे जिस्म में इस एहसास से एक सनसनी–सी दौड़ गयी कि उसने एक नौजवान लड़की को यूँ बेबाकाना बाज़ू पकड़कर बिठाया है, और उससे यूँ बात की है जैसे वह उसका एक ज़माने का दोस्त है, और उसको अच्छी तरह समझता है। चुनांचे इस एहसास ने वह जज़्बा बिल्कुल सुला दिया, जो थोड़ी देर पहले फ़रिया के मुतअल्लिक उसके दिमाग़ में पैदा हुआ था। वह तमाम बातें जो एक–एक करके उसके दिमाग़ में बीजों से निकलने वाले नन्हे पौधों की तरह उभरी थीं, दब गयीं और वह बेचैन–सा हो गया। उसकी इस बेचैनी को देखकर फ़रिया फिर उठ खड़ी हुई और कहने लगी...मेरा इस दुनिया में कोई भी नहीं। यह मुझे आज मालूम हुआ है। आज से कुछ रोज़ पहले मैं समझती थी कि सब दुनिया मेरी है...यह दुनिया फिर कब होगी? इस सवाल का जवाब मैं तो नहीं दे सकती। वह आहों में बातें कर रही थी।

मैं अस्पताल कभी वापस नहीं जाऊँगी, कभी नहीं जाऊँगी। लाहौर में चन्द दिन मैंने बहुत ख़ुशी से गुज़रे हैं। मेरे ग़म के दिन भी यहीं गुज़रेंगे।

मैं यहाँ किसी दुकान में मुलाज़िम हो जाऊँगी। और...और...और बाक़ी दिन यूँही बीत जायेंगे...।

यह कहकर फिर फ़रिया दरवाज़े की तरफ़ बढ़ी मगर सईद ने उसे रोक लिया। "मिस फ़रिया...जो कुछ तुमने कहा है उसका मुझ पर बहुत असर हुआ है। जिस शख़्स ने भी तुमको धोखा दिया है, निहायत ज़लील आदमी है। तुमको धोखा देना बहुत बड़ी बात नहीं है, इसीलिए तुम इस क़ाबिल नहीं हो कि तुमसे फ़रेब किया जाये। मुझे तुमसे कामिल हमदर्दी है। काश जो कुछ हो चुका है, मैं उसकी इस्लाह कर सकता।" फिर सईद ने यक लख़्त नये लहजे और नये अन्दाज़ में कहना शुरू किया, "फ़रिया माफ़ करना तुम एक बिल्कुल ग़लत आदमी के पास आयी हो। तुम समझती हो, मैं औरतों से वाक़िफ़ हूँ और उनको समझ सकता हूँ। बख़ुदा, तुम पहली औरत हो जिससे मैंने खुलकर बात करने की कोशिश की है। अस्पताल में तुमसे जितनी बातें होती थीं, बिल्कुल मस्नुई थीं। इसलिए कि मैं सिर्फ़ एक ऐसी औरत समझकर तुमसे बातें करता था, जिससे मैं जवाब के बग़ैर बातें कर सकता हूँ। तुम हमारी सोसाइटी से वाक़िफ़ नहीं हो। हम लोग अपनी माँ–बहन के सिवा किसी औरत को नहीं जानते। हमारे यहाँ औरतों और मर्दों के दरमियान एक मोटी दीवार हायल है। अभी–अभी तुम्हारा बाज़ू पकड़कर मैंने तुम्हें चारपाई पर बिठाया था। जानती हो, मेरे जिस्म में एक सनसनी–सी दौड़ गयी थी। तुम इस बन्द कमरे में मेरे पास खड़ी हो। जानती हो, मेरे दिमाग़ में कैसे–कैसे ख़यालात चक्कर लगा रहे हैं... मुझे भूख महसूस हो रही है। मेरे पेट में हलचल मच रही है। मेरी रूह साकिन हो गयी है और सारा जिस्म मुतहर्रिक हो गया है। तुमने अपने उस आशिक़ की बातें की हैं और मेरे दिल में यह ख़्वाहिश पैदा होती रही है कि उठकर तुम्हें अपने सीने से लगा लूँ, और इतना भीचूँ कि ख़ुद मुझे ग़श आ जाये। लेकिन मुझे अपने जज़्बात पर क़ाबू पाने का गुर

हासिल हो चुका है। इसलिए कि मैं अपनी कई ख़्वाहिशें अब तक कुचल चुका हूँ। तुम हैरान क्यों होती हो? मैं सच कहता हूँ। औरत के मामले में मेरी कोई ख़्वाहिश अब तक पूरी नहीं हुई। तुम पहली औरत हो, जिसको मैंने इतने क़रीब से देखा है। यही वजह है कि मैं तुम्हारे और क़रीब जाना चाहता हूँ। लेकिन...लेकिन...मैं शरीफ़ आदमी हूँ। मैं तुमसे मुहब्बत नहीं करता...लेकिन...इसका मतलब यह नहीं कि मैं तुमसे नफ़रत करता हूँ। या चूँकि मुझे तुमसे मुहब्बत नहीं है, इसलिए तुमसे दिलचस्पी न लूँगा। यह बात नहीं है।...मुहब्बत मुहब्बत ...मैं नहीं समझ सका कि यह मुहब्बत क्या है, जो मुहब्बत किये जाने के बिल्कुल क़ाबिल नहीं... मुझे इससे नफ़रत है, बख़ुदा इसके नाम से ही नफ़रत है। लेकिन मुसीबत यह है कि इसी नफ़रत ने, इसी हिक़ारत ने, मेरे दिल में उसकी मुहब्बत के बीज बो दिये हैं।"

फ़रिया ने पूछा, "कौन है यह लड़की?"

"कौन है, तुम उसे जानकर क्या करोगी...एक मामूली लड़की है, जो बहुत अर्से से औरत बन चुकी है। उसका दिलो–दिमाग़ लताफ़तों से ख़ाली है। वह गोश्त–पोस्त की पुतली है और बस इससे ज़्यादा कुछ भी नहीं...मेरे घर में नौकर है...पहले किसी और की नौकर थी। मैं इसीलिए अमृतसर छोड़कर चला आया हूँ कि उसको देखकर मेरे दिल में एक नाक़ाबिले–बयान तूफ़ान बरपा हो जाता है...मैं चाहता हूँ कि उसे अपने तरीक़े पर मुहब्बत करूँ, मगर वह...वह...मिस फ़रिया, ख़ुदा के लिए मुझसे न पूछो कि वह मुहब्बत को क्या समझती है। मैं जानता हूँ। मैं समझता हूँ कि मुहब्बत में वह तमाम चीज़ें शामिल हैं, जिनका ख़ाम तसव्वर उस औरत के ज़हन में है। मगर मैं यह भी तो चाहता हूँ कि कभी–कभी वह किसी अच्छी बात पर, किसी चुस्त फ़िक़रे पर, किसी शायर के नाज़ुक ख़याल पर, किसी तस्वीर की जाज़िबे–नज़र लकीर पर तड़प उठे...मगर उसकी आँखें इन तमाम चीज़ों पर बन्द हैं। मैं दिमाग़ से सोचता हूँ, वह पेट से सोचती है। लेकिन तमाशा तो यह है कि मैं उससे मुहब्बत करता हूँ और इस मुहब्बत ने मेरे दिल के किवाड़ दूसरी मुहब्बत के लिए बिल्कुल बन्द कर दिये हैं। मैं...मैं...हमदर्दी के क़ाबिल हूँ।"

यह कहकर सईद अफ़्सुर्दगी की हालत में चारपाई पर बैठ गया और मिस फ़रिया ने उसकी पीठ पर यूँ हाथ फेरकर उसे दिलासा देना शुरू किया, जैसे वह कोई बच्चा है। उसको फ़रिया की इस हमदर्दी से तस्कीन हासिल हुई। उसकी माँ अक्सर उसकी पीठ पर इसी तरह हाथ फेरती थी। मगर फ़रिया के हाथ में उसने और ही लज़्ज़त पायी और उसे महसूस हुआ कि वह वाक़ई हमदर्दी के क़ाबिल है और दुनिया की सब औरतों को चाहिए कि उसकी पीठ पर इसी तरह प्यारो–मुहब्बत से हाथ फेरें और दिलासा दें। फिर यकायक उसे कुछ ख़याल आया और उसने फ़रिया का दूसरा हाथ जो कि ख़ाली था, उठाकर अपने हाथों में लिया और शुक्रिये के तौर पर उसे दबाना शुरू कर दिया।

फ़रिया ने अपना हाथ उसके हाथ में रहने दिया और कहा, "यह अजीब बात है तुम एक औरत से मुहब्बत करते हो और फिर साथ ही मुहब्बत करना भी नहीं चाहते।"

इस पर सईद ने फ़रिया का हाथ छोड़ दिया। "यहाँ तो चाहने का सवाल ही पैदा नहीं होता। किसी औरत से मुहब्बत करने के लिए मैं जितने बरस तड़पता रहा हूँ, उसका तुम्हें कुछ अन्दाज़ा नहीं, और फिर मुहब्बत का जो नज़रिया मेरे दिलो–दिमाग़ में महफ़ूज है, वह भी तुम्हें मालूम नहीं...जिस मुसीबत में आजकल मैं गिरफ़्तार हूँ, उसको पैदा करने वाला मैं ख़ुद हूँ। इस औरत की मुहब्बत में मुझे किसी बाहर की ताक़त ने गिरफ्तार नहीं किया। मैं ख़ुद इस जाल में फँसा हूँ, और अब ख़ुद ही निकल भागा हूँ। लेकिन....लेक़िन मैं बिल्कुल बेजोड़ बातें कर रहा हूँ...दरअसल...दरअसल मैं यह कहना चाहता हूँ कि जब मेरा दिल एक औरत की मुहब्बत में भरा है तो मैं किसी दूसरी औरत से कैसे मुहब्बत कर सकता हूँ। वह जज़्बात जो उस औरत के लिए मेरे दिल में पैदा होते हैं, तुम्हारे लिए या किसी और के लिए तो पैदा नहीं हो सकते...मैं जब उसका तसव्वुर दिमाग़ में लाता हूँ तो ख़ुद को अपनी सहूलियत की ख़ातिर मज़लूम समझता हूँ। लेकिन तुम शायद मेरा मतलब नहीं समझ सकी हो।" यह कहकर वह इज़्तेराब की हालत में उठ खड़ा हुआ।

फ़रिया ने मुस्कराकर उसकी तरफ़ देखा। "दुनिया में अजीबो ग़रीब आदमी बसते हैं...मैं...मैं बहुत ही कोशिश करती हूँ कि उसको जिसने अभी धोखा दिया है, ज़ालिम यक़ीन करूँ और उन लोगों को भी जो इससे पहले मुझे फ़रेब दे चुके हैं, वहशी दरिन्दे समझूँ। मगर जाने क्यों मैं ऐसा नहीं कर सकती। मैं उल्टा यह समझती हूँ कि शायद मैंने ही उन पर ज़ुल्म किया है। क्या पता है मुझसे ऐसी कोई हरकत सरज़द हो गयी हो, जिससे उनको दुख पहुँचा हो... कभी–कभी गुस्से में आकर उनको बुरा–भला कहती हूँ। लेकिन बाद में अफ़सोस होता है। आप नर्स की ज़िन्दगी को अच्छी तरह नहीं जानते। अस्पताल में जो कोई भी आता है, रोगी और दुखी होता है। हर मरीज़ को हमारी हमदर्दी और देखभाल की ज़रूरत होती है...लोग मुझसे इश्क़–मुहब्बत की बातें करते हैं। मैं समझती हूँ कि उन्हें कोई मर्ज़ है, जिसका इलाज मेरे पास है। चुनांचे मैं...मैं...मैं...बड़ी बेवक़ूफ़ हूँ...और आप... ।"

मैं, सईद ने मुस्कराकर कहा, "मैं सबसे बड़ा बेवक़ूफ़ हूँ।"

फ़रिया मुस्करायी और अचानक सईद के होंठ चूम लिए...थोड़ी देर के लिए उस परीदा बोसे ने सईद के होश गुम कर दिये। वह सख़्त घबरा गया..."मिस फ़रिया...यह क्या...फिर सँभल कर उसने कहा...ओह...ओह...कुछ नहीं...मैं दरअसल ऐसी चीज़ों का आदी नहीं हूँ।"

वह उठ खड़ा हुआ। खिसियानी हँसी हँसने लगा..."मैं, मैं तुम्हारा शुक्रिया अदा करता हूँ।"

यह सुनकर फ़रिया बहुत हँसी, "शुक्रिया!....शुक्रिया...तुम बिल्कुल बच्चे हो...इधर आओ..." और ख़ुद आगे बढ़कर उसने उसको अपने बाज़ू में ले लिया और उसके होंठों पर अपने होंठ जमा दिये। इस अमल ने सईद को और परेशान कर दिया, "मिस फ़रिया...मिस फ़रिया..." फ़रिया ने हटकर उसकी तरफ़ देखा और कहा, "तुम बीमार हो...तुम्हें एक नर्स की ज़रूरत है।"

अपनी घबराहट दूर करके सईद ने मुस्कराने की कोशिश करते हुए फ़रिया से कहा, "मुझे फ़कत एक नर्स ही नहीं, और भी बहुत

चीज़ों की ज़रूरत है। मगर मुसीबत यह है कि यह सब चीजें मिलती नहीं हैं...मैं...मैं तुमसे पहले भी कह चुका हूँ कि बहुत सी ख़्वाहिशें मेरे सीने में अपाहिज हो चुकी हैं। मेरे बहुत से एहसासात लंगड़े हो चुके हैं...अब तो हालत यह हो चुकी है कि मैं ख़ुद भी यह नहीं समझ सकता कि मैं क्या हूँ, और क्यों हूँ। एक चीज़ के लिए ख़्वाहिश करता हूँ पर साथ ही यह भी चाहता हूँ कि इस ख़्वाहिश का इजहार न करूँ। इसमें कुछ तो सोसाइटी के बनाये हुए उसूलों का कुसूर है और कुछ मेरा अपना...मैं एक बहुत बड़ा आदमी होता यानी मेरे अन्दर मुखालिफ़ कूवत का मुक़ाबला करने की हिम्मत होती तो बिल्कुल जुदा बात होती। मगर अफ़सोस की बात है कि मैं एक मामूली इन्सान हूँ जिसका ज़हन ऊँचे मुक़ाम की सैर करना चाहता है। यह कितनी बड़ी ट्रेजिडी है।

फ़रिया ने उसकी बात सुनी और थोड़ी देर बाद कहा, "लेकिन मैंने तो कभी अपने आपको मामूली औरत नहीं समझा। शायद यही ख़याल तमाम मुसीबतों की जड़ है। मैंने हमेशा यही सोचा है कि मैं ग़ैरमामूली औरत हूँ। यानी मुझमें मुहब्बत करने का माद्दा दूसरी औरतों के मामले में बहुत ज़्यादा है और मैं बहुत मुख़लिस हूँ, मगर यह अजीब बात है। मैं किसी मर्द को हमेशा अपने पास रखने में कामियाब न हो सकी। मेरी समझ में नहीं आता कि मर्द औरत में क्या चाहते हैं। मेरा ख़याल है कि ऐसी बातों के बारे में सोचना ही नहीं चाहिए। मर्द औरत में क्या चाहता है, औरत मर्द में क्या चाहती है, और फिर यह दोनों मिलकर क्या चाहते हैं...यह चाहने का सिलसिला लामुतनाही है, जो कभी ख़त्म नहीं होगा। आओ कुछ और बातें करें..."

"हाँ, यह बताओ अब तुम क्या करना चाहती हो?"

फ़रिया ज़ोर से हँसी, "यह चाहने का सिलसिला कभी ख़त्म नहीं होगा–"

सईद भी हँस पड़ा।

फ़रिया बोली, "मैं बहुत अफ़सुर्दा थी, लेकिन इन बातों ने मेरी सारी अफ़सुर्दगी दूर कर दी है। यूँ तो मैं बहुत देर तक मग़मूम रह भी नहीं सकती लेकिन फिर भी जो बातें आपके और मेरे दरमियान हुई

हैं, इतनी अच्छी और ख़ुशगवार हैं कि वह थकान जो मैं तीन–चार रोज़ से महसूस कर रही थी, ग़ायब हो गयी है। अब मैं मुस्तक़बिल के बारे में साफ़ दिमाग़ से ग़ौर करूँगी।"

"क्या इरादा है? "

"कोई ख़ास इरादा तो नहीं, लेकिन अब मैं अमृतसर वापस नहीं जाना चाहती, क्योंकि मुझे फिर इस बात का ख़तरा रहेगा कि कोई आदमी कम्पनी बाग़ में घूमता आ निकलेगा और मेरी कमज़ोरियों का फ़ायदा उठाकर चलता बनेगा। मैं अब यहाँ लाहौर में ही रहना चाहती हूँ। आप कब तक यहाँ क़याम करेंगे...?"

सईद ने जवाब दिया, "मैं कुछ नहीं कह सकता, लेकिन ख़याल है, दो–ढाई महीने तक यहाँ और रहूँगा। मैं ख़ुद अमृतसर नहीं जाना चाहता।"

फ़रिया ने कहा, "तो मैं भी दो–ढाई महीने तक यहाँ रहूँगी, उसके बाद क्वेटा चली जाऊँगी, जहाँ मेरी बहन रहती है। वहाँ से फिर किधर जाऊँगी, इस बारे में सोचना फ़िज़ूल है। मेरे पास दो सौ रुपये थे, जिनमें से डेढ़ सौ बाक़ी रह गये हैं। होटल का किराया–विराया चुका कर मेरे पास सौ रुपये बचेंगे, इनसे क्या दो महीने गुज़ारा न हो सकेगा।"

"हो जायेगा, बशर्ते कि तुम फ़िज़ूलख़र्ची न करो।"

"मेरे पास सिर्फ़ दो सौ रुपये हैं, और मुझे इनसे ज़्यादा से ज़्यादा वक़्त यहाँ पर बसर करना है...जब अमृतसर से चला था तो वालिदा ने मुझे ढाई सौ रुपये दिये थे, और मेरा ख़याल है कि यह ढाई सौ रुपये देकर और अस्पताल वग़ैरा की फ़ीस अदा करके उनके पास सिर्फ़ डेढ़ हज़ार रुपया बाक़ी बचा होगा, जो हमारी कुल पूँजी है।"

सईद ने बिल्कुल ठीक कहा। इसलिए कि उसकी वालिदा के पास अब मुश्किल से डेढ़ हज़ार रुपया बाक़ी बचा था। बाप के दस हज़ार रुपये थे, जिनमें से कुछ उसने अपने वालिद की ज़िन्दगी में फ़िज़ूलख़र्चियों में उड़ा दिये और कुछ उनकी मौत के बाद इधर–उधर बर्बाद कर दिये। सईद ने यह रुपये जिस्मानी ऐयाशी

पर सर्फ़ नहीं किये थे। उसको लड़कपन में अजीबोग़रीब शौक़ थे। माँ से हीले–बहानों के ज़रिये से खुद सन्दूक से रुपया निकालकर उसने चोरी–चोरी यानी बाहर ही बाहर कई साइकिलें ख़रीदीं और लुत्फ़ यह है कि उसको साइकिलें चलाने का ढंग नहीं आता था। उन साइकिलों को उसके दोस्त इस्तेमाल करते और वह खुश हो जाता। इस तरह उसने घर में से रुपया चुराकर एक छोटी सिनेमा की मशीन ख़रीदी। गालिबन तीन सौ रुपये की, और यह मशीन वह कभी चला न सका। इसलिए कि उसके दोस्त के घर में बिजली नहीं थी, जहाँ उसने इसको छिपा रखा था। दो बार घर से भागकर बम्बई गया और साथ में अपने दोस्तों को ले गया। वहाँ भी उसने कोई ऐयाशी नहीं की, मगर सारा रुपया फ़िज़ूल बरबाद हो गया...।

सईद का बाप उस पर सख़्त नाराज़ रहता था। वह एक तेज़ तबीयत सख़्तगीर बाप था। उसको अपने बेटे की इन हरकतों पर सख़्त गुस्सा आता था, चुनांचे वह उसको कड़ी से कड़ी सज़ा भी देता था, लेकिन वह अपनी ज़िन्दगी में उसको सुधारने में कामियाब न हो सका। सईद की माँ उसके बाप की बिल्कुल बरअक्स बेहद नर्म तबीयत औरत थी। उसे अपने बच्चे से इतना प्यार था कि अगर किसी से उसका ज़िक्र किया जाये तो अफ़साना मालूम हो। उसके लड़कपन की ख़ातिर उसने बहुत दुख झेले। बेशुमार तकलीफ़ बरदाश्त कीं मगर उसकी हर ख़्वाहिश को पूरा किया। वह लोगों से कहती थी, "मानती हूँ मेरा लड़का फ़िज़ूलख़र्च है, उसको आगे–पीछे का कोई ख़याल नहीं। बड़ा हठधरम है लेकिन दिल का बुरा नहीं... तुम देख लेना एक दिन सब दलिद्दर दूर कर देगा।" अब भी उसका यही ख़याल था कि एक रोज़ उसका बेटा, जो पुरख़ुलूस दिल का मालिक है, यकबयक एक नया आदमी बन जायेगा, और सब लोग हैरत से उसका मुँह देखेंगे।

माँ के दिल में अपने बेटे के मुतअल्लिक मुख़्तलिफ़ ख़्वाहिशों और उम्मीदों का पैदा होना फ़ितरी अम्र है। चूँकि सईद की माँ परले दर्जे की खुश–एतक़ाद और खुदा पर एतक़ाद रखने वाली औरत थी, इसलिए वह कभी नाउम्मीद नहीं होती थी। उसको खुदा के

घर से उम्मीद थी कि उसका इकलौता बच्चा जल्द सुधर जायेगा और उसकी तमाम परेशानियाँ दूर हो जायेंगी। वह हर वक़्त ख़ुदा से उसकी बेहतरी की दुआ माँगती रहती थी। क्योंकि उसका ईमान था कि इन्सान अपनी मर्ज़ी से बुराइयाँ नहीं छोड़ सकते, सिर्फ़ ख़ुदा के फ़ज़्लो–करम से ही अच्छाइयाँ पैदा होती हैं। चुनांचे उसने अपने लड़के से बाज़पुर्स न की थी...।

इधर उसका लड़का ख़ुदा के फ़ज़्लो–करम से बिल्कुल ग़ाफ़िल था। यह गफ़लत इरादी नहीं थी...क्योंकि अपने अफ़आल[1] में उसे सिर्फ़ अपना ही हाथ नज़र आता था। वह एक तेज़ धारे में बहता चला जा रहा था। एक ज़माने से उसके ख़यालात मुख़्तलिफ़ शक्लों में ज़ाहिर हो–होकर इधर–उधर बिखर रहे थे।

उसकी ज़िन्दगी एक ऐसा अफ़साना था जो काग़ज़ पर न लिखा गया हो। जिस तरह अफ़साने का प्लाट बनाते वक़्त मुसन्निफ़ के ज़हन में मुख़्तलिफ़ ख़यालात का एक उल्झाव सा पैदा हो जाता है, और मरबूत वाक़यात व हादसात का एक ढेर सा लग जाता है। उसी तरह उसकी ज़िन्दगी ऐसे बेशुमार ख़ाम ख़यालात का इजतेमाअ थी जो तले–ऊपर अफ़रातफ़री के आलम में पड़े थे...।

वह एक लम्बी, कभी न ख़त्म होने वाली पेंचदार सड़क पर जा रहा था। बड़ी तेज़ी के साथ जो कुछ उसके पीछे रह गया था, उस पर उसने कभी ग़ौर नहीं किया था। जो उसके आगे आने वाला था, उससे भी वह बिल्कुल बेख़बर था। वह माज़ी और मुस्तक़बिल की सरहदों के बीच में हाल के साथ खेल रहा था, ऐसा खेल जिसका मतलब समझने के लिए अगर उसने कोशिश भी की तो नाकाम रहा...

बाप की सरज़निश और माँ की मुसलसल दुआ उस पर असर–अन्दाज़ न हो सकी और वह अपनी ज़िन्दगी को समझने और न समझने की कोशिश में मसरूफ एक ऐसे रास्ते पर चलता रहा जो बयक वक़्त दुश्वार गुज़ार और सहल था।

---

1. कार्यों।

उसका बाप उसकी आँखों के सामने उसकी हंगामी और कज–रफ़्तार ज़िन्दगी पर अफ़सोस करता मर गया। बाप की मौत ने उस पर काफ़ी असर किया। वह कई घण्टे अपने बाप की लाश पर रोया, लेकिन इस मातम के दौरान उसका ज़ह्न आँसुओं के आगे देखेने की कोशिश करता था। आगे बहुत आगे औरतों की चीख़ों और रोने–धोने की भयानक आवाज़ों के अन्दर न जाने कहाँ उसकी अन्दरूनी समाअत ऐसी आवाज़ तलाश कर रही थी जिसको सुनकर उसे रूहानी सुकून हासिल हो जाये। उसकी आँखें रोयीं, उसका सारा वजूद रोया। उसको बाप की मौत का वाक़ई बहुत अफ़सोस था। मगर रोते–रोते एकदम उसे ख़याल आया था, मैं रो रहा हूँ, ये लोग जो आसपास जमा हैं क्या दिल में यह तो नहीं ख़याल करते कि यह सब ढोंग है...इस ख़याल ने सईद को अचानक एक नयी दुनिया में फेंक दिया। उसके आँसू बिल्कुल ख़ुश्क हो गये और वह देर तक अपने बाप के बेजान और पुरसुकून चेहरे की तरफ़ देखता रहा था, जिस पर उसकी बद उनवानियाँ, नफ़रत और गुस्से के मिले–जुले जज़्बात पैदा करती रही थीं...।

बाप को क़ब्र के सुपुर्द करके जब वह अपने दोस्तों और रिश्तेदारों के हमराह घर वापस आया था और रात को अकेले में उसे यह महसूस करके तअज्जुब हुआ था कि वह बहुत हल्का हो गया है। जैसे उसके वजूद पर से मनों वज़न उठा दिया गया है। इसका मतलब समझने की उसने कोशिश की मगर नाकाम रहा।

बाप की मौत के बाद उसने एक रोज़ बैठकर बहुत इरादे अपने सीने में जमा किये और तहय्या कर लिया कि अब वह अपना नया रास्ता अख़्तियार करेगा। मगर यह नया रास्ता अख़्तियार करने पर भी वह उसी पुराने रास्ते पर गामज़न रहा। यह रास्ता चन्द मोड़ों के बाद ही उसे उसी पुराने रास्ते पर ले गया जिस पर वह एक अर्से से चल रहा था। जब उसे इस बात का एहसास हुआ तो उसने सोचा कि ज़िन्दगी ख़ुद रास्ते बनाती है, रास्ते ज़िन्दगी नहीं बनाते। चुनांचे इस ख़याल पर ज़्यादा ग़ौरो–फ़िक्र किये बग़ैर वह चलता रहा... और चलते–चलते उसकी राजो से मुठभेड़ हो गयी। उससे अपना दामन

बचाकर वह भागा तो लाहौर में मिस फ़रिया से इत्तेफ़ाकिया तौर पर मुलाक़ात हो गयी और उसे ऐसा महसूस होने लगा कि इस एंग्लो–इंडियन लड़की के लिए उसे अपना सफ़र कुछ दिनों के लिए मुल्तवी करना पड़ेगा।

मिस फ़रिया से मुहब्बत करने का ख़याल फ़िज़ूल था, क्योंकि उसको इस ज़ाविये से देखने का ख़याल ही उसके दिमाग़ में पैदा नहीं होता था। फ़रिया ख़ूबसूरत थी, उसमें वह तमाम बातें थीं जो मर्दों की ख़ास ख़्वाहिशत पूरी कर सकती हैं। इसके अलावा वह एक ऐसे सलीक़े की मालिक थी, जो सईद की सन्नाआना तबीअत के बिल्कुल मुआफ़िक़ था। अब के हालात ने उन दोनों को एक–दूसरे के बिल्कुल पास खड़ा कर दिया था। सईद के दिल में यह ख़्वाहिश पैदा हो रही थी कि वह फ़रिया को छोड़कर देखे, उसको समझने और उसकी ज़िन्दगी का हुदूदे–अरबा मालूम करने का ख़याल उसके दिमाग़ में पैदा नहीं हुआ था।

"देखो! मिस फ़रिया!" उसने इरादा करके अपना माफ़ी उज़्ज़मीर[1] गोल–मोल तरीक़े से ज़ाहिर करते हुए कहा, "देखो–" लेकिन वह कुछ न कह सका।

इस पर फ़रिया ने उससे कहा, "तुम कुछ कहते–कहते क्यों रुक जाते हो? जो कुछ तुम्हें कहना हो कहो।"

"मैं नहीं कह सकता...अल्फ़ाज़ मेरी ज़बान पर आते हैं और फिर अन्दर लुढ़क जाते हैं। मेरी यह कमज़ोरी भी दूर न होगी। मैं कुछ नहीं कहना चाहता।"

"और यह भी बुरा है, तुम कुछ कहना चाहते हो और फिर कुछ कहना भी नहीं चाहते...और यह क्या मुसीबत है।"

"मैं तुमसे बार–बार कह चुका हूँ, मैंने ऐसी फ़िज़ा में परवरिश पायी है जहाँ आज़ादिए गुफ़्तार और आज़ादिए–ख़याल बड़ी बदतमीज़ी समझी जाती है। सच्ची बात कहने वाला बेअदब समझा जाता है। अपनी ख़्वाहिशात का दबाना बहुत बड़ा सवाब ख़याल किया जाता

1. दिल की बात।

है। इसमें मेरा क्या कुसूर है। मैं...मैं...तुमसे और क्या कहूँ। तुम ख़ूबसूरत हो। तुम्हारी बातें भी मुझे अच्छी मालूम होती हैं। मैं भी बुरा नहीं...लेकिन फिर...लेकिन फिर...और तुम्हारा बोसा...अभी तक मेरे होंठों पर चल रहा है...क्या यह हमेशा यूँही चलता रहेगा?"

फ़रिया ने उसकी तरफ़ मानीखेज़ नज़रों से देखा और बड़ी संजीदगी से कहा, "एक और बोसा तुम्हारे होंठों पर चलाऊँ...दो हो जायेंगे तो अच्छा रहेगा।"

यह सुनकर सईद ने थोड़ी देर सोचा और कहा, "मिस फ़रिया मैं तुमसे एक बात पूछूँ...?"

"बड़े शौक़ से। एक के बदले दो पूछो...तीन पूछो, और चाहे तो पूछते जाओ।"

"मैं पूछता हूँ, क्या तुमसे मुहब्बत करना ज़रूरी है यानी क्या तुमसे मुहब्बत किये बग़ैर दोस्ती नहीं हो सकती।"

"यह सवाल तुम्हारा बड़ा अजीबोग़रीब है। मुहब्बत के बग़ैर दोस्ती कैसे हो सकती है और दोस्ती के बग़ैर मुहब्बत भी तो नहीं की जा सकती। तुम उल्झनों में ख़्वामख्वाह फँस रहे हो।"

...यह कहते–कहते उसके गाल सुर्ख़ हो गये। मैंने तो कभी ऐसी बातों पर ग़ौर नहीं किया और ऐसी बातों पर ग़ौर ही कौन करता है। सोच–विचार के लिए और थोड़ी चीज़ें हैं।

"फ़रिया मैं एक नयी दुनिया की सरहदों पर खड़ा हूँ... उसके अन्दर दाख़िल होने से पहले मुझे बहुत कुछ सोचना ज़रूरी है, इसके बग़ैर गुज़ारा न होगा..."

फ़रिया के गाल और सुर्ख़ हो गये, "तुम बिल्कुल बच्चे हो... इसके बग़ैर ही अच्छी तरह गुज़ारा हो सकेगा...तुम...तुम...आख़िर तुम चाहते क्या हो?"

फ़रिया के इस सवाल ने सईद को परेशान कर दिया...

"मैं...मैं...क्या चाहता हूँ...मैं चाहता हूँ कि तुम मेरे पास रहो।"

यह कहकर सईद को ऐसा महसूस हुआ कि उसका सीना एकदम ख़ाली हो गया है, जैसे मोटर के टायर से हवा ख़ारिज हो गयी है। चुनांचे घबराहट के आलम में उठा और तेज़ी से कमरे

के बाहर चला गया। फ़रिया बैठी रही। उसका ख़याल था कि वह फ़ौरन ही लौट आयेगा, मगर दस–पन्द्रह मिनट गुज़र गये तो उसने उठकर बालकॉनी में देखा, तो वहाँ कोई भी न था। नीचे बाज़ार में नज़र दौड़ाई, तो वहाँ भी सईद नज़र न आया। फ़रिया को सख़्त तअज्जुब हुआ कि उसे अकेला छोड़कर आख़िर वह कहाँ भाग गया है। वापस कमरे में आकर वह इन्तज़ार करने लगी...

जुर्रत से काम लेकर शाम को जब सईद वापस लौटा और कमरे में दाख़िल होने लगा तो दरवाज़ा बन्द था। उसने हौले से दस्तक दी। थोड़ी देर के बाद दरवाज़ा खुला। वह अन्दर दाख़िल हुआ तो फ़रिया ने फ़ौरन ही किवाड़ भेड़ दिये और कहा, "तुम्हें शर्म नहीं आती, इतनी देर बाद घर वापस आये हो...लेकिन छोड़ो इन बातों को, बताओ कि अब क्या खायेंगे, और कहाँ खायेंगे। मुझे सख़्त भूख लग रही है।"

वह जवाब में फ़रिया से कुछ कहने ही वाला था कि उसकी निगाहें लोहे की चारपाई पर पड़ीं। बिस्तर बिछा हुआ था। तकिये पड़े थे। तकियों के पास उसका वह नॉवेल रखा था, जो उसने अभी तक सिर्फ़ आधा ही पढ़ा था। उसके चारों शू बड़े सलीके से एक क़तार में चारपाई के नीचे रखे थे। चमड़े के ट्रंक घसीटकर कोने में रख दिये गये थे, और सामने खिड़की की सिल पर उसकी टाइम पीस रखी थी। उधर दायीं तरफ़ गुस्लख़ाना था। उसका दरवाज़ा खुला था, और उसने देखा कि स्टैंड पर तौलिया लटक रहा है। उसको ऐसा महसूस हुआ कि एक ज़माने से वह कमरे में आबाद है और फ़रिया को अज़ल से जानता–पहचानता है। उसको इस एहसास ने बड़ी राहत बख़्शी।

ख़ुश होकर सईद ने कहा, "फ़रिया...भई, एक बात की कमी रह गयी है। इधर जंगले पर तुम्हारे धुले हुए बनयान लटकने चाहिए और साथ वाला कमरा ख़ाली पड़ा है, उसमें तुम्हारा सिंगार मेज़ होना चाहिए और उस पर पाउडर और क्रीमों के डिब्बे बिखरने चाहिए। और...और...अगर एक पंगोडा भी आ जाये तो क्या हर्ज़ है, वल्लाह पूरा ख़ानदान जमा हो जाये। और मैं...मैं...लेकिन मैं ज़रूरत से ज़्यादा तो नहीं कह गया।"

फ़रिया ने आगे बढ़कर उसके गले में अपनी बाँहें हमायल कर दीं... "तुम बेकार बातों को अपने दिमाग़ में जगह न दिया करो। साथ वाला कमरा कल ही ले लेना चाहिए। सिंगार मेज़ भी रहे, लेकिन पंगोडे की बात ग़लत है। मुझे इतनी जल्दी मुकम्मल औरत बनने की ख़्वाहिश नहीं। और मेरा ख़याल है तुम बाप बनने के अहल भी नहीं हो। लेकिन खाने के मुतअल्लिक तुम्हारा क्या ख़याल है। मैं कहती हूँ, वहीं होटल में आख़िरी डिनर उड़ाया जाये और किराया–विराया चुकाकर मैं अपना असबाब यहाँ ले आऊँ..."

यह सुनकर सईद घबराया। फ़रिया की बाँहें अलग करके उसने कहा, "मगर...मगर इस कमरे में दो आदमियों की जगह कहाँ है..."

"हटाओ जी!" फ़रिया ने अपना हैंडबैग खोलकर गालों पर पाउडर लगाते हुए कहा, "देखा जायेगा...इस कमरे में तो एक दर्जन मरीज़ समा सकते हैं और हम तो सिर्फ़ दो हैं। दरअसल तुम बिल्कुल वो हो। तुम्हें कुछ मालूम नहीं कि घरबार कैसे चलाया जाता है...चलो अब बाहर चलें।"

आठ

सईद बेहद ख़ुश था।

फ़रिया के साथ रहते हुए उसे पूरे दस रोज़ हो गये थे। साथ वाला छोटा कमरा उन्होंने किराया पर ले लिया था। सिंगार मेज़ भी आ गया था, और इधर दूसरे कमरे में एक छोटी तिपाई और तीन कुर्सियाँ भी लाकर रख दी गयी थीं। ज़िन्दगी बड़े मज़े में गुज़र रही थी।

फ़रिया ख़ुश थी कि उसे इतना अच्छा रफ़ीक मिल गया, जिसका दिल धोखेबाज़ी से बिल्कुल पाक है। और सईद ख़ुश था कि उसे औरत मिल गयी है...ज़िन्दगी में पहली मर्तबा उसे एक ऐसी औरत मिल गयी है...जिसको वह छूकर देख सकता है, और जिससे बेतकल्लुफ़ बातें कर सकता है, जो सलीके की मालिक है, और ख़ुश रखने के बहुत से तरीक़े जानती है।

फ़रिया ख़ुश–ज़ौक़ थी, नफ़ासत पसन्द थी और सबसे बड़ी ख़ूबी उसमें यह थी कि उसकी जिस्मानी मुहब्बत में भी एक ख़ुलूस था। ऐसा ख़ुलूस जो सर्दियों में दहकते हुए कोयलों के अन्दर दिखाई दिया करता था...दस दिन उनको इकट्ठे रहते गुज़र गये थे, मगर वह महसूस करते थे कि हमेशा ही से इकट्ठे थे। फ़रिया अपनी मौजूदा ज़िन्दगी पर ग़ौरो–फ़िक्र नहीं करना चाहती थी, लेकिन सईद के दिमाग़ में यह ख़याल कभी–कभी भुनभुनाती हुई मक्खी की तरह दाख़िल हो जाता था कि अगर उसके किसी दोस्त या रिश्तेदार ने यह सब कुछ देख लिया तो क्या होगा। चुनांचे इस ख़याल से उसे बहुत उलझन होती थी और एक अजीबोग़रीब ख़्वाहिश उसके दिल में पैदा हो जाती थी कि सारी दुनिया थम

जाये...ख़ुद साकिन हो जाये और सब लोग बेजान पत्थरों की मानिन्द हो जायें।

वह सोचता यह आख़िर क्या है। मैं जिस तरह चाहूँ अपनी ज़िन्दगी बसर करूँ, लोगों को इससे क्या सरोकार...मैं अगर शराब पीता हूँ तो मुर्दों के बाबा का इसमें क्या जाता है, मैं अगर औरत को अपने साथ रखना चाहता हूँ तो इसमें दूसरों की इजाज़त लेने का मतलब ही क्या है...क्या मैं अपने अफ़आल का ख़ुद ज़िम्मेदार नहीं।

...लेकिन फिर वह सोचता कि ऐसी बातों पर ग़ौरो–फ़िक्र करना बिल्कुल फ़िज़ूल है। इसलिए कि वह मआशरती निज़ाम की इन ख़राबियों को दूर करने की ताक़त नहीं रखता। वह एक मामूली इन्सान है, जिसकी आवाज़ शोरिशे–कायनात में कभी नहीं उभर सकती...।

वह ख़ुश था। बहुत ख़ुश था। मगर इस ख़ुशी के साथ–साथ यह एहसास भी एक मद्धिम लकीर की तरह दौड़ रहा था कि वह किसी रोज़ पकड़ा जायेगा और उसे अपने दोस्तों और रिश्तेदारों के सामने ज़िल्लत उठाना पड़ेगी...सबसे ज़्यादा तकलीफ़देह बात यह थी कि उसे ज़बरदस्त ज़लील होना पड़ेगा यानी अपनी मर्ज़ी के बिल्कुल ख़िलाफ़, वह बिल्कुल मजबूर होगा। वह तमाम बातें जो सईद के दिल में थीं, और वह तमाम बाग़ियाना ख़यालात जो उसके दिमाग़ में जमा थे, वहीं के वहीं धरे रह जायेंगे और उसका सर झुक जायेगा। उसको शर्मिन्दा होना पड़ेगा, बग़ैर एहसासे–निदामत के...

एक रोज़ इत्तेफ़ाक ऐसा हुआ कि सईद और फ़रिया दोनों शाम को चार्ली चैपलिन की फ़िल्म 'मॉडर्न टाइम्स' देखने गये। जब खेल देखकर सिनेमा हाल से बाहर निकले तो एक आदमी ने उनकी तरफ़ बड़े ग़ौर से देखा। फ़रिया ने उससे कहा, "यह आदमी तुमको बड़े ग़ौर से देख रहा है, तुम्हारा दोस्त तो नहीं।"

सईद ने उस घूरने वाले आदमी की तरफ़ देखा और ज़मीन उसके पैरों के नीचे से निकल गयी...यह उसका दूर–दराज़ का रिश्तेदार था, जो लाहौर ही में रहता था और किसी कॉलिज में

तालीम हासिल कर रहा था। उसने सर के इशारे से उसके सलाम का जवाब दिया और फ़रिया को साथ लिए बग़ैर जल्दी से उस भीड़ में दाख़िल हो गया जो सद्र दरवाज़े पर जमा थी।

बाहर निकलकर जो पहला ताँगा नज़र आया, सईद उसमें बैठ गया। इतने में फ़रिया आ गयी। जल्दी से उसको ताँगे में बिठाकर, उसने घर का रुख़ किया। रास्ते में उनकी कोई बात न हुई, लेकिन जैसे ही कमरे में दाखिल हुए, फ़रिया ने पूछा, "यह एकदम तुम्हें क्या हो गया...वह आदमी कौन था, जिसके डर से तुम मुझे छोड़कर बाहर भाग गये...?"

टोपी उतारकर सईद ने चारपाई पर फेंक दी और कहा, "मैं उसका नाम तो नहीं जानता, लेकिन वह मेरा रिश्तेदार है...अब बात निकलती–निकलती कहाँ की कहाँ फैल जायेगी..."

फ़रिया ज़ोर से हँसी, बस? इतनी–सी बात को जनाब ने अफ़साना बना दिया। अजी हटाओ कौन–सी बात कहाँ तक फैलेगी, तुम बड़े वहमी हो...चलो, आओ इधर मैं तुम्हारे गले पर मालिश कर दूँ...इधर–उधर की बातें शुरू कर दोगे तो मुझे याद न रहेगा। तुम्हारा गला ख़राब है...बस अब मैं कुछ न सुनूँगी। इस कुर्सी पर बैठ जाओ... ठहरो, कोट मैं उतार देती हूँ।"

कोट और टाई उतारकर फ़रिया ने सईद के गले पर एक लोशन की मालिश करना शुरू कर दी और वह थोड़ी देर के लिए अपने रिश्तेदार की मुठभेड़ को भूल गया।

मालिश करते–करते फ़रिया ने कहा, "अरे...डिनर खाना तो हम भूल ही गये। तुम अफ़रातफ़री में यहाँ दौड़े आये और सारा प्रोग्राम दरहम–बरहम हो गया। हमारा इरादा यह था कि सिनेमा देखकर खाना 'स्टेफिल' में खायेंगे... और यूँ इतवार की ऐय्याशी पूरी हो जायेगी...अब क्या ख़याल है...।"

"मेरा क्या ख़याल पूछती हो, चलो, मगर मुझे तो भूख नहीं है... और फिर मेरा गला भी ख़राब है।"

"तो ऐसा करो भागकर नीचे से डबल रोटी ले आओ। थोड़ा–सा पनीर और मक्खन यहाँ पड़ा है...जैम भी...दो टोस्ट तुम खा लेना

बाक़ी मैं खा लूँगी...यह ऐय्याशी भी बुरी नहीं है...स्टेफ़िल में खाना अगले इतवार सही।"

सईद डबल रोटी ले आया। मिस फ़रिया ने यूँ चुटकियों में तिपाई पर कपड़ा बिछाकर डिनर चुन दिया और दोनों खाने में मशग़ूल हो गये...।

एक टोस्ट मक्खन लगाकर फ़रिया ने उसको दिया और कहा, "यूँ ही अगर दिन बीतते जायें तो कितना अच्छा हो...मैं ज़िन्दगी से और कुछ नहीं माँगती...सिर्फ़ ऐसे दिन माँगती हूँ, जो इस टोस्ट की तरह मक्खन लगे हों।"

सईद ने जो अपनी होने वाली बदनामी के बारे में सोच रहा था, फ़रिया के चिकने गालों की तरफ़ देखा और उसके दिल के एक कोने में यह ख़्वाहिश सरसराई कि वह उठकर उन्हें चूम ले। सईद अभी कोई फ़ैसला न कर पाया था कि फ़रिया मुस्कराती हुई उठी और अपने मोटे जज़्बात भरे होंठ सईद के होंठों पर पैवस्त कर दिये।

एक लम्हे के लिए सईद को ऐसा महसूस हुआ कि फ़रिया के होंठों के वज़्नी लम्स ने झिंझोड़कर उसकी रूह को आज़ाद कर दिया है। चुनांचे उसने ज़ोर से फ़रिया के सख़्त सीने को अपनी कमज़ोर छाती के साथ भींच लिया और दूसरे लम्हे वह दोनों आहनी पलँग पर एक–दूसरे में मुदग़म[1] थे।

सईद दीवानावार फ़रिया के साँवले गालों, मोटे होंठों और हैरत में फड़फड़ाती हुई काली आँखों को चूमने लगे। फ़रिया को सईद की यह मर्दाना हरारत पसन्द आयी और उसने अपने आपको उसकी आग़ोश के सिपुर्द कर दिया।

अचानक सईद को फ़रिया की इस सिपुर्दगी का एहसास हुआ और जिस तरह थर्मामीटर को बर्फ़ दिखाने से उसका पारा नीचे गिरता है, उसी तरह सईद की सारी हरारत उसके डरपोक दिल में सिमट आयी और वह माथे का सर्द पसीना पोंछता हुआ फ़रिया की आग़ोश से अलाहिदा हो गया।

---

1. पैवस्त।

फ़रिया के मुतवक़्क़अ[1] जज्बात को ज़ोर से धक्का लगा। उसने भिंची हुई आवाज़ में सिर्फ़ इतना कहा, "क्या बात है सईद?

"कुछ नहीं।"

यह कहकर सईद की गर्दन झुक गयी, उसका लहजा जईफ़ हो गया–"मैं तुम्हारे क़ाबिल नहीं हूँ।"

यह सुनकर फ़रिया के होंठ मादराना शफ़क़त से खुले, "डार्लिंग" कहकर वह उठी और अपने दोनों बाज़ू सईद की गर्दन में हमायल कर दिये।

"बेवकूफ़ मत बनो।"

सईद ने उसी ज़ईफ़ लहजे में जवाब दिया, "मैं ख़ुद नहीं बनता। बेवकूफ़ या चुग़द जो कुछ भी हूँ, मेरे माहौल की सनअतगारी है। यह कहकर उसने फ़रिया की बाँहें आहिस्ता–आहिस्ता हटा लीं।

उसके लहजे में अब ग़म भी शामिल हो गया, "मुझमें और तुममें बड़ा फ़र्क़ है। तुम आज़ाद माहौल की पैदावार हो। तुम अग्रेज़ नहीं हो, तुम्हारा रंग हाकिम क़ौम के रंग से नहीं मिलता, लेकिन इसके बावजूद तुम ग़ैर महसूस तौर पर यह महसूस करती हो कि तुम्हारा दर्जा हम हिन्दोस्तानियों से ऊँचा है। लेकिन छोड़ो इसको...तुम ऐलानिया मुझको डार्लिंग कह सकती हो लेकिन अकेले में भी तुम्हें डार्लिंग कहते हुए मेरी ज़बान रुक जायेगी। तुम जानती हो कि तुम्हारा मसरफ़ क्या है, लेकिन मेरा मसरफ़ कुछ और ही बताया गया है। तुम्हारे आसाब आज़ाद हैं, लेकिन मेरे ग़लत माहौल की ज़ंज़ीरों में जकड़े हुए हैं। तुम मुकम्मल हो, लेकिन मुझे मेरे तमद्दुन ने अधूरा छोड़ दिया है–ऐसी जगह पर अधूरा छोड़ा है कि मेरी तकमील मेरे एहसासे–नातकमील से भी नहीं हो सकती।"

फ़रिया जिसके कानों में अभी तक सईद की मर्दाना हरारत की सरगोशियाँ भुनभुना रही थीं, सईद की इस ख़ाम फ़लसफ़ियाना गुफ़्तगू का कुछ मतलब न समझी।

"जाने तुम क्या कह रहे हो।"

---

1. उम्मीदों भरे।

सईद पलँग पर बैठ गया, जेब से सिगरेट निकालकर उसने फ़रिया की तरफ़ देखा, जिसकी आगोशे–मुहब्बत से अभी–अभी निकला था। इस एहसास से कि अपनी और फ़रिया की तन्दुरुस्त ख़्वाहिश को उसने बड़े ही भोंडे तरीक़े से अधूरा छोड़ दिया था। सईद को सख़्त रूहानी कोफ़्त हुई, चुनांचे उसने फ़रिया से कहा, "तुम मेरी उलझी हुई बातें नहीं समझोगी। इसलिए कि तुम्हारी ज़िन्दगी के तार बिल्कुल सीधे हैं, लेकिन यहाँ मेरी ज़िन्दगी में उलझाव के सिवा और कुछ है ही नहीं–मैंने एक बार पहले कहा था कि मैं तुम्हारे क़ाबिल नहीं हूँ। एक बार फिर कहता हूँ, फ़रिया मैं तुम्हारे क़ाबिल नहीं।"

फ़रिया ने चिढ़कर पूछा, "क्यों?"

"बताता हूँ," लेकिन तुम मुझसे पहले यह पूछो, "सईद क्या तुम अपनी बीवी बनाकर मुझे अपने घर ले जा सकते हो?"

फ़रिया ने बड़ी बेसाख़्तगी से कहा, "लेकिन मैंने तुमसे कब कहा है कि मुझसे शादी करो।"

सईद ने सिगरेट सुलगाया और ज़रा सोचकर कहा, "तुमने मुझसे ऐसा नहीं कहा, लेकिन मैंने बारहा अपने दिल से यही सवाल किया है, और मुझे हमेशा यही हौसला–शिकन जवाब मिला है कि सईद तुममें इतनी जुर्रत नहीं है। जब मेरे सवाल का यह बुज़दिलाना जवाब है तो बताओ मैं क्योंकर तुम्हारी नवाज़िशों के क़ाबिल हूँ?"

फ़रिया के तश्ना जज़्बात बोल उठे, "क्या हम शादी के बग़ैर एक–दूसरे से मुहब्बत जारी नहीं रख सकते।"

यह सुनकर सईद के दिल में सिमटी हुई मुहब्बत थोड़ी–सी फैली, लेकिन वह फ़रिया के पहलू से उठ खड़ा हुआ–

"नहीं।"

"क्यों?

"इसलिए कि मैं यहाँ चोरों की तरह रहता हूँ... आज ही की मिसाल लो, सिनेमा के बाहर एक रिश्तेदार को देखकर जिसका नाम भी मुझे याद नहीं, मेरे औसान कैसे ख़ता हो गये थे, और मैंने तुम्हें अपनी तवज्जोह से यूँ महरूम कर दिया जैसे तुम मेरे लिए बिल्कुल

अजनबी हो। ऐसे आदमी के साथ तुम्हें ज़िन्दगी का लुत्फ़ आ सकता है, जो अभी–अभी औरत की आग़ोशे–मुहब्बत जैसी लतीफ़ नेमत को ठुकराकर एक तरफ़ हट गया था।"

फ़रिया मुस्कराती हुई पलंग से उठी और एक बार फिर अपनी बाँहें सईद के गले में डाल दीं।

"तुम बड़े अच्छे हो सईद–एक फ़क़त मैं ही मुहब्बत करना नहीं जानती।"

फ़रिया की बेपनाह सादगी ने सईद की घायल रूह पर एक और चर्का दिया। उसने आहिस्ता से फ़रिया के परेशान बाल सँवारे और कहा, "नहीं, यह जुर्म मेरा है, और मैं इसकी सज़ा एक मुद्दत से भुगत रहा हूँ–तुमसे अलाहिदा हुआ तो यह सज़ा बामशक़्क़त हो जायेगी।"

फ़रिया चीख उठी।

"तुम मुझे छोड़ दोगे?"

सईद जवाब में सिर्फ़ इतना कह सका, "मुझे अपने आपसे यही उम्मीद है।"

फ़रिया बिलख–बिलखकर रोने लगी। सईद चन्द लम्हात ख़ामोश खड़ा रहा, लेकिन इस मख़्तसर अर्से में उसके दिल की सिमटी हुई हरारत उसके सारे जिस्म में फैल गयी। उसने सुर्ख़ आँखों से फ़रिया को देखा, और आगे बढ़कर अपने जलते हुए होंठ उसके होंठ पर दाग़ दिये।

एक बार फिर आहनी पलँग पर वह एक–दूसरे में मुदग़म थे।

❑❑

INGLISTAN

A Novel

Rajesh Talwar

Publications

KALPAZ PUBLICATIONS

DELHI-110052

INGLISTAN

ISBN : 81-7835-591-4

Published in 2007 in India by
Kalpaz Publications
C-30, Satyawati Nagar, Delhi-110052
E-mail : kalpaz@hotmail.com

Laser Type-setting by: Shagun Graphics, Delhi
Printed At: Salasar Imaging System, Delhi

For

Sabita

CONTENTS

Page No.

1

THE PAKISTANI AT FRANKFURT

His departure was unusual. When Indian students travelled overseas, the family members always came to see them off at the airport. Not only immediate family, but uncles, cousins, sisters in law, nephews, nieces, the whole jing bang lot of them.

He, on the other hand was all by himself. He had been seen off at Jaipur bus station though by his mother and a cousin, and there had been the usual admonitions to keep away from beef and foreign women, to take care of his health and to write regularly.

Rabindra, or Rabi as he was called by family and friends, was actually in some ways happy to be alone. He mused on how it would have been had the clan not been scattered fifty years ago by the Partition. They had lived in a cluster of villages in what was now Pakistan for centuries and then suddenly this one famine had scattered them and broken up their unity irrevocably.

His parents, married in their infancy, had stayed over with various relatives in Delhi, Shimla, Lucknow and numerous other cities before eventually settling in the northern city, Jaipur. After trying his hand, unsuccessfully, in various businesses for several years his father had taken up employment in an asbestos factory and fallen victim to tuberculosis. Upon his demise his mother had been forced to seek employment in the kitchen of a major school in North

India where children of the rich and powerful studied. School rules permitted a staff member's child to study free and so Rabi received an education, which ordinarily only the children of the elite could have afforded.

For higher studies he had gone to study in Delhi not only one of the best universities in the country, but where more importantly examinations were held on time. After he enrolled in the five-year course in law he had stayed with one of the numerous scattered relatives who had struck gold in the country's capital.

He passed his exams with a high first, and had found easy placement with one of India's few well paying law firms, with branches all over the country. They – the young bright lawyers - had been allowed to do their own cases while working for the company, and Rabi who had no contacts in the big city decided to do public interest litigation – unpaid work for a cause.

And these cases - these cases that brought him no money and were sneered at by his colleagues - had unexpectedly landed him a scholarship, the prestigious British Chevening scholarship to study human rights at Masters level at Oxford University.

And so Rabi found himself, barely two weeks after a successful interview - the congratulatory letter had referred to his interview performance as 'outstanding' – bound on a Lufthansa flight to London via Frankfurt. At the airport he met up with the other successful applicant, another public interest lawyer from South India, Ashok Vasudevan. Ashok was headed for Nottingham University though, not Oxford.

It was late morning when the Lufthansa flight they had caught from New Delhi arrived in Frankfurt. There were still several hours left for Rabi to catch his connecting flight to London Heathrow. Ashok - the lawyer friend who was travelling with him - and Rabi took their time wandering through the maze of duty free shops selling whiskies, wines, watches, video recording machines, cam-corders, cameras and other electronic equipment.

After an hour or so of window-shopping, they ended up at the Leonardo da Vinci cafeteria on the first floor inside the airport building. The cafe was very plush and large. In its centre was the Bar. A round, circular table, behind which stood a moustachioed bar tender in a red waistcoat and necktie dexterously mixing drinks.

They were both a little tired and rather than sit on the stools, took a small table near one end of the cafe, and ordered coffee.

At a table not far away Rabi saw a Sikh gentleman in his thirties with a stout younger man (whom he assumed to be Indian) sipping coffee.

After some time, the Sikh who Rabi noticed had been gazing at him with a meditative look in his eyes made a gesture with his head and hand, which Rabi took to mean a request to go and join them. A little puzzled at Ashok's exclusion, Rabi went across to their table.

It was the Sikh's companion who wished to talk to him. He had thought Rabi to be a Pakistani just as Rabi had erroneously assumed him to be an Indian. Ashok, because of his dark complexion and beard, had been assumed to be an African.

'It's all the same actually,' said the Sikh. 'Over here all such distinctions have no meaning. Indian, Pakistani, Bangladeshi, Sri-Lankan - we are all the same people.'

When Shah Nawaz Khan, the Pakistani, learnt that Rabi was from Delhi and en route to London, he switched to Punjabi and wanted to know if he had a visa.

'Yes, of course,' Rabi said, with evident surprise.

The two of them looked at each other conspiratorially and then the Pakistani said a trifle sadly, ' I **don't** have a visa.'

'Oh, do **you** want to go to the U.K?' Rabi asked, rather naively.

'You don't understand,' he exclaimed in a subdued voice. 'I don't have a visa for Frankfurt.'

That **was** a different kind of situation.

'Do you think I should destroy my passport?' he asked Rabi

'Why would you want to do that?'

'Brother, I am from Lahore. We were four of us who decided that we wanted to come to Germany. We applied for tourist visas. All four of us got rejected. What we then did was to forge a visa stamp onto our passports. My other three friends were caught at the airport and sent back. Somehow they let me through. Now I am the only one who has made it to Frankfurt. I reached only a few hours ago - but I don't know what to do now. The others were more experienced and knowledgeable. Now I need to formulate a plan on the best way to enter Frankfurt, and I need some guidance.'

'What possible advantage could there be in destroying your passport?' Rabi repeated his question.

'If I destroy my passport, they won't know which country I am coming from. If they don't know that, they won't know where to send me back.'

'They will make out from your language that you are Pakistani or Indian.'

'Yes, but from where exactly? They have to be sure of the country. Maybe I won't speak Urdu or Punjabi. Then they won't know.'

'It's only a matter of a day or so,' Rabi said. `I am sure they are very experienced in these matters and will manage to find out.'

'In that case it may be better if I show my passport and seek political asylum. I can say that I am a member of the opposition and am being persecuted.'

'What about you?' Rabi enquired of the Sikh.

'Oh, I am authorised to reside in Germany,' he said a

little defensively. 'I just met him here by chance. I think we must help each other - us Asians.'

'Yes,' agreed the Pakistani. 'After all these people in the West have plundered and looted our countries for centuries. If we get into their country now and take some benefits, we have a moral right in doing so. We are only taking back a little bit of what they owe us.'

He was rationalising.

'I'm not going to go back, having come this far.' He looked around defiantly. 'If its needed, I will smash the airport windows and get outside. They are not going to be able to send me back now.'

Rabi professed his inability to help, excused himself and went back to his table and the coffee waiting for him.

'What did you talk about?' Ashok asked eagerly. He had a note pad in front of him.

Rabi explained while his companion eagerly took notes.

Rabi said, 'What on earth are you doing?'

'I'm taking notes,' he said. 'We can write about our experiences.'

Rabi was amused. 'Sure, why not?'

Ashok noticed his expression and said, 'Two months ago I met a travel writer from Germany, at the Y.M.C.A. at Shimla. I had gone there for a holiday, but Thomas had come to Shimla as part of his hectic tour of North India, on which he was writing a book. He had to meet a publisher's deadline, and had to rush off the very next day for Banaras, Lucknow and various other northern cities before finally coming to Delhi to catch his flight. We could therefore speak to each other for only an hour during a chance meeting in the dining hall of the Y.M.C.A., but it occurred to me at that time that if Westerners could journey to the East and write books on China, Japan and India, there was no reason why someone traveling the other way should not be able to do so as well.'

'That's true,' said Rabi, 'but the West has already been written about a great deal.'

'There's always room for another book,' said Ashok, 'written from a different angle. Those are books by Westerners about the West, but since its their own society they are too close to it to describe it properly, which is the case for us while writing on India.'

'That's an interesting point of view,' said Rabi. 'I'm sorry if I sounded dismissive.'

Ashok said, 'Of course in six months I don't claim I could write anything other than impressionistic.'

He exchanged email addresses with Rabi, they promised to keep in touch. A TV screen showed that the waiting was over and their flight was scheduled to leave in half an hour.

Later, ensconced in the aircraft's leather seat, sipping a Margarita that a smiling German airhostess had provided him, Rabi reflected on the Pakistani's observations and thought that there was some truth in what he had said. When the West took in a few refugees, political or otherwise, they made such a song and dance about it. The statistics in respect of refugees told a different story. According to them, Western Europe was concerned with only five percent of the total number of refugees in the world. The media hype falsified this reality. On the other hand, countries like India had granted refuge to thousands of Tibetans while Pakistan gave refuge to millions of Afghani's fleeing Soviet terrorism.

Did it truly make a real difference whether you were seeking refuge because of political persecution instead of material deprivation, he wondered?

Yes, the plump Pakistani, was from his dress and demeanour certainly not entering the West because of real material deprivation, as is the case for example with thousands of Mexicans who cross the border illegally and enter the United States. All the same Rabi did not, as a fellow third-world denizen perhaps, condemn or judge him harshly. In a certain sense, wasn't everybody entitled to an equal, just or fair share of the resources of the globe? If people were to believe in socialism, he thought, they must believe in it not only within countries, but also between countries.

2

A GYPSY AT OXFORD

He had a sense that Heathrow airport was huge and complicated, but found it simple enough to collect his luggage and board a tube towards Victoria Station. It was half past two by the time he reached Victoria Coach Station and once there he was soon seated on a coach headed for Oxford.

He flipped through the University handout. 'Students will be accommodated and take their meals at New College, Oxford. Founded by William of Weckham in 1379, it is one of the largest and best known of the Oxford colleges and one of the most beautiful.'

Two hours later he had alighted at his destination. The college was not far from where the bus terminated, he learnt, and as he brushed past his co-passengers - most of whom were tourists on a day trip to Oxford - and made his way alongside the antique buildings that stared at him from all sides, he was suddenly filled with some apprehension about how he would survive the next few months in a strange city and country.

'I'm afraid you're much too early.' The elderly bespectacled lady at the College's administration unit spoke sympathetically.

'How can I be early?' Rabi said, pushing a piece of paper towards her. 'Don't classes start this Monday?'

'Oh, but they've been postponed by a week, haven't you

heard? Of course you haven't, I'm so sorry. You see we are not really used to conducting these short term courses at Oxford, and there are all these American students from Washington University who are scheduled to arrive next week attending the same classes.'

'Can't I shift into student accommodation anyhow?' Rabi said 'Oh, no, I'm afraid the rooms are being renovated.' She turned her face away from Rabi. 'That young lady's been told the same thing by me just now. I'm so sorry about this. I wish there was something I could do to help.'

Rabi turned and saw a young, attractive brunette reading the notice board. She was of medium height and small build, had shoulder length hair and was dressed, casually yet conspicuously in a blue velvetish shirt and culottes. She overheard the reference to her, and turning gave Rabi a smile.

'We're both early birds, it seems,' she said, holding out her hand. 'My name is Janis. What's yours?'

'Rabi,' he answered, taking her small, soft hand in his. In a disappointed tone he added, 'Looks like we don't get worms to eat, though.'

'Why, did you want some?' she rejoined. 'On the other hand, perhaps we only get worms to eat, because we are early birds.'

Rabi said, 'Actually, I've never understood that phrase.'

'You don't? What is there to understand in it?'

'The early bird gets the worm.' Rabi repeated the phrase. 'The implication is that if one is early, one will get something.'

'Yes?'

'It overlooks the fact that it's the early worm that gets caught, which has of course the reverse implication, that if one is early one might lose something, even one's life.'

'Oh, I see what you mean,' she laughed, showing small white teeth, 'but surely the late worm will not escape his fate.'

'He will be caught by the late bird.'

'That's right.'

'The late bird will get the late worm. In that case why be early?'

'There is a risk of course that the late bird may get nothing. Worms will get caught, late or early, makes no difference.' She smiled. 'You are funny! Where are you from?'

'From India, New Delhi,' he said. 'So what are you going to do about this accommodation problem?'

'Oh, I'll go back home to Liverpool. And you? Do you have a place to stay?'

'Not really,' Rabi said lightly. 'I suppose I could sleep out in the open.'

'Like a tramp?'

'No, not like a tramp. Like a gypsy.'

'A gypsy? Why? Are you one?'

'In a way, yes. The gypsies in Europe came from India.'

'Really?' Her voice was full of wonder. 'I didn't know that. I'm actually supposed to be a gypsy.'

'Obviously by inheritance.' Rabi surveyed her.

'I still have some family who live in the old way.'

'What I have heard,' said Rabi, 'is that the gypsies actually came from India originally. Many of them went to Egypt and came to Europe from there. That's where the name gypsy comes from. Gypsy–meaning from Egypt.'

'You know an awful lot about us,' she said. 'If they were from India that makes us cousins, doesn't it?'

'That's right.'

' If you don't have a place to stay you could come with me to Liverpool. My brother lives there. There should be a spare room where you can camp for a week.'

'No thanks,' Rabi said hurriedly. 'Actually there **is** a place I can stay. I have an Uncle in London. I'll probably go there.'

'Oh, good,' she said. 'I'm glad you have some family in

the UK. So will you be coming to Oxford from London next week?'

'I suppose so.'

'I have to be in London myself next week. We could meet up if you like if you have a number I can contact you at. I can call you and we can fix up later next week?'

'Yes, I'd like that,' Rabi said

There was nothing to do but to go and stay with his Uncle. Rabi had yet to open his bank account at the University and the scholarship money providing for his living expenses had therefore yet to be transferred. Even if he had received the money, he doubted that he could have afforded a lodging house in London for one whole week.

His Uncle had been effusive and welcoming on the phone when his mother had informed him of Rabi's imminent departure from India. Rabi liked his Uncle, and knew that the offer for him to stay at his house during his holidays was sincerely meant. All the same, the same sense of pride that had prevented him from being more social with his rich relatives in Delhi had acted as a barrier here too. But now there was no way out.

Back in London, at the Victoria Terminus Rabi used a phone card to call his Uncle and inform him that he, Rabi, his sister's son, had arrived. It was a Sunday, the family was all at home, and an hour later when the Piccadilly Line had dropped him at Ealing, his Uncle and Aunt were there to receive him at the station.

3

IDENTITY CRISIS–PROBLEMS OF THE SECOND GENERATION

'At the end of the day, you see,' his Uncle said, 'it's all the same.'

Rabi heard him make this statement for the umpteenth time. He wasn't making a philosophical statement that all places are the same be it London or Delhi, but was referring instead more prosaically to the acquisition of material wealth and possessions.

His Uncle, who was actually his mother's cousin, hadn't really done too badly for himself. He had a decent four bedroom house, built on two levels with a nice looking lawn upfront and a garden behind, in Ealing, an area in London, where mostly the English had lived in, at the time he had bought it, twenty years ago. Now much to his regret, the British residents of the area had moved out to other locales within London, and his fellow countrymen, the Indians, had come in.

This house which was his single largest asset now, had been purchased a quarter century ago, when houses were going cheap and he often regretted that he hadn't bought a few more. 'Yes', he would exclaim in an excited voice, 'I could easily have bought two more houses. I had the money.' Now the house was worth five hundred and fifty thousand pounds, well beyond the reach of any ordinary salaried person.

In Indian terms this meant that the house was worth more than forty million rupees, not a small sum of money by any means. But, argued his Uncle, their relatives in Delhi had built larger, more beautiful houses in Defence Colony, Greater Kailash, Friends Colony and Patel Nagar, which were easily worth the same amount today, if not more. Therefore, he maintained, in this context, logically enough, at the end of the day it was all the same.

'When I ring up *Mataji* she tells me this,' he said, quoting his nonagerian mother's words sadly, 'Suresh–what have you achieved that you could not have managed in India itself?'

Would he like to go back to India now? 'I miss it very much,' he admits, 'but now the children will not be able to adjust. I don't know...' His wife, Kavita–whom his Uncle called simply Kay and Rabi, Aunty Kay–had clearly made up her mind and was emphatic. 'No question of going back. We miss our relatives of course, but ultimately it's the children who matter.'

The 'children' on the other hand had an entirely different attitude. Even though each one is extremely attached to the parents Rabi found out that staying close by is certainly not a priority in their lives.

His Uncle had three daughters. Amita, Anjali and Pooja aged twenty-two, twenty and eighteen respectively, rather like a geometric progression. The perfectly planned family.

The eldest, Amita had done a computer course and had a job with a computer software company. She planned on settling down in the United States. The youngest Pooja was doing a course in Pharmacy and was planning to go to Canada because she found that 'Canadians were much better persons than Americans,' whatever 'better' meant. She was her father's favourite possibly as a result of being the youngest, and he didn't like it when she talked of going there.

'Why do you want to go to a dump?' he asked her one day, while the family was having dinner.

'It's better than over **here**!' she countered in an annoyed tone.

'Yes,' agreed her father. 'London has become a dump.' He added however with a little laugh, 'So you want to go from one dump to another.'

The middle daughter nicknamed Anjali, equally didn't want to remain in England and was madly keen to go off to the Middle East, ostensibly to make more money, but there was, Rabi was to discover later, another reason as well.

All three girls were clear in their minds that they wouldn't like to go and live in India, and this was the case Rabi observed with most children of immigrant families. Several of his Uncle's Indian friends whom Rabi met at dinners hosted at his house, however felt homesick and expressed on several occasions, longings and nostalgia. However, Rabi felt for the most part they would continue to remain in their adopted country

Anjali took great care of him while he was staying at his house, and didn't even begrudge the loss of her room, which she had to vacate in order that the honoured guest (Rabi) had a room to himself.

As a personality, compared to her two sisters she was gentler and more feminine in her ways. She performed more household chores than either of the other two sisters, liked spending time at home and was more deeply attached to her parents.

On the very first day in her room, when he opened her cupboard to put in some of his clothes, Rabi was startled to find passages of what appeared to be Islamic inscriptions, neatly written out with a blue sketch pen on the rear side of the *almirah* door.

Rabi didn't mention this discovery to anybody, least of all Anjali, but tucked away the observation in the back of his mind as a curiosity.

A few days later, she came into his room one evening to take some of her clothes lying inside the cupboard. After she had opened it she caught him staring at the inscriptions and said accusingly, ' You have seen the inscriptions.'

'Well, yes. Naturally,' Rabi replied. 'I had to keep my clothes somewhere.'

'I have written these down. They are verses from the Koran,' she said in a 'so what' kind of fashion. Looking at me then she realised that I wasn't trying to judge her and in a more normal voice added, 'At one point of time, a year ago, I even thought of converting to Islam.' She then swept out of the room carrying her dresses, leaving me wondering about her parting statement.

Rabi was, in spite of himself, more than a little shocked. What were the inner compulsions that made a twenty-year-old Hindu girl who had been brought up in a modern 'progressive' environment in England and had spent her entire life there, seriously consider converting to Islam? He couldn't figure it out. Women like Taslima Nasreen in Bangladesh and elsewhere were fighting against restrictions imposed on women by Islam and here was a Hindu girl who obviously believed that it was the right path.

The next day, in the morning, the opportunity presented itself for Rabi to question Anjali about her impressions of Islam.

His Uncle, Aunt and Amita the eldest daughter had gone off for work early that morning. Pooja, the youngest was at home, it being her day off from the leather shop where she worked as a salesgirl. Anjali too was home and Rabi was drinking tea and eating a cheese omelette prepared by her for his breakfast, when Pooja came in and announced that she was going to the club for a swim.

'Why don't you go as well?' Rabi suggested to Anjali, not wanting her to be tied down to the house because of him.

'No.' Anjali made a face.

'She won't go, *bhaiya*,' Pooja told Rabi, and then addressing both of them said a quick bye and left for the club.

'Why didn't you go?' he asked Anjali. 'It's an excellent exercise.'

'I don't mind the exercise,' she replied. 'It's the dress I don't like. It's too revealing.'

Rabi said, 'You could wear a single piece swim suit and use a towel if necessary.'

'It's all the same. I don't even wear *saris*, did you know that?'

'Because they expose the midriff?' Rabi guessed, understanding her now.

'Yes,' she said. 'I think Hindu girls are too 'fast'.'

'Over here or in India?' Rabi asked, trying not to laugh, and see her point of view. It was after all obviously a very serious matter with her.

She mulled over his question. 'The Hindu girls in London are probably not as fast as the ones in India.'

Rabi tried to disabuse her of this belief, but couldn't bring her round to his point of view. In fact she didn't want to discuss the subject any more with him, since it was now clear to her that while he wasn't judging her, he held different views on the question of sexual permissiveness. They began talking of other things.

Rabi wondered what incidents in her life triggered off the mental process by which she came to revere Islam and seriously contemplate conversion. It is impossible to fathom a persons inner depths even after a lifetime spent in knowing him or her, and on the basis of a slender month long acquaintance, it was impossible to come to any definite conclusions as to why this should have happened. Firstly, there was this fact that many of Anjali's friends were Iranians and Pakistanis. Secondly, it was the rootlessness and lack of identity experienced by many younger generation Indians who have been brought up in the West. Islam provided a stronger identity perhaps as compared to Hinduism. Finally, Islam was much more strikingly counterpoised against the sexual permissiveness and promiscuity of the West, in a way in which Hinduism was not. Hence her supposition that Hindu girls were 'fast' could be 'faster' and even outstrip their Western counterparts in sexual permissiveness.

4

PUB RULES AND MAD COWS

'There's a call for you, *bhaiya*,' said Pooja, one morning, while the family was eating breakfast.

'For me,' Rabi repeated the words, surprised. 'From whom?'

'Your girl friend,' she replied. 'Wow, you have a girl friend already.'

Rabi didn't know what to say immediately.

'She sounds nice.' She passed the phone to Rabi.

It was Janis, his gypsy kinswoman from Oxford and she was suggesting that they meet for a coffee, 'or beer, whatever you like, if you're up to it'.

They chatted briefly, and eventually agreed to meet after lunch at three opposite the Hippodrome at Leicester Square.

The family were all leaving anyway soon after breakfast so Rabi decided to leave as well. He'd already taken the Big Bus tour and visited the important buildings and museums, and he thought he would just spend a couple of hours wandering around the Leicester Square area.

The past days he had travelled mostly by the tube, and was not familiar with the layout of the city. He sought to change his mode of travel and purchased an all-route bus pass from the lady at the counter. The initial excitement had worn off and he now felt he must familiarize himself with the bus routes and travel over ground.

He wandered through China Town, took in the Covent Gardens market with its hustle and bustle evoking a remote connection with India, and investigated out of curiosity a couple of sex shops in Leicester Square. He had seen pornographic material in India at school and in later years had watched blue films with his buddies at the University and the law firm, but he was wholly unprepared for the sheer variety and range of erotica these shops provided and was immediately repulsed by some of the material that showed sadomasochism and geriatric couples in action. Everything was well organized and classified, perhaps too well so, and Rabi began to understand what the expression sex 'market' meant.

The Leicester Square area had the usual tourists thronging about the half price ticket booths, which sold tickets for the evening's theatre performances. Some down and out artists sat and drew portraits for five pounds. There was an unusual busker dressed in Scottish kilts who regaled the crowd with music played through the traditional bagpipes.

Janis was already waiting outside the Hippodrome when Rabi returned to it.

Rabi recognised her instantly even though she had tied her hair differently–in a bun today–and was dressed casually, reminding him of vaguely of activist friends in Delhi.

'Janis!' he exclaimed. 'You look lovely!'

'So do you, my gypsy friend,' she rejoined. 'Shall we sit down at a pub? I've been walking about the whole day.'

They sauntered into "The Zoo" nearby. This pub too had an informal air about it, and was rather small inside. They sat down on white cane chairs in a small space just outside the actual building that formed part of the precincts, and ordered two draught beers.

She was full of questions about India and the gypsies there. Rabi was doing most of the talking, and he had barely started on the beer when a white uniformed waitress appeared and instructed them to go inside.

'It's six o'clock now,' she said. 'If you want to continue to sit there, you will have to eat something. Otherwise, you have to shift to the bar.'

She meant of course that they would have to go inside and sit on the stools opposite the large wooden semi-circular table. They didn't want to go inside because it was dimly lit and noisy. Janis had brought some material on their course, which Rabi wanted to read. At the same time neither of them wanted to eat anything.

Janis said, 'I think there is a better pub nearby. Let's go there.'

Rabi took a few large swallows and finished the beer. It took them hardly ten minutes to reach the second pub that was in China Town nearby- but it was packed, and had loud music playing above the din of voices. They would have to shout to hear each other. After another fifteen minutes of walking they reached a third pub on Charing Cross Road. It was fortunately brightly lit and quiet inside, thus satisfying both their requirements. He could read, and then they could talk.

This pub was one of the fancier ones: wood panelling, thick brown carpet, plush red sofas and a better dressed, more attractive waitress. As they entered, he saw a big signboard hung outside the pub, which announced, ' Wednesday night. Three Strippers. Men's Night. L 10 admission.' They had possibly fallen on hard times, despite the present economic boom, and were using strip shows as a device to lure customers. It was fortunately Tuesday that particular day, and so they didn't have to pay to enter the pub.

With all the walking about, Janis had built up an appetite, and after they had seated themselves on the sofas, she ordered a steak for herself. Rabi had eaten a full lunch and didn't want anything.

After some time, more people started entering the bar, there were more voices and they had to speak louder to hear each other. Rabi found his throat getting dry and decided that yes, after all he would have a beer. Janis beckoned to the waitress.

'Can you get my friend a draught beer, please?' she requested her.

'No, I'm afraid not,' she replied.

'Why ever not?'

'Well, I can't. He is not **eating** anything. I can serve **you** a beer, because you have **eaten** something. If he wants a beer, he will have to **eat** something.'

'Well, in that case,' Rabi intervened, 'can you give *her* something to eat, and she will give it to me. You won't be breaking any rules.

She grimaced.

That appeared to solve the problem. She made a small face, and went off reluctantly. After a short while, she came back with the beer.

They had a good laugh over that one and then both fell silent. Rabi was thinking that these pubs had become more like bureaucratic offices than places to drink and relax in.

'What are all these rules?' Rabi asked him, to break the silence.

'I don't really know. It's been quite a while since I came to this part of town.' She shrugged her shoulders, a bit embarrassed. 'Must not be doing too well, I guess.'

The steak arrived.

Janis pushed her plate towards Rabi. 'Do you want a bite?' she said.

'No, thanks.'

'Oh, I'm sorry. It's beef. You don't eat beef, do you?'

'Not even beef curry,' he replied. 'You remember that day at the World Fare food counter in the University cafeteria'

'It was Special Indian Week then and I was surprised to find 'beef' curry being served up as one of the main dishes' He paused, collecting his thoughts. 'Unlike many Indians I do not regard the cow as a sacred animal, but still cannot bring myself to eat beef. The innate 'wrongness' of such an act is deeply instilled in me; unlike some of my other Westernised friends, who point to the irrationality of my conduct, given that I am otherwise a non-vegetarian.'

'It's conditioning, isn't it? Well aren't we all conditioned in different ways? I don't think you should feel bad about it.'

'Oh, I don't feel at all bad about it,' he said. 'My own sensitivity in this regard enables me to understand and appreciate an incident that a cow-loving friend narrated to me back in Delhi.'

'A cow-loving friend?'

'Yes,' said Rabi, 'Apparently, Oxfam had organized the donation of three Jersey cows to a tribal family in Madhya Pradesh. The tribals were initially very happy with the animals, but after three months had passed, they told the Oxfam people they could have them back.

"What's wrong?" they enquired. "Aren't the cows giving sufficient milk?"

"No, they are giving two litres more than the Indian cow," was the reply.

"Then, what's the problem? Are they eating too much?"

That too was not the problem. After much cajoling and persuasion finally through an interpreter it was explained to the donor agency that the tribals found the *maternal aspect*, which they had always associated with the animal, missing in the case of the more aggressive and muscular looking Jersey cows.'

'Is this a true story?' she asked.

'Could be true or false,' Rabi mused. 'My friend too heard it from someone else. Be that as it may, it is undoubtedly true that the Indian cow is far more maternal looking than its counterpart in the UK and elsewhere.'

'In what way?' she asked. 'Do they look different?'

'For one thing, Indian cows, who are mostly white, have this special hump, unlike cows over here who are humpless, but that by itself should not matter so much, as the fact pointed oout to me once by two Germans visiting my firm's law office in Delhi that the cows in India, even though thinner and less well fed, looked definitely happier, and had a serene, contented look about them.'

'Obviously then cows too do "not live by bread alone".'

'Exactly,' Rabi laughed. 'They sense the vibe people give them. The famous Indian novelist, Premchand, in one of his short stories wrote somewhere that in a particular year, when there was a terrible drought in an area, some cattle owning villagers had no feed left for the cows. Rather than slaughter the animals for food, the cows were garlanded with due ceremony, and thereafter let loose to the mercy of nature and God.'

'My God!' she exclaimed. 'That's so touching, so beautiful, I mean. No wonder there were some remarks when all these cows were being killed – you remember the foot and mouth outbreak, don't you?- that the cows in the West be given 'asylum' in India.'

'What was the reason for the outbreak?'

'Don't know, really. They said it was the ingredients in the cow's feed, like they said with mad cow disease.'

'A friend of mine in India believes that all these diseases are on account of the treatment of the animals in a less than humane fashion.' Rabi took a swig of his beer. 'According to the graphic image portrayed by this friend who had recently returned from the Netherlands, over there, in the farms there is this 'Chief Milkman' sitting somewhere in a control room, with all kinds of buttons and levers in front of him, watching cows on a television screen. The cows have all been herded together in a milking yard with a small space allotted to each individual cow. At the yanking of a lever, the cows' feed is pushed forward by a metallic arm, and after the cow has finished "chewing the cud", another button is pushed with the result that steel manipulators are pushed out of some mechanical contraption, which immediately affix themselves to the udders of the poor cows, and thereafter proceeded to milk them thoroughly. In the background, is playing Beethoven's fifth symphony, the music that has been discovered by cow-scientists to produce the maximum yield of milk. All this milk then rushes out into a gigantic container, and the Chief Milkman gets to know the days total takings by pressing another button by his side.'

'Your friend is right,' she said. 'That's exactly how it is.'

'In these horrific circumstances,' said Rabi, 'which cow can remain sane?'

Janis smiled. 'I confess I don't disagree with your friend.' She dug into the last bits of her steak in a more restrained fashion, took a swig of Rabi's beer – 'You don't mind, do you?' and said, 'You know the last time we met, you mentioned that you know an Indian lawyer, who deals with immigration cases.'

'That's right. As a matter of fact, I have a meeting with her tomorrow.'

'Oh good!' she exclaimed. 'Can you ask her if she can handle an immigration case on behalf of a Spanish gypsy? A friend of a friend of mine. And please ask her charges. My friend cannot pay much you see and is looking for a lawyer who won't rip her off.'

'No problem.' Rabi said.

From the pub, Rabi walked her to the Victoria tube station from where she had to take her train... They agreed to travel to Oxford together the following Monday.

During dinner, Rabi recounted the incident with the waitress to his Uncle, who felt that the behaviour of the waitress smacked of racism. Rabi didn't think it was so in this case. Simply pub rules during a lean season.

5

TRYING TO MAKE IT: MADHU'S PLIGHT

The next day Rabi was leaving his Uncle's house in the evening, when he met his daughter, Anjali at the gate.

'Where are you going?' she asked him.

'Southall.'

'Oh, no!' she exclaimed. 'Not **there**!'

In the tube Rabi wondered about her reaction. Why did she have these negative feelings about a place where many of her countrymen lived? At Ealing Broadway, Rabi changed trains. As the high-speed monster whizzed through tunnels Rabi wondered how it be to meet Madhu.

Aside from his Delhi University friends, Madhu was one of the first persons Rabi rang up after reaching London, a lawyer from South India, who had been practising in the Supreme Court and teaching law at Delhi University along with him. Rabi had represented her in her divorce case against her husband, also a lawyer.

After her divorce, Madhu had left practice in the Supreme Court and shifted to the U.K.. She had once written to Rabi from there that she was happy and was making steady progress in the legal profession in England. She had a work permit for a year to practice as a legal consultant, which could keep getting extended.

Having been through the grind himself, Rabi knew how difficult it was for a first generation lawyer to establish himself and he admired Madhu for the initiative she had shown and her guts in starting all over again in London.

She came on the line immediately and was keen to meet me. They fixed up to meet on Sunday, a holiday for her in the evening at her residence in Southall.

She wasn't a friend really, but he had found her to be a nice person and had felt sorry for her. The train was almost empty now, he discovered and two minutes later he was in Southall.

As directed by Madhu, he walked on the main road towards the Glassy Junction, a pub managed by Indians whose neon lights were clearly visible from the outside of the station. It was, incidentally, the only place he saw in London, which accepted payment in Indian currency. He had hardly walked ten yards when a red-faced countryman, coming from the other side, gave a lurch and caught his elbow. 'Give me fifty pence,' he insisted, obviously drunk and unsteady on his feet. 'I have no money and I need it to catch a train home.' Rabi dug into his pockets and gave him a pound.

This part of Southall had a run-down appearance and wore a desolated look at this time of the day. The poorly maintained houses seemed to be jostling with each other, and bore a strangely discoloured and blackened look. The streets and roads were narrower and the shops shabbier than in other parts of London. The municipal services too seemed noticeably poorer.

Rabi managed to locate the house where Madhu lived in a small lane called Avenue Road, without any difficulty. It was a red-bricked, double storied house, of fairly old construction. The landlord lived on the ground floor and had let out the first and second floor to four different tenants, of whom Madhu was one.

She seemed glad to see him. Her room was small and poky, appeared damp and had a rather dingy look about it

- rather contrary to his expectations. It was just large enough to contain a bed, a writing table and the few chairs inside. She paid eighty pounds a week for it and shared a bath and kitchen with the other tenant on the same floor.

'How are things with you?' Rabi asked her, concealing his surprise.

'Everything is fine. The only thing is this place - Southall. I want to get out of here as soon as possible.'

'What's wrong with this area, other than the fact that other Indians are living here?'

'There is a great deal of crime and hooliganism in this area,' she explained, with a set look in her eyes. 'Even the persons who are living in this house are not very decent. There is a young boy who comes to visit one of the upstairs tenants, also a bachelor. Only yesterday he was standing outside my room and whistling, actually whistling at me.'

'Really. Have you done something about it?'

'I have complained to the landlord who lives downstairs. He has promised to speak to that tenant. There is another fellow who lives upstairs, a Punjabi boy. Every evening he gets drunk. After that he comes and stands outside my door and gets into a sentimental monologue. He says things like I am his sister, if I need any help I should ask him, and all kinds of *filmi* dialogue. Basically, he is a good-hearted fellow, but now he is beginning to bug me. In the beginning I didn't mind, but now I find it to be a big nuisance.'

'When are you planning to shift out?'

'I can't shift out right now because I cannot afford it. In fact, do you know, I haven't been to a single play or to the opera since I have come here. Anyway, let me get you some tea.'

She went into the common kitchen, which she shared with the other tenant, and returned after a few minutes carrying a tray with two steaming cups of tea and a plate of biscuits.

'Forget all this.' Rabi said, taking the cup from her. 'How are you getting along in the profession?'

Madhu explained that she wasn't a legally qualified solicitor and would need to pass an examination before she could become one. Neither was she a Barrister. She had however been permitted to be a legal consultant for the Indian community and could make representations before the Immigration Authority.

'Can you represent a Spanish gypsy?' Rabi said. 'A friend of mine was asking.'

'Before the Immigration Authority? Yes.'

'And you would charge...'

'Oh, don't worry about money, Rabi. If it comes through you, at least I know I will be paid. I need work.'

'On what basis do most people seek immigration?' Rabi asked her.

'Most of the cases are those of people seeking political asylum. Ninety percent of these cases are false.'

'Does it pay well? The legal consultancy, and the immigration work.'

'Not so far. The people living in this area are very *chalu.* They will come and plead, "*Didi,* make this application for us. *Didi,* please appear before the Authority for us. We will pay you tomorrow." And tomorrow of course never comes. Or they will say, " *Paisa to aa hi jayega ji. Aap kaam karo.* The money will be paid to you, don't worry. You just start the work." Now I have made up my mind to be very strict with them. It's because of these kinds of clients that I want to shift out to a better area. Bloody classless set of people.'

Karl Marx would have been proud of them, Rabi thought wryly, over her choice of expression.

By now Rabi had finished the tea and biscuits. They had been talking for over two hours now. Rabi wanted to reach Ealing in time for a formal dinner at his Uncle's house. He had called many of his friends over. Madhu insisted on walking me back to the railway station.

Just short of the station, they met a portly, middle-aged Sardarji wearing a white shirt and a pyjama whom Madhu appeared to know. They greeted each other quite warmly and then they moved on ahead.

'A very decent man,' she remarked. 'He is a committee member of the local Gurudwara. I often eat my meals over there at the *langar*. Saves money and the bother of cooking, you know.'

Rabi's train had come. He quickly said bye to her and rushed towards it. On the way back home, he pondered over whether she had made the right decision. In Delhi she had been living in better surroundings and far greater comfort, in a two-bedroom apartment in a Foreign Service officer's colony. She had a maid, who cooked and cleaned for her. Why was she still in London? It would mean a certain loss of face, her going back. She had already depleted a large part of her savings from money earned in India, in order to live in London, which she now wanted to recoup. And then there was the attraction of earning money in pounds, which when taken back to India could buy you so much more. Yet her situation was difficult and didn't seem likely to change. Only the previous evening, Rabi had met with a Pakistani barrister, Mr Nur Mohammed, invited to his Uncle's house for dinner. Mr Mohammed had spent more than a decade in England, unlike Madhu, who was only a few months old, and he was planning to go to Karachi to practise law, because he didn't feel confident that he could make it in London. 'It's a terrible situation right now,' he had said. 'Lawyers have never had it so bad. Leading law firms have had to terminate the services of hundreds of young lawyers. Senior lawyers are not keeping lawyers because of the compulsory stipend they are forced by law to pay.'

Rabi doubted very much if Madhu would make it, even though he didn't doubt her enterprising nature and capacity to put up a fight.

6

MACHINES

Monday arrived, quickly. Rabi said his good byes to his Uncle and the rest of his family, promised to call regularly and visit them during the weekends. Privately, he doubted he would visit as frequently as he had promised. It was a mixture of shyness that persisted and a sense of not stretching the obligations more than the minimum. He knew how constricting Indian families could be and contrasted how free he could be in his interaction with the English girl he had recently befriended. .

Dressed in her trademark silk shirt and culottes Janis was waiting for him near the ticket counter at the Paddington train station even though Rabi was early. He would be earlier still next time, he promised himself.

They shook hands, purchased tickets and moved under the overhanging steel arches of the station past Boots, WS Smith and other shops usually found at the bigger stations to stand near a huge electronic sign board which flashed train timings and destinations. Trains to Oxford were every half hour, and they soon found themselves inside the blue and green Thames Express, which would take them to their destination in a little over an hour.

'Comfortable, isn't it?' she remarked, once they were seated inside on the green cushion backed seats and the train sped off on its journey.

'Well, yes and no,' Rabi said. 'I anticipated I would come across a great deal of machinery in London, designed for the comfort and convenience of man. I am still shocked by the extent of machinery in the underground.'

'Yes, I suppose its not so much elsewhere, is it?'

'Well we were at the escalators for a long while even at Frankfurt on the way to London.'

'You should see how it is in the States,' she smiled. 'At Los Angeles I needed to go from Terminal 4 to Terminal 34 in order to catch a connecting flight to New York, but there was still one hour for the flight to take off, so I didn't bother to walk or run on the escalators, but just took it very easy, standing still, my hand on the railing, content to let the machine take me from terminal to terminal. It just went on and on and on. I was on the escalator for forty minutes and I had reached only Terminal number 28. That's when I panicked, and convinced that I was about to miss the flight, took a suitcase in each hand and began running on the escalator. I made it to the aircraft with barely five minutes left for the scheduled take off.'

'Los Angeles airport is famous, isn't it?' said Rabi

'Is it?' she said. 'I didn't know that.'

'"L.A. International Airport, Where the big jet engines roar, Standing in the passageway, Waiting for..." I forget the rest. Waiting for whom?' Rabi hummed a tune that was popular in Delhi University when he had been studying there

'"The ships to quay,"' she finished for him. 'Yes, I remember that.'

'At Frankfurt,' Rabi said, 'the pilot announced that we would be a few minutes late in taking off. The problem, he said was that right then there were twenty aircraft ahead of us that were all waiting to take off. If we make a rough estimate that each of them will take off in about half a minute, then that means that our turn should come in about ten minutes. So, kindly bear with us, he said. Very shortly, say in about ten minutes, we will be taking off.'

'That's quite common,' she said. 'That's why in the States you have people filing cases in Court, saying that the noise from the aeroplanes taking off was disturbing your child's studies - and demanding compensation! Quite often in these cases the noise of aeroplanes taking off is a **continuous twenty-four hour noise, which would drive anyone crazy.** But it shouldn't be so bad with our trains, Rabi, is it?'

It was the first time she had used his name, Rabi noted.

'Travelling by high-speed trains in the U.K. is fast, convenient and very comfortable,' Rabi replied, 'yet oddly enough I actually miss certain features of train travel in India.'

'Really?' she said with a polite expression, 'Of course you've made technological progress...'

'That's not it,' Rabi said. 'Most trains in India travel at a very low speed in comparison to trains anywhere in the West, so you can look outside, focus more clearly on the scenery, pull up the window, feel the breeze fan your face, and finally the rhythmic movement of the carriages adds enormously to the romance of travel and to your sense of "going somewhere".'

'Okay, I understand what you mean.'

'Leaving aside these pleasanter aspects,' Rabi continued, 'train travel in India can be extremely tiring, strenuous and uncomfortable, especially if you are travelling unreserved. Journeys are strenuous not only because they often take so much time but also because trains are invariably running late and there is so much hustle and bustle at the stations. A European tourist once told me that the first time she went to a railway station in India, she wanted to immediately go back to Brussels. "I thought I was in a jail," she said, emotionally charged with the memory of that experience. 'There was so much dirt and filth, and there were these sick people and the beggars. I wanted to leave India at once".'

'Train travel is cheaper in India though, isn't it?' said Janis. Over here they spend so much money here on the train services and with all the salaries to pay and the upkeep and maintenance, train travel is quite expensive. Why, it's often cheaper to fly back and forth than go by train.'

'It's true that train travel is infinitely cheaper in India,' admitted Rabi. 'To get away from the pollution in Delhi, every few months I go away to Shimla, a popular hill station - also formerly the summer capital in the days of the British Raj. The journey by second class from Delhi, which is reasonably comfortable, and takes roughly twelve hours costs me a mere **four pounds,** which includes the cost of the hill train which I have to change to at a connecting station. In comparison, in England, for a **one-hour journey** from London to Oxford, I pay thirty-two pounds.' He paused.

'Go on,' she said. 'I can see you have other things to say. What do you think about the tube, if you don't even like our trains?'

'What are the precise effects on the human psyche of having to, literally, co-exist with huge blocks of fast moving machinery? Difficult to say.' Rabi laughed. 'Possibly aeroplanes, trains, and buses don't have any markedly negative effects, but I certainly can't say this about tubes. Travelling in the London tubes has been quite an unpleasant experience on the whole, as it is for thousands of other passengers; and I'm sure this must be the case even with tubes on the continent.'

'So why is it unpleasant?' she said.

'You tell me', said Rabi. 'Inside the metal box you are travelling at a high speed, which will surely take you to your destination faster and more efficiently. Then why are so many passengers in the tube sullen faced and wooden looking?'

'You find that, don't you?'

'Ironically enough, it was inside one of the metal boxes that I found the possible explanation for this. On the Piccadilly Line, I saw an advertisement by Levi Strauss for a variety of denim jeans : "You can't be nice, if you are not comfortable." This particular advertisement was repeated many times throughout the length of the tube and looking at the depressed faces all round me, I couldn't help thinking : It's **true.** You can't be nice if you are not comfortable. And you can't really be comfortable if you are mostly under the ground, away from sunlight and greenery.'

Her eyes were wide with surprise and interest and Rabi warmed to his theme.

'Claustrophobia in the tube. Generally you can see only darkness outside the windows. Often enough the edges of the tunnel you are zipping past are seen to be barely a foot away on either side. You are that tightly packed. A bullet traversing the length of the barrel. It's impossible to infect co-passengers in the tube with any good cheer you may have been carrying from pleasanter experiences over ground. Rather the reverse is likely to happen. The pall of gloom and despondency surrounding the tube passengers moodily reading their newspapers or simply an office file is bound to infect you and rid you double quick of that upbeat mood. A half hour's travel by the tube is guaranteed to wipe that lingering smile on your face. Oh, no, I don't blame the Londoners. I blame the tube. The periodic screeches of metal, as it whizzes past, are enough to unhinge any sane mind.'

'You're overreacting,' she said. 'In some parts of the underground network, notably on the Northern Line, you do travel over ground for some length of time.'

'I think I've been on that line,' said Rabi. 'It was a great relief for someone like me. Alas, unfortunately, even when you are over ground, you are never completely so. Half immersed still, generally the only things you can manage to see are fences bordering the tracks and rows and rows of thick, coiled, electrical wiring.'

'Do you know that although you're an Indian, you look at things the way many Westerners would. A friend from former East Germany with whom I travelled in the tube agreed with you completely with regard to the dehumanising effects of the tube.'

'Too much machinery', Rabi nodded in agreement. 'If you humanize nature, in a dialectical reversal, nature dehumanises you.'

The train halted at Reading, the last stop before their destination. It started off soon again after barely a few minutes, and was once again racing past the rolling fields and meadows Rabi found so soothing about the English landscape. The placid green meadows were strangely at odds with the steel monster that ran beside them.

'So have you stopped using the tube in London, after only a week.'

'Well, it took me that long to figure out how much I disliked it, and from now onwards to the extent possible, whenever I am in London next I will do all my travelling by your famous red double-decker buses, where I find the passengers distinctly more cheerful. I'm convinced that this is indeed the case, and I haven't imagined this.'

'No, Rabi, I'm sure you're right.'

'I was strolling past the waters of the Ganges in Rishikesh once,' said Rabi, 'when I realised how it affected my mind. Water does something to the character of a town, don't you think?'

Janis nodded. 'And you feel the tube too…

'It's equally true though less obvious, that a tube can affect and alter the character of a city. Town planners should include this as part of the opportunity cost of installing a tube system in a city.'

'I should tell my sister this. She's an architect'

Rabi said, 'But then a further question arises: what price the good cheer of a community?'

7

POLITENESS AND CULTURE

They were receiving an introductory lecture from Paul Andrews, a young lecturer who had done his PhD in the philosophy of law, who was going to lecture them on the 'rights discourse' over the next few months. There were twenty students in all. Five Americans from Washington University whose attendance for a month at Oxford would earn them a certain number of credits for the degree course they were pursuing in their home country. Five Europeans. Four students from Africa and Asia on scholarships. Six British students, including a British Indian and Janis. Quite a mixed bag.

Paul Andrews was well built and captain of the staff football team apart from his other more cerebral accomplishments. During the course of the class he mispronounced Rabi's name twice, before he finally got it right.

At the end of the lecture, after he had left, Dhiraj, the British Indian class fellow burst out with, 'That was absolutely unforgivable. At the very least, he should have apologised.'

Rabi didn't think so, and said so. Janis supported him saying, 'Well, you know, it wasn't intentional.'

'It was stupid of him to make the same mistake twice,' drawled Manjula in her strong American accent, 'but he meant no offence.'

An overweight ethnic Indian student she had grown up in California, and her informal ways were in marked contrast to the more reserved British and European students in class.

As far as Rabi was concerned, it was a harmless mistake and despite the fact that the mispronouncements had caused some smiles, he hadn't really minded. It was to his mind wholly unintentional; and he was not one to stand excessively on his dignity. But at that moment he remembered Mr Wildash, the British First Secretary, who had chaired the Interview Committee in New Delhi who was selecting the candidate for the scholarship to Oxford and other universities.

'The English,' said Smita Daniel, the young lady who was escorting Rabi to his interview; 'they are really too formal. The First Secretary who is sitting inside is *so* particular about getting your name right. He always wants to be very sure which is the first name and which is the last name.'

'What's the reason?' Rabi had asked.

'Oh, they are just like that. Too proper. He wants to be very sure he is addressing the person properly. It's totally unnecessary.'

Rabi didn't understand what she was getting uptight about, for it seemed to him to be a harmless eccentricity on the part of the diplomat, who was part of a three member interviewing committee.

A few minutes later when Rabi entered the room, he found that it was as he had described. His name was asked, and he could see that diplomatic ears were being strained to catch exactly the right sound; but unlike Smita, Rabi could only appreciate the visible effort being made to make sure there was no mistake.

But then Rabi hadn't been working with the British Council for six years as she had. It's possible, he told himself, that in a couple of years, it would have got on his nerves as well.

'Want to come up to my room for a coffee?' Janis said, interrupting his thoughts.

'Sure,' said Rabi

They stepped out of the classroom and strolled past the sixteenth century chapel with its painted glass windows where services were still held in the evenings, its ornate carvings reminding Rabi of temples in South India with their intricate workmanship, and were soon crossing a freshly moved lawn towards the two storey residential section of the college. The twenty odd students comprising their batch had been housed close to each other in four self-catering flats. Within each flat - Rabi shared his with four other students – each student had his own room and they shared common areas such as the bathroom, the kitchen and a small dining space. Rabi and Janis lived in the same building block, but on different floors the college administration having taken care to segregate the sexes.

'I thought Dhiraj overreacted today, didn't you?' Janis said, once they were inside her room.

'I can understand his point of view though,' Rabi said. 'He is reacting like an Englishman.'

'Oh, that's interesting, that you should say so. And how about me?'

'I think you represent a less formal English culture, closer to how matters were perceived by most Indians.'

'Well, that's because I'm a gypsy.'

Rabi said, 'Different cultures are polite in different ways. There may be universal human rights but no universal standards of politeness.'

'How do you mean?'

'I remember sitting in a restaurant in Shimla three months earlier with Emilia, an American friend and Naren, an Indian one. We were having coffee after a *tandoori* meal, when Emilia remarked, "Well, you know something. I'm sorry to say, but I think Indians are such hypocrites!"

'At which, Naren, defending Indians said, "You're quite wrong there, you know. I could say to you that you are talking like a typical American." He thought for a minute, then continued, 'For example, Emilia, if you ever went to Lucknow a city in North India, whose inhabitants are reputed to be so extraordinarily polite that they sometimes miss trains insisting that the other person embark first, or so the legend goes, knowing you would be certain to go to Aminabad, where you get really beautiful, exotic hand embroidered dresses. Let's assume that you had gone there to shop with Ahmed, a resident of Lucknow and you happened to see this maroon *gharara*, which delighted you. You would exclaim to Ahmed, "Oh, isn't that simply beautiful?" Ahmed privately might be of the view that it was simply the most awful looking *gharara* he had seen in his life, and maroon could be a colour which he simply detested, but rather than say so, in order not to dampen your enthusiasm, he would say instead, "Yes, it's simply wonderful. And that maroon colour. It's absolutely gorgeous." If Ahmed is a truly authentic *Lakhnawi*, then the next day he might even present you with a *nazm* (an Indian poem in Urdu) extolling the virtues of the *gharara* in question.' He paused dramatically, and then coming to the *res*, said, 'Now, Emilia, when after two weeks you find out just by chance that he had actually never liked the *gharara,* you would say he was a hypocrite.'

'There was a similar question there too for making allowances for another person's different culture, wasn't there?'

'Exactly,' Rabi said, and told her briefly about the incident during his interview. 'Dhiraj, though Indian, has grown up almost entirely in the UK; and I feel that if **he** had been interviewing me that day instead of Mr Wildash, he too would have been particular about getting my name right. Similarly, had Mr Wildash been sitting with him in class today–which is even more unlikely–he too like Dhiraj would have been outraged at Andrew's *faux pas.*'

'The point,' said Janis, 'is simply to realise that many of our reactions and attitudes have been subtlely though sharply shaped by the cultures we had grown up in, and the rightness or wrongness of an act could be properly judged only after sufficient allowance had been made for this fact.'

'Amen.'

8

SHITTING AND SHOOTING

Rabi shared his flat with four other students. There was Kenneth, a forty year old mature American student, Angus an English student, also mature but in his early thirties like Rabi himself, and then there was Gao, a tall well built Chinese student who had arrived on a scholarship similar to the one Rabi had obtained. The fourth flatmate was Marcus, a lean and wiry German, who barely stayed in the flat and spent most of his time in the house of his Jewish girlfriend who had taken up private accommodation in the city.

Unlike the undergraduate students who lived in halls within the college complex, they had the facility of cooking in a largish kitchen in the self-catering flat where they each occupied one independent room. This gave them the possibility of cooking some snacks in addition to the self-service lunches they took in college and the more formal dinners served by uniformed staff. The downside to this arrangement was that the flat had only a single toilet and the four of them had to share it.

Rabi was familiar with the commode it having replaced conventional Indian style toilets in most urban homes but had never used toilet paper in his life before and could not understand how the English could be so unhygienic in the matter of bottom cleanliness. There was however no small tap inside the toilet as was generally the case with toilets constructed in India.

He purchased a small bucket and he would carry it into the toilet to make up for the missing tap. He took care to wipe the toilet seat and the floor with the toilet paper after he had finished (so it was after all put to some use), and was intrigued on occasions to find thin strips of newspaper on the floor. He could understand that one of his flatmates might bring the newspaper in to read, but that would surely not account for it.

One evening, Gao was preparing some Chinese style dumplings stuffed with chicken (instead of beef out of consideration for Rabi) and his three flat mates were seated around the large kitchen table, when the issue unexpectedly came up.

'I hate to say this while you guys are eating,' said Gao, 'but I must say that the Chinese people observe much better hygiene in their toilets as compared to the English, Americans or Indians.'

'I don't agree.' Rabi felt it incumbent on him to contest this observation. 'I think the Indians are the cleanest.'

'And how do you conclude this?' asked Gao.

'Well...' said Rabi, 'I'm the only one who uses water to clean his ass in this flat. The three of you use toilet paper and I make my contribution towards its purchase, but hardly use it. I think you cannot properly clean your ass without water.'

There was a look of surprise on Gao's face.

'That can be conceded,' he admitted. 'Yes, water is better than paper.'

'Oh, both you Orientals are crazy!' cried Angus. 'Toilet paper gets your ass clean enough I would say. What do you think, Kenneth?'

'It's a bit complex,' said Kenneth. 'Everybody knows that it was the Chinese who invented paper. I'm almost certain that they also invented toilet paper, so it came to the Europeans and Americans much later.'

'That is correct,' said Gao. 'We invented toilet paper. I agree with Angus actually. Toilet paper gets your bottom clean enough.'

'Clean enough to eat from?' asked Rabi.

'Why would you want to eat off someone's backside,' said Gao.

'Rabi's got a point,' said Angus. 'What if you were giving your girlfriend a good licking at night? Wouldn't you prefer it if she had cleaned her ass with water?'

'It would depend,' said Gao.

Kenneth said, 'Depend on what?'

'On whether you were licking her ass or pussy.'

Angus said, ' Even if you were licking her pussy, that's just next to the ass, isn't it? It's better if she has washed her ass with water.' He winked at Rabi. 'I see your point Rabi.'

'If Gao uses toilet paper same as us then why does he think he's the cleanest?' said Kenneth.

'I find it disgusting,' explained Gao, 'that you should put your bottom on the same surface as somebody else's bottom was put.'

They were obviously still using Indian style toilets in China, Rabi thought, and had not yet graduated to the modern commode.

'Nothing particularly disgusting about that,' said Angus. 'It's practical. You just want to give the toilet seat a good wipe over. What's the alternative anyway?'

'I cut up a page of my Guardian every day,' said Gao, 'and spread it on top of the toilet seat.'

Rabi wasn't used to having dessert every night provided for in the Hall and his increased intake of sweets and meat revived dental problems. He understood better why the Westerners had more problems with their teeth compared with the Indians. One night after some Yorkshire pudding in the Hall, he found one of his molars aching horribly. That particular tooth had given him trouble in the past, and he recalled with regret an encounter with his dentist a month earlier in New Delhi.

'Is it absolutely necessary to have this tooth removed?' Rabi had asked his Kashmiri Gate dentist, Dr Sunil Sharma. The swelling on the left side of his face had subsided and the pain too had completely disappeared after a course of treatment, but now he was feeling reluctant in having the tooth extracted.

'Yes, I'm afraid so,' he replied. 'It cannot be saved. However, if you don't want to, we won't remove the tooth.'

'Why do you say that?' Rabi asked, a little bewildered.

'My experience has shown,' he replied gently, 'that if you perform an operation on a patient who is not mentally prepared, the results are generally not so good. Can I have your prescription?'

'Yes, of course.' Rabi gave it to him rattled, but impressed. Dr Sharma was not only an excellent dentist; he was also a good human being.

Rabi watched him write the words, 'Patient not mentally prepared' on the prescription and smilingly return it to him.

Several times during his stay at Oxford, Rabi recalled this conversation that had taken place two months earlier in India and cursed himself for not having the tooth removed.

By the next morning, despite the pain killers the pain in that tooth became unbearable, so he went to the chemists shop to buy some antibiotics which Rabi thought would set the situation right. Fortunately, he thought, he still remembered the name of the anti-biotic, and if it had worked on the last occasion it would surely do the job now. The chemist refused point blank.

'You need a doctor's prescription for these,' he said, staring at Rabi as if he were a drug addict.

'But these are ordinary antibiotics,' Rabi protested.

' They are **antibiotics,'** he said, emphasizing the word. 'Ordinary or extraordinary. You can't buy them without a doctor's prescription.'

The chemist was not crazy. Kenneth, his American flatmate confirmed that this was indeed the case.

'Its even tougher in the States,' he informed Rabi. 'Over there the doctor will ordinarily even prescribe the number of capsules a patient can purchase and the chemist will give him only that quantity.'

It was a day full of shocks and surprises. As a student at Oxford, Rabi was entitled to be treated under the National Health Service, but this did not include dental care. The next step for him was naturally to find out how much it would cost him to obtain a private doctor's prescription. Now in order that a private dentist prescribe medicines for him, he would need to consult him. Such a consultation could cost him upwards of a hundred pounds. Translated into Indian currency that meant paying upwards of seven thousand rupees for a consultation for which Dr Sharma in Kashmiri Gate would have charged him, maybe, one hundred and fifty rupees, the equivalent of two pounds.

Rabi was certainly not in a position to pay that kind of money in order to procure some ordinary antibiotics to treat a toothache, but it was an extremely painful one, as toothaches are liable to be. He had even heard of patients committing suicides because they found a toothache unbearable. Briefly, he considered calling a friend in New Delhi and asking him to put some medicine in the mail.

What came to his rescue ultimately was a bottle of belladonna, that wonder drug stocked in her homeopathic kit by his alternative medicine-believing gypsy cousin Janis who saw him in the evening with his hand over the swollen part of his face. Miraculously, it worked. The pain was completely gone in two days.

'So tell me,' Rabi asked Kenneth, 'is it as easy as they say it is to buy a gun in America?'

'Very easy,' was his reply. 'You walk into a shop and pick up a gun across the counter. It's part of the American Constitution that provides that all men shall have the right to bear arms. I used to work for many years in Washington D.C. Everyone knows that there is an extraordinarily high crime rate in the country, and D.C. itself had one of the highest crime rates **within** the country. Many lawyer friends in DC were of the opinion that one of the very important reasons for the high incidence of crime was the extremely liberal gun laws. Anyone could walk into a shop, pay the money and pick up a gun. Even a thirteen-year-old child could do that!'

'Really!' said Rabi, open mouthed, thinking back to how difficult it had been to have the Court sanction a gun license for one of his clients in India.

'During the time I worked in Washington the bordering State of Virginia had passed a law curtailing the freedom to buy guns. What did this restriction amount to? Under the new law, within the State of Virginia, in a particular month, a single person could buy only **one** gun.'

Rabi laughed.

'Well, it made us want to laugh when we heard that,' Kenneth smiled, 'though violent crimes in the U.S. are however certainly no laughing matter. Last week there was news on the B.B.C. that someone in the U.S. has gone on a shooting spree inside a train, killing several people.'

'That's crazy,' said Rabi. 'Doesn't anyone want to do anything about it?'

'Well, with this incident the gun laws controversy has erupted once again, there will be some discussion and t v shows, then it will all die down and things will be back to square one. The gun lobby is very powerful.'

'Do you know what is the single most startling feature of American society?' asked Rabi.

'These guns?'

'Yes, but I'd put it differently,' said Rabi. 'If someone was to ask me this question, I would say that it was this. You can go into a shop and buy a gun and bullets and if you so decide start shooting with it. Yet you can't buy some ordinary antibiotics needed to treat a toothache.'

9

EATING

Rabi's first reaction when he saw the supermarkets had been one of amazement. There were now glitzy shopping malls in India as well, but food and vegetables were not as yet being imported from all over the world. But here it was and the food was dressed up to look its very best and most appetising. He though he could better understand from the display how and why the Russians went crazy ten years earlier, what laissez faire capitalism could apparently provide and what they were missing out on.

Unlike the Russians, who came from a country of shortages, Rabi came from a country where millions of people were deprived of adequate and basic nourishment, so after the initial surprise was over, he was angry and a bit depressed at the unfairness of it all.

After all, as the Human Rights Committee had observed somewhere, everyone knew that there was enough food to go around in the world.

There were aspects about the dressing up that were amusing as well. The label struck on apples amused him. Again, he thought to himself that no matter how prettily you dressed up a leg of lamb, it was ultimately an ugly thing, and there was something sadly ironical about dressing up pieces of meat in this fashion.

If for Rabi the decorative display of food items in England was dazzling, this wasn't quite the case for the Europeans.

They were used to it, but found the meals served in restaurants disappointing. Some Europeans (particularly the French) spoke with a trace of contempt of the spartan attitudes of the English. 'If they see you in the kitchen, cooking something special, which takes a little long,' said Anne-Sophie a French girl in his class, 'they will raise their eyebrows, and say why on earth are you wasting so much time in cooking a meal.' Yes, ruminated Rabi, the French, and to a lesser extent the Italians, have savor faire in that they know how to live, and to live well. It was also true that English cooking was rather bland and plain, and had nothing very much to offer by way of global speciality dishes, excepting perhaps Yorkshire pudding served in the hall, and for this reason nowhere in the world would you find a restaurant with a signboard outside declaring proudly that it offered English food.

For his part however, if the British didn't have savor faire, Rabi didn't have even what was less than that. He couldn't identify with the relatively spartan attitudes of the British seen from a European perspective, because he was actually even more spartan. On a couple of occasions when they breakfasted together, Kenneth was disgusted when he observed him eating cornflakes of the same variety – Kellog's plain - day after day for several months. 'My God!' he exclaimed. 'You are **too** simple. No one ought to be like that!'

The food looked rather different from what he was used to, and to give the lie to what Kenneth had said about him, he experimented with a variety of dishes available in restaurants in Oxford, but being incurably spartan, could never bring himself to remember what it was he had liked when he had eaten the last time in a particular restaurant. Probably, he thought, he never liked anything very much.

Not only the cooked food, but also even the uncooked food looked very different from that in India. This meant carrots, pears, cucumbers, and various other fruits and vegetables.

'It's a pity you know,' said Janis, when he mentioned this to her, 'that we in England are now no longer sure what is grown in our country and is "the produce of Britain" so to speak, because so much of the fruits and vegetables that we see are imported from different countries all over the world.'

For this reason, the waiting associated with various kinds of fruits didn't exist in England. In India, by contrast, there were so many varieties of the mango that were available in the major seasons, but they followed each other by a few weeks. Over the years, through experience, Rabi now knew when to expect a particular variety of mango, and this process of waiting in some mysterious fashion added to the charm of consuming the fruit.

Rabi realised that while food was imported in Great Britain in huge quantities from all over the world, relatively little was sent outside, even by way of relief or in emergency situations. This was true of the West taken as a whole. Even the food that got wasted and literally thrown away was rarely sent to those regions of the world that were suffering from famine, where people are starving, and where food could quite literally mean the difference between life and death for millions of people.

Marcus his flat mate from Germany, who had grown up in South Africa, felt that with respect to food shortages Western consciousness was 'masturbated' by the media. 'The thing is,' he said, 'whenever there is a crisis, the papers will flash photographs of these shrunken children dying from malnourishment in some third world country, say Somalia, and the television will also carry the story in a big way, and then people will say, Oh, how awful you know, it's terrible the way people are dying out there. Somebody should do something. A few days later the Chancellor or the President will announce that so many tons of food are immediately being shipped to that particular country, and then people will feel relieved, pat themselves on the back, and say, well, we have **done** something for those poor people. The party in power will have extracted enough mileage from the act of generosity displayed by his nation, and the next day people will have forgotten all about it, and turned their attention to the next media story, of how the princess has been bedding someone else this time.'

Shopping at the super markets, Rabi would notice how the 'use by' date was stamped on most food items, and in the case of items such as sandwiches for instance; the 'use by' date would often be the very next day. Rabi wondered what they did with them then. He actually asked fifteen persons in various supermarkets and nobody seemed to know. Finally someone said he **thought** they gave it to the pigs, but by then he was less intrigued by what happened to them than by the fact that most people didn't know and didn't care to know either. It was an irrelevant, unimportant matter.

It wasn't purely a Western phenomenon and Rabi's first realisation of the human insensitivity to the wastage of food, took place some years earlier while on an Indian Airlines flight from New Delhi to Bombay on behalf of the law firm. He had told the nice South Indian airhostess who had been serving him that he would have only the orange juice and the cake, and could she take the rest of the tray away, she replied incredibly, 'Well, if you don't want the rest, just throw it away. That's what I'll do in any case.' He recalled his reaction with amusement now.

Yet back home in India, people would not throw away food unless it had gone totally bad. If it were merely stale, they would give it to someone. A few people Rabi knew did think that one should not give food to people that one won't eat oneself, but most people, rightly, Rabi thought, believed that that approach went too far. In most middle class Indian homes, food would **never** be thrown away, but given to someone poor or hungry, who would accept it with gratitude. Yet over here when by mistake Rabi overlooked some food item kept in the freezer, and didn't want to consume it himself, there was no one else he could give it away to.

It's sad really, he thought. The people over here in the West are eating food, but they act like it was shit.

10

FREEDOM AND FAMILY

On some days when Rabi reached his flat early he found some schoolboys hanging about outside in the green patch outside the building. Sometimes he greeted them and they responded guardedly as if they had something to hide.

On one occasion, as he sat at his desk inside his room working on an essay, and gazed outside for inspiration, a young lad who must have been nine or ten at the most, came up to the window and asked him to let him into the building.

Rabi refused in a courteous manner, but proffered him a chocolate as some kind of compensation and good will gesture. The boy seemed mollified and as they exchanged a few words he saw strange expressions flit through the youngsters face. The lad was pleasant enough in his manner and the conversation was all too brief, but Rabi sensed in his facial expression a strange mixture of frustration and anger. For all the softness that should have come naturally with his age, there was yet an unusual hardness and coarseness that belied his tender years.

Young persons became older much sooner here, he reflected. Life in India was more protected and sheltered. At the same time he wondered if the over protective atmosphere did not stifle individual growth.

Rabi flipped through the Guardian. It was the Friday,

issue and was mostly the usual news about the build up to the Iraq war, but on page 9 he came across an interesting titbit:

"The children's laureate, Anne Fine, has called for the new book by Melvin Burgess, the bad boy of teen fiction, to be pulped before it hits the shops.

Doing It, Burgess's novel of adolescent discovery aimed at teenage boys, features a teacher having oral sex with a pupil. Fine's review of it in today's Guardian is the most thorough demolition job in the history of children's literature.

She lacerates Burgess - whose last book, Lady, about a 17-year-old girl who, after having sex with 10 boys, is turned into a liberated "sniffy, licky, shaggy" dog - and his publishers for "peddling this grubby book, which demeans young women and young men".

Fine, the author of Mrs Doubtfire and a string of other bestsellers for adults and children, likens Doing It to a "hardcore porno mag". "Reading this will put many off dating for years," she said.

Fine is no bluestocking, but her fury at Burgess for tackling the fantasies of adolescent boys so directly is coruscating.

"No girl or young woman should ever have to read these vile musings about themselves. The publishers may claim they are the real thoughts of young men. But would they be pushing the ignorant views of four racists, or four anti-semites on the grounds these foul deluded people really think this way? No, they would not.

"All the publishers who have touched this novel should be deeply ashamed. They should pulp their copies now.

Burgess has been controversial since he won the Carnegie Medal in 1997 for Junk. The indignation that broke around that tale of two 14-year-old heroin addicts set the tone for the rows that erupt every time he puts pen to paper.

Yesterday he would not be drawn in, other than to say, "Oo-er missus! Yes, I have been warned to open the paper with care over my breakfast eggy."

But last week he said trying to write a book about boy-girl relationships which boys would read was risky. "Male sexuality is much less PC - it's visual, rude and far more easily separated from its emotional context. So Doing It had to be filthy in places, he said.

Klaus Flugge, Burgess's editor at Andersen Press, said the book was aimed at the 16-plus age group. "The advance positive reactions we've had from respected critics and authors confirm our belief in the book and the integrity of Melvin."

Rabi prided himself on being an emancipated, enlightened Indian in matters related to sex and morality. In India he had long been a vocal critic of the hypocrisy and double standards that surrounded sex, and he therefore stopped short of taking a condemnatory attitude, but he was not shock proof to news items of this nature that both pained and disturbed him.

He had come across a similarly disturbing item a week ago in one of Kenneth's collection of magazines; something called 'The Face.' There was a brief interview in it of a girl who fifteen years earlier had consented to have sex with as many people who turned up for one full day. On that occasion she had had sex with close to a hundred partners one after the other. In this interview she spoke of how it had been for her something more to do with gymnastics than sexual gratification. What interested her now in hindsight, she said, was the question about what kind of men had turned up that day to queue up for sex with her.

Some evenings when he was not teaching Hindi to Janis, he would lie in his bed and listen to the radio. There was a radio station which played Western music, which he was fond of, and it aired short statements from some of its listeners, who felt that they had something to say and share with the other listeners, and several of these callers were sad, unhappy people whose emotional torment came through in what they said. On these occasions India seemed so emotionally safe and stable.

On a particular day he had heard three startling stories.

A young girl rang in with her brief story. She had run away from home on account her parents were always fighting and was with a friend, but was very disturbed. She called only to share her unhappiness.

A woman called to say that she had been married for fifteen years, had always been faithful, but then she found herself powerfully attracted to her husband's best friend. She had a sexual relationship with this man, and after several months confessed it to her husband. Her husband forgave her. However she felt she could not resume a normal relationship, she divorced her husband and married his friend. She had been married for two years now to this person. She had no complaints against him; he was kind and treated her well. But she missed her former husband now, hated herself for what she had done to him, wanted to be back with him, but it was no longer possible. She was close to tears as she spoke.

A little later a man called in a more composed voice. His story concerned a wife who was promiscuous. They had been married for ten years. He enjoyed having sex with her and they were fairly regular, but he caught her being unfaithful two years after they had been married. He forgave her after she promised not to do it again. She continued to be unfaithful however with different men, and he caught and forgave her a dozen times over the years. Finally he decided to divorce her. He reached this decision after careful consideration, for she was in every other way a perfect wife.

He had called because he wanted to share with the listeners, that though he continued to think of her and miss her even, he did not at all regret his decision.

A few days later as he was coming home, Rabi saw Manjula, the Indian from California who lived in an apartment in the block just opposite his, and stopped to exchange a few words.

'What part of India do you come from?' he said.

'From the Punjab,' she said. 'We are Sikhs. I was born in Los Angeles though. My father was an early immigrant.'

'I guess you can't call yourself an American Indian though,' he said, 'or do you?'

'No, it would be too confusing,' she laughed. 'The other day Angus asked Dhiraj what he thought of himself as, and he said he was a British Indian, and I thought, hell, but I can't even call myself an American Indian, it would just cause too much confusion with the indigenous Indians.'

'You could call yourself an American Sikh.'

'There's that choice of course,' she said. You know I've been meaning to cook some Indian curry and call you and a few friends over but looks like it will have to be postponed now.'

'Too many assignments?' he asked.

Manjula explained how she had been accosted by a young boy, not more than ten years old, a couple of weeks ago, who had wanted her to let him into the apartment block. He didn't have any explanation as to why he wanted to enter, and she politely refused him, and thought that that was the end of the matter. The boy, it seems felt so enraged at her refusal, that that evening with some of his friends, they spotted where she lived through her movements, and then with some well aimed shots, threw a couple of stones and smashed the window that looked out of her apartment. Anyhow, she took this single incident in her stride, and managed to get a carpenter to come and fix in a new windowpane. Two days later, she returned from a late evening tutorial to find her window broken yet again. She was rattled on this occasion, and sought advice after getting the window repaired a second time. Someone suggested she speak to the police. While she was debating the pros and cons of doing so, the repaired window was smashed a third time. She did not hesitate any more and went to the local police station to lodge a formal complaint.

'You'll never guess what happened, Rabi,' she said, her distress evident in her tone. 'The police...they said they couldn't do anything. The kids were too young to prosecute on such a charge, according to them.'

'Couldn't they have had a word with their parents?'

'That's exactly what I had in mind, but they said, no, they had spoken to the parents in the past. The parents have simply no control over them.'

'What did they suggest you do then to prevent this happening a third time?'

'They suggested I move out.'

'You're joking.' Rabi was astounded.

'I'm not,' she said. 'I'm moving out tomorrow. There's nothing available on campus now, so I'm shifting to a residential area nearby. So, I'll call you there once I am a bit settled. I have to run now. I have a tutorial starting in five minutes.'

She breezed past him, leaving Rabi to digest yet another startling situation that would have been difficult to imagine taking place in a middle class neighbourhood in India. The parents, in India, had too much control for anything like this to happen. Even the community would intervene immediately. No one would dream of taking this matter to the police, but even if they did so in some very exceptional situation, there was no likelihood of anyone shifting house on this account.

It was a measure of how damaged the institution of the family was in this country. A week earlier, he had asked a Pakistani researcher if he wanted to join him and his flatmates at the local pub.

'No, thanks,' the Pakistani had replied. 'I have my family at home, you see.'

When he saw that Rabi did not see, he added apologetically, 'You know, in England...the pub has replaced the family.'

11

TALKING

Rabi said, 'Are you married?

They were having lunch in one of the small cafes that dotted the university landscape. Janis had taken out her horn-rimmed spectacles to read the menu. The horn-rimmed specs added to the severity of her appearance but again the pink pattern at the corner of the spectacles did something to diminish it. When he spoke to her, he found she was certainly not a lightweight character as he had suspected, but otherwise she was a very relaxed and friendly soul indeed.

Rabi thought of himself as being pretty lightweight himself, so after asking this question, he promptly added, 'I hope I'm not being rude in asking this question. I know in this country someone might easily take offence. I gather you have to know a person extremely well before you can ask such a question.'

'No, its not as bad as that amongst us gypsies,' she smiled. 'I know what you mean about the British culture.'

'Well, then?'

'You asked me this question two days ago,' she said, a hint of anger in her voice. 'I have already answered it.'

'Is that so? Well, I've forgotten. Could you tell me once again?'

'I'm not married.'

'That explains it,' Rabi said. 'If you had told me you were married, I would have remembered it.'

'That's true,' she laughed. 'No, in England, it's not considered rude to ask someone if they are married. On the other hand, it is rude if you ask someone if they are married, they answer no, and then you ask them if they have any children.'

'That **would** be rude,' Rabi laughed politely. He knew the joke. The sequel to it was asking someone if they had any children, and if they answered yes, they had two sons or daughters for that matter, you then asked them if they were married.

The joke was probably a trifle antiquated in the West now, Rabi reflected.

'Are **you** married?' Janis was asking him.

'No, I'm not married.'

'Would people in India hesitate to ask you this question?'

'No way,' Rabi laughed. 'In India there is no concept of privacy at all. People feel they have a right to ask you anything they like. That's one of the striking differences in the two cultures. If you catch a train somewhere in India, even if is the first time you are travelling on that route by the time the journey is over it is quite likely that your co-passengers will be knowing the names of your grandparents and you in turn will be knowing the names of their grandchildren. If they are not talking to you they (your co-passengers) will find other ways of entertaining themselves and passing the time. For example, if you are travelling from Faridabad or Ghaziabad to the capital city Delhi in India by train, you will probably find one of your co-passengers taking out a pack of cards and inviting you and others in the compartment to a game of rummy, with or without money. On such suburban routes, you are likely to find a dozen groups or more playing cards. If you are a regular, then within a minute of the train having taken off, quite conceivably without any preliminaries, your companion will take out the pack and begin shuffling it. On the other hand, in England, if you catch a train and it **is** your regular route on which you have been travelling and you have a companion who has been travelling on the **same** route from the **same** station for maybe **five** years, you might just give him a nod to acknowledge his presence, and he will return your nod with a nod of his own. That's **all.** It's extraordinary.'

'In that case you must be missing India a lot,' she said, 'and you've only just arrived.'

'Right now, the novelty of things over here is such that I don't miss India at all. Personally speaking, I find the intrusion of privacy in India rather too much. Over here I find the gap is too much.'

'What do you mean- the gap is too much?'

'The English are extremely polite. If you go to a restaurant, after the waitress has served you, she will say thank you. Now in India I am used to thanking people who are serving me, not the other way around, so initially after she had served me, I would say thank you, and then she would also say thank you, and this kept on happening for two weeks and it occurred to me that maybe she was thanking me **because** I had thanked her. So I stopped thanking her. But she continued. Even after a couple of weeks she kept going on... like a wound up toy. That's when I realised that they follow myths over here.'

'What does that mean?'

'Well, the myth is that you are giving the waitress an opportunity to serve you. That's simply nonsense. Yet this society practices it. Even when you go to buy something from a shop, the shop attendant will thank you when he returns your change. The myth here again is that you are helping him to make profit, so he is thanking you. It's a myth because the shop attendant doesn't make profit, his boss or the owner of the shop does. The thank you is like an extra service provided in a sense.'

'Do you find it superficial?'

'In a way, yes. Of course the thank you is not always false or formal. You are a genuinely polite race. Just yesterday, I was walking home from the University and some runners were coming behind me. Instinctively, I made some way for them to pass through and a couple of them said thank you. It made me feel really nice. I mean, it wasn't necessary. They weren't being formally polite as in the shop or restaurant. I do like this aspect of their behaviour very much. But to come to what I was saying about the gap. After the initial politeness in conversation, talking about the weather, etc, matters don't seem to proceed automatically towards more intimate conversation. *There is a gap, a no-man's land of sorts.* Suddenly they are very reserved. It's like two tigers that meet in the forest and are sizing each other up before they decide to be friends. I don't doubt for a minute that friendships here can be as close as anywhere else in the world, but you have to cross an initial barrier, and it might be quite a while before you manage to do that, if you manage to do it at all. So a lot of your talking will just remain very superficial. You see in some sense this **extra** politeness is a kind of **replacement** for the gap that will follow. Both of them go together, don't you see?'

'I'm not sure, but I have a sense of what you're saying,' she said. 'Shall we go to the library now?'

'I guess so,' Rabi said, standing up.

On the way to the library, Rabi said, 'You know, Janis, on reflection it strikes me that the question I asked you, whether you were married, can validly appear objectionable if it seems that somebody is trying to put you into a category.'

'That's right,' she said. 'It all depends on how and where you are asking such questions.'

'In India,' Rabi said, 'I have become a practised liar in respect of such questions. Whenever someone asks me such a question, on a train or bus journey, I tell them that I **am** married.'

'Why do you do that?'

'If I say that I am not married, they will want to know why not, and try to persuade me to get married, so rather than get into a discussion of this issue, I would just prefer to say that I am married.'

'And what about children?' she enquired.

'Yes, I say I have children too. In the beginning I used to say that I was married, but didn't have children, but then they would want to know how long I had been married, and **why** I didn't have children, was it that I didn't **want** children, and if so why was that, one **should** have children you know; and if you wanted to have children but didn't have any, they would sympathize with you and suggest some *Ayurvedic* medicine or even some fertility treatment by such and such doctor. The thing is that in India you quite often come across people who believe that they have a right to know everything about you, though in all fairness it must be said that equally they believe that you have a right to know everything about them. There is very little sense of privacy.'

'In that case I don't think you are really guilty of telling lies,' she said. 'You are simply avoiding their questions regarding the reasons why you didn't marry.'

'That's true,' Rabi said. They had reached the library now and stood outside to enter.

'After all,' she added, 'even you yourself don't know all the reasons.'

12

COURTESY

Rabi knew from his reading, even before travelling to the West that the British were very reserved, unlike the Americans. However seeing is believing, and he had first hand experience two weeks later, when he took the train in the morning from Oxford to Berkhamstead to visit two Indian friends from his undergrad days who now lived and worked in the UK.

They sat inside the train, with their newspapers spread open, not bothering to talk to the person sitting next to them. At the most, they would acknowledge his existence with a slight nod of the head if they bothered to do even that.

He couldn't help comparing the English with the Americans students in his class, who in contrast appear much more friendly and easy to talk to. His American flatmate Kenneth confirmed his impressions. 'New York is the exception,' he said, 'but otherwise in the various hotels I stayed in and places I have worked in the U.S. everybody is 'how you doing' each other.

His English flatmate Angus had agreed. ' I've travelled a fair amount in the States,' he had said. 'In a small place like Oxford in the States the moment you enter a shop or even a fast food restaurant, a young American lady would come forward and say the words which you will hear over and over again- 'Can I help you?' When you asked for something, she gave it to you efficiently and with a smiling face. And when you thanked her, she immediately shot back, 'You're welcome!' It gave you a really nice feeling inside even if all this was done to boost the sales.' He added ruefully. 'Not much of that good cheer here, I'm afraid.'

Rabi reflected on the difference. He thought that while the British were certainly more reserved in talking to strangers, they are perhaps even more **polite**, though less friendly when they speak to you in a professional or work related context. They exhibit their politeness of manner in a more restrained manner, without the jollity and enthusiasm of their American cousins. In shops in England they too will ask you if they can help you, but they will be a little stiffer while doing so and the smile will be visibly less broad.

However according to his Uncle in Ealing, whom Rabi continued to visit, though infrequently, the British made up for that slightly constipated manner by being more **sincere** than the American. Possibly this could be true, Rabi felt, in his dealings with both student nationalities in his class.

It was really refreshing for him to see how people from both these countries spoke in a polite and friendly manner, certainly not condescending, while addressing subordinates and underlings. After Rabi had eaten in a few restaurants in Oxford and London, he came to realise how horribly class conscious the Indian middle and upper classes were in comparison.

When he asked Kenneth who loved Indian cuisine, why he didn't visit Indian restaurants more often, he explained that it was because he found the waiters there very cold and brisk. 'This has at any rate been my experience in New York,' he said frankly.

As a forty year old bachelor living in one of the high rise buildings on 47th Street, Manhattan, Kenneth cooked for himself, but nevertheless spent a lot of money, eating outside in expensive restaurants.' I'd rather pay the restaurants,' he would say, 'rather than my doctor.' He ate alone quite often and therefore he naturally preferred eating in places where the waiters were courteous, friendly, asked about his welfare - which did happen in the Greek, Chinese, Lebanese, Mexican, Italian and American restaurants he went to.

They did finally one day go for a meal together at the Jewel in the Crown, a prominent Indian restaurant in Oxford city. The waiters there **were** cold although certainly not brisk (the service was slow), but the apparent coldness was there for reasons Kenneth never realised. The truth is that Indian waiters are not encouraged to talk to customers. In India, waiters are often spoken to rudely and ordered about. If they enquired about your welfare, it could even be regarded as impertinence. This would be true generally speaking, but even more so for waiters who had been 'imported' and Rabi ascertained that the tall, fair, well-built waiter was a recent import from Pakistan.

While in London, Rabi had gone to the Lloyds Bank near Wrights Lane to encash a cheque given to him by the Uncle he had stayed with whilst he had been in India. The account was dormant (his Uncle having last used the account a decade earlier) and even though Rabi had a letter from him, the counter-clerk said it would be difficult to encash the cheque. Rabi then spoke to his superior officer who repeated the same thing. Finally the bank manager came and after a protracted discussion Rabi managed to convince him that the cheque could be encashed.

However even if he had refused, it would not have mattered so much. He was explaining his problem politely and treating Rabi, a customer with respect. In India, for whatever reasons, that 'spirit' was missing. That spirit of service with a smile - a little enthusiasm.

In Government departments especially, Rabi reflected, courteous dealing was totally missing. If you happened to be a big wig what you got was obsequiousness, not courtesy and as an ordinary citizen, the public servant would behave with you as if he were doing you a personal favour-as if you were the servant, conceptually speaking, and not he.

'Excuse me please!'

An African train hostess in a blue uniform wheeling a trolley of snacks, soft drinks, fruit juices and other beverages interrupted Rabi's thoughts.

'Oh, I'm sorry,' Rabi shifted his suitcase to make way for her. He stopped her then and took some cookies and Early Grey tea in a plastic mug from her.

'How much further is Leighton Buzzard?' he asked.

'Well, it's about...' She wrinkled her face in thought. 'Now there's Tring, and then there is Berkhamstead, yes, that's it, another two hours and you should be at Leighton Buzzard.'

'Thank you,' said Rabi.

'Not at all, sir. Here's your change.' She wheeled her entourage past him.

Rabi looked outside the window at the rolling green fields and meadows. The train whizzed past a small lake. Amazingly clean water, almost impossible to find in most parts of India. The English country landscape never ceased to give him pleasure and when he saw the well-fed cows and sheep grazing, he wondered if he had not exaggerated the cruelty to such animals.

A tall, elegant, uniformed attendant sauntered through the passage collecting used paper bags, mugs and other items of refuse. Rabi thought of a shabbily dressed, dirty low caste Indian hired by train administrations in India to do a similar job on pitifully low wages. He thought of how the passengers made snide and obscene comments about his appearance and how the poor fellow had to swallow as well the occasional abuse and swear word from upper class Indians annoyed with his presence, with the mere fact of his existence.

How would he find his friends, he wondered. Would they be changed - as England was slowly changing him – from when he had met them last?

The train was on time and his friend Rajinder was there at the appointed time, dressed smartly in a business suit. He was settled in the U.K. for a few years now. Known to Rabi since college days, he had worked in a multinational organization for a few years and had then moved to the UK upon finding employment with a Management Institute by the name of Ashton in a suburban town, about an hour's drive from London. They walked across to the parking lot, where Rajinder flaunted his latest acquisition, the latest model of the Jaguar, a silver gleaming machine, a perk from his employer.

'This thing drives like a dream,' said Rajinder, as the large machine streamed out on to the road.

Rabi said, 'Your employer is generous with its perks, I can see'

'This is aimed at winning the respect of high flying business executives, who are sponsored by their organizations to attend short term courses at Ashton,' he said, 'so it's a calculated move which will work to the advantage of the Institute.'

'How's Jagdeep?' asked Rabi, referring to another common college friend, who lived in another London suburb not far from where they were at present.

'Jagdeep will come over to my place in a couple of hours,' said Rajinder. 'He has to stick to the usual office timings you know. In my job I have greater flexibility, so I've finished my classes for the day, and am at your disposal.' The last words he added with a smile.

Rabi said, 'So what's the plot?'

'We're going home right now,' said Rajinder, 'and then we'll figure out something. Is there anything in particular that you want to do?'

'Nothing comes to mind.'

The Jaguar made its way across a quiet High Street, and then turned into a side street and in barely ten minutes they were at Rajinder's house, a pretty two-storey affair quite similar to the neighbouring houses.

The house had been newly constructed and as they went in, Rabi noticed that the interior furnishings too seemed new to the extent that they could have come straight from the showroom. He learnt that in fact Rajinder had moved into the house barely six months earlier.

'So what do you think?' said Rajinder.

Rabi said, 'It's great. I mean, wow!'

They stepped out into the garden at the rear of the house. Rabi noted the grass was uneven and needed cutting and there were mostly half dead plants, but in a corner there were some freshly planted geraniums.

'The garden is slowly being developed,' said Rajinder. 'The next time you're around, I think you'll find it in better condition.'

'I never knew you had horticultural interests,' said Rabi, 'and that you knew how to maintain a garden.'

'I don't know,' Rajinder replied seriously,' but I'm starting to learn. I'm having one of the gardeners from Ashton come in twice a week when he is off duty, and I pay him what is appropriate.' He bent down and pulled out some weeds. 'You know the thing is that in this country there is real dignity of labour. I had a long chat with the fellow yesterday, not only about the garden but general issues. Would you do that in India?'

'Possible,' said Rabi.

'I mean without being patronising.'

Rabi admitted it was generally an unlikely scenario.

'Last month some visiting Indian friends embarrassed the hell out of me by the way they spoke to the waiter in an Indian restaurant we had visited,' said Rajinder. 'What I've discovered about myself is that I actually enjoy being polite and courteous. With everybody.'

13

PISSING, PORNOGRAPHY AND WIFE SWAPPING

'Can you amuse yourself for half an hour?' said Rajinder, as he unlocked the door. 'I just need to urgently respond to some emails from some of my consulting clients. This is private consultancy work that Ashton permits me to do on the side. Jagdeep promised to come over. I told him you would be coming. If he rings will you let him in, and entertain each other for a while?'

'Yeah, sure.'

The three of them had been together ten years earlier, studying in the same college, doing the same course in Delhi. In all these years their life paths had naturally gone in different directions, but they had remained in touch. He wondered if Jagdeep was as excitable as before and as girl crazy as he had been during University days, or whether his marriage had sobered him down.

Rabi made himself comfortable on the large white sofa in the drawing room and drew some magazines and newspapers close.

They had had lunch at a Chinese restaurant in the main High Street, after Rajinder had ascertained that Rabi had no particular craving for Indian food. He had then been driven to the Management Institute and taken on a tour of the campus. There was a huge forested area surrounding the Institute that belonged to it and added immeasurably to the charm of the place. The main building of the Institute was housed in a former Castle. There were many palaces in India, but Rabi recalled that few housed educational establishments. Several of these had been converted to Five Star hotels though, and there was one such luxurious establishment not far from Rabi's hometown.

The bell rang. He let Jagdeep in. He had been thin, even skinny in college, but now he had a belly. The glasses seemed thicker and he had lost some hair in the centre but otherwise he was pretty much the same.

'Imagine that!' Jagdeep chirped excitedly. 'The three of us together in England. Who would have imagined it? So, have you got fixed up with a girl at University?'

Rabi smiled. Obviously marriage had not changed his friend much.

'You're actually luckier than us,' Jagdeep said, when they were sipping cold beers Rabi had brought from the fridge. 'I mean, I'd like to be in University again.'

Rabi said, 'Don't you have attractive English girls in your company?'

'These girls are strange. I mean, I've tried to be friendly with them.' He made a face. 'I don't know. I think University will be much easier. You're a lucky guy.'

They heard Rajinder walking down the staircase.

'I see you guys have made yourself comfortable,' he grinned, seeing the beer. 'By the way, that is Belgian stuff, in case you hadn't noticed. Best beer in the world. Let me give you guys company.'

When he came back, for some time Jagdeep and he discussed the stock market and engaged in management talk. He asked Jagdeep then if he had brought the 'stuff' at which Jagdeep dug into his briefcase and handed him a couple of videos.

Jagdeep said, 'These are really hard core.'

Rajinder said, 'That's good. The stuff you gave me last

time was really tame.' He laughed. 'Jagdeep was suggesting that we pick up a woman in the next few days. He said I could take her from the front, and he would try it out from the rear end. I told him I'm game. You want to join in.'

Jagdeep said, 'Seeing as you're not earning, we can give you a discount.'

'What about Babita?'

'What about her?' he asked, sounding puzzled. 'She is obviously not going to be part of this scene.'

'I didn't mean that,' Rabi clarified. 'What I meant to ask was whether it was Okay with her? Is your married life happy?'

'Oh, yes,' said Rajinder. 'As far as I know they are very happily married, and have a very loving relationship.'

Jagdeep said, 'The thing is, that it's like vanilla.'

'What does that mean?' asked Rabi.

'Well, if you are having the same ice cream day in and day out, you want a change, don't you? After eight years, you want a change, don't you?'

'I guess so.'

Rajinder said, 'Well, then, do you want to join in?'

Rabi hesitated. He didn't want to hurt their feelings by putting on, what might seem like a virtuous act, but the thought of the three of them dancing around some naked English lady left him cold.

'I'd prefer not having to pay, ' he said. 'Let me see if I can find something at University.'

'This guy is really lucky,' said Jagdeep. 'I'll come by and see you at University if you can introduce me to some girls. You know, now I have money, I can take them out to dinner, etc.'

Rabi was quiet, but amused. He thought Jagdeep didn't really have a conception of what life was at Oxford and hadn't yet given up on his Hindu College fantasy life.

'Did you see much of London?' asked Rajinder.

'Well, yes, I did the Big Bus Tour and visited the Museums. I thought it was a great big city. Lots to see and do.'

Rajinder said, 'Have you taken a pee in London?'

'I suppose so,' said Rabi. 'I was there two days.'

'I muse over the city's conveniences. A great big city like London with millions of tourists every year. Probably second only to Paris. Are they really that convenient? For instance during the time I was based in London before I found this job here I did a lot of tube travel. I was always shocked to find that only a few major stations had toilets within the premises and these too could be used only if you were willing to pay the price.'

'So how much do you pay?' said Rabi, 'and they have attendants collecting pee fees?'

'Sometimes,' he said, 'but otherwise they have machines. It's a fairly simple system. Just outside the toilets were, say, four metal gates. In three of these gates was a small hole, in which you put in your twenty cent coin, the tariff for using the facility. The moment you put in the coin, an electronic system got activated and after a few seconds, the metal gate swung open, with a loud 'thuck' sound to enable a person to pass through. Once inside you were free to do what you wanted (number one or two) and having finished the job, could come out through a fourth gate which through some electronic system permitted people to move only from the inside to the outside.'

'Well, at least you get a clean toilet,' said Jagdeep. 'But I know what you mean. As an Indian visitor to London, if you are travelling on a fairly low budget, you will be reminded of home even when confronted with apparently so simple a task as taking a leak, when out of the house in public spaces.'

'Exactly,' said Rajinder. 'In the beginning you are always converting. Before taking a pee, I would ask myself, '*How much is this going to cost me in Indian rupees?'* Twenty pence is one fifth of a pound, which is currently worth sixty rupees, so it worked out to twelve rupees. If I went twice that would be twenty-four bucks. In other words, this meant that for the amount it cost me to piss in London, I could have had a chilled beer in India!'

Jagdeep laughed. 'That's how the cookie crumbles.'

'Or, to be more precise like the British,' said Rajinder, 'how the currency converts.'

Rabi said, 'But can't you simply visit a restaurant. I think that's what I've done most of the time.'

Rajinder said, 'It was funny to think that I could be drinking beer with all the money I spent for pissing. After several paid for leaks, over the days I began to wonder if there was possibly a way out. The most obvious solution is to visit the toilet inside any nearby restaurant, but there are complications in such a contemplated move. For one thing many of the restaurants did not have toilets. The ones that had them often display a sign that they were to be used only by customers.'

'That's true,' said Jagdeep. 'On a trip to Leicester Square, as I came out of the station I felt the urge. There was an underground public toilet near the park. It was a pay for facility, but hardly twenty yards away I saw a Mac Donald's. The name and size of the restaurant strongly suggested that it would have a toilet within the premises. Inside I was stopped in my tracks yet again by a 'Customers Only' sign outside the stairway, leading up to the first floor where the toilets were situated. Of course I could have simply ignored the sign and gone upstairs, even under the watchful eye of an attractive waitress and I didn't **think** anyone would have been indecent enough to try and stop me. All the same I hesitated and wondered if I should buy a drink. At least that way I would save on the price of the drink. I bought a medium sized Coke for eighty pence and used the toilet. I decided that during subsequent visits to Leicester Square or Piccadilly Circus on subsequent days, I would follow this method only.'

'All this manoeuvring reminds me of home,' said Rabi. 'At least in India there is a system of **classification** that prevails at public lavatories. You might have to pay a couple of rupees for taking a crap, but pissing in public lavatories in most parts of the country is free. That's more reasonable. Of course this is quite apart from the wide-open spaces available otherwise. Is it onlythird world travellers like us who find pissing in London too expensive? '

'Well, jokes aside, even many Brits would find it a bit too much,' said Jagdeep.

Rajinder said, 'I wonder if the Labour Party had any stand on the issue?'

'Oh, they feel it as much,' said Jagdeep. 'On my last visit to Leicester, I had had a large Coke and soon enough felt a sudden uncontrollable urge to pee, so I went across to Mac Donald's. There was a huge queue of customers inside and I couldn't wait. I rummaged in his pocket; made sure I had a twenty-pence coin and went across to the public toilet. After I had put in the coin and gone inside, I noticed behind me three Englishmen who from their general demeanour appeared to be fresh out of a pub, though it was only half past twelve. The first of these, a bearded burly fellow put in a coin, the metal gate clanged open and all three of them rushed inside!'

'So after all there is a system to beat the system, ' ruminated Rajinder. 'What were you doing in Leicester Square on all these occasions? Picking up pondies and blue movies?'

'The blues are all from Dubai, *yaar*,' said Jagdeep. 'I have one hundred and fifty blue films. Babita keeps worrying that the kids will see them, while we are not there.'

'So what were you doing in Leicester Square?' Rajinder

persisted. 'Went across to Soho to get a blow job?'

'Where is Soho?' said Rabi.

'It's where you have all the peep shows, blue movies and pornography. Where all the pimps, prostitutes, drug pushers and muggers hang about. Certainly not a safe place to be in late at night.'

'There have been some incidents there recently,' said Jagdeep. 'It's getting to be as bad as New York. Over there if you intend to visit the sleazier parts of the city at night, you should carry around twenty dollars with him. Don't go with too much money but on the other hand, don't go without any. It's simple logic. If you are carrying a large sum of money and get mugged, you lose it all. Certainly the mugger is not going to return you half and return the balance. Yet, on the other hand, if you are carrying absolutely no money on him, that might enrage him, and in a fit of anger he might stab or even kill you.'

'If you walked around Leicester Square Rabi, you would have seen Soho as well,' said Rajinder.

'Well, I went into a couple of sex shops,' admitted Rabi.

Jagdeep said, 'As was to be expected, there were a large number of shops selling pornographic magazines, books and videotapes. What struck me in particular was the manner in which some of these shops had carefully catalogued pornographic magazines. One set of magazines stacked together focussed exclusively on sexual acts that were sadomasochistic in nature, another had pictures only of female buttocks, another set focussed on fellatio or oral sex, still another had only teenage school going girls performing various sexual acts, etc. The pornographic section was also ethnically classified. You had blacks, whites, Hispanics and Asians and 'mixes' of various ethnic groups indulging in various kinds of sexual activity. All this was in the heterosexual category. There was naturally a huge pile of these magazines devoted exclusively to homosexual or lesbian intercourse. In the lesbian section I found a magazine that had photographs of elderly naked women making out with each other. They were in their sixties or beyond. The publishers of these magazines obviously catered to all conceivable requirements.' He shook his head despairingly.

'If you noticed,' Rajinder said, ' magazines featuring Indian and Pakistani girls are fewer in number and generally priced higher than pornography featuring other ethnic categories.'

'That's obvious,' remarked Jagdeep. ' It's generally more difficult to find Indian women willing to get photographed while performing various sexual acts. There is no doubt that Indian women are as attractive as their Western counterparts, if not more so. This is simple demand and supply economics.' He turned to Rabi. 'Did you go to a peep show?'

'No.'

'He didn't miss much,' said Rajinder. 'It's such a con job. You know what it is, Rabi. There is this small booth that you enter, one of several in the shop, after purchasing square coin like thingies from the shop attendant. Inside the booth is a television screen behind a steel shutter. Next to this is a small box with a slot where you put in the coin. The moment you insert the coin, a shutter came down, the screen turns alive and a blue movie begins. You have the choice of seeing any one of several blue movies promising different kinds of 'action' by switching channels. After barely a few minutes the screen goes blank. If you wanted to watch further you have to put in more coins. It's far better if you go to see a blue movie at any one of several theatres on the street. For the price of a single ticket you could see four different films in the cinema hall. Practically spend the whole day inside. That's a much better deal.'

Jagdeep said, 'The sex services provided are pretty much like the peep shows. Really grubby and sordid.'

'So you *did* go to get a blow job?' said Rajinder.

'Well, I visited one of these sex shops that provide the services. On the ground floor they sell pondies and blue movies but there is a staircase leading up, where you could have actual physical sex with a woman. The signboard below guaranteed 'live action' and mentioned that the girl would do anything you wanted.' He took a swig of his beer and continued. 'I had no intention of getting AIDS, but went up the stairs gingerly to take a look. There was a dimly lit large hall upstairs. A tough looking black stood in the centre of the hall, arms folded across his chest, looking quite fierce. At the end of the hall were six to seven small cabins where presumably the 'action' promised took place. One of these cabins just behind the black bouncer was open. In contrast to the hall, it was well lit inside giving a strangely theatrical look to the whole place. A young Chinese girl who appeared to be in her late teens stood inside smiling and making welcoming gestures.'

'So then?' said Rajinder.

'So then, nothing. I came down.'

'How's your sex life?' asked Rajinder, after dinner at Jagdeep's house in Maidenhead, about an hours drive from Berkhamstead.

In the evening they had all driven down to Jagdeep's house, after having taken in a couple of blue films at Rajinder's house. Jagdeep's wife, Babita had prepared a traditional Indian dinner for the family. Their two daughters had since been sent up, and the four of them were enjoying a cup of coffee.

'It's zero,' Rabi said.

'Well, do you want us to remedy that for you?'

'It's not needed,' Rabi said. 'I'm completely impotent now.'

Jagdeep laughed.

'You mean, you can't get it up,' sneered Rajinder.

'Give this guy some dates to eat,' said Babita, Jagdeep's

wife, who came in from the kitchen, carrying some snacks, as if the dinner hadn't been enough.

'Yeah?' Rabi said. 'Have you tried it out on Jagdeep?

They were driving back to Rajinder's house in Berkhamstead when he quizzed Rabi about how he had liked the dinner.

'It was great!' confessed Rabi. 'I haven't had good home food for weeks now.'

'So what do you eat at Oxford?'

'Well, we get lunch at the College. For dinner, I'm mostly too lazy to cook, so I just get something from Sainsbury and heat it up in the microwave.'

'So we are eating basically the same thing,' said Rajinder. 'Yeah, the meal was great, although I hated it when she kept putting food on my plate, without asking me if I wanted it. It's one of the things they do in India that I really dislike. I mean, if I want to eat, I'll take it.'

Rabi said, 'I think she was trying to be nice, but possibly she overdid it.'

'And what do you think of her otherwise?'

Rabi said, 'She seems nice enough.'

'Would you go to bed with her?'

'You mean if she was unmarried?'

'No, I mean just now,' he insisted, 'while she is married.'

'Come on, Rajinder,' Rabi protested. 'She is a friends wife.'

'I know that,' he said, 'but Jagdeep has made me an offer.'

'And what's that?'

'He wants to do a swap for a night. He wants to go to bed with Ester, my Spanish girl friend, and he is willing to trade in Babita.'

'My God!' Rabi was aghast.

'I was shocked as well. I'm was not so sure if he was really serious, but he said he was.'

'The guy's barmy,' said Rabi. 'I'll talk to him next time I meet him. I'm amazed that he should have this idea. Babita is fairly conventional, but even if she was not, such a suggestion would outrage anyone.'

'I don't think I'm interested in Babita actually,' Rajinder continued, 'even if she came free. She's too short and vulgar.'

'Would you prefer Jagdeep?' asked Rabi.

Rajinder grinned. 'Come to think of it, I believe I would.'

Rabi said dryly, 'Maybe you should ask him to offer himself to you then, instead of Babita.'

'That's an idea!!' said Rajinder enthusiastically. 'I'm glad to see that you still have some conventional Indian values surviving in you.'

'And I should hope that they also survive in you,' Rabi rejoined.

14

NATIONS, CULTURE AND MORALITY

The next morning, Rabi woke up before his host, and spent some time pottering about the house and examining its various artefacts. Everything seemed new, clean and meticulously arranged, whether it was internal arrangements of furniture or the light brown carpeting, the pale yellow wooden tiles and the white painted walls.

He was reminded of the comparative disorder of his own flat in New Delhi. It was not only the interiors that were different though, but Sunday mornings back in his country was chaotic in many other ways, whether it was the milkman coming in, the young scheduled caste sweeper woman who swabbed the floor complaining about the thick black film of dust that fell upon the floor in a matter of hours, or the newspaper man coming in with the Sunday paper and his bill to boot. Over here, in stark contrast, it was all silent and only occasionally the very distant noise of some car's engine could be heard.

He was on his second cup of tea, and was scanning the Travel section of the Sunday Times, when his friend came in, dressed casually in a checked cotton shirt and jeans, in contrast to the suited booted look of the previous day.

Rajinder said, 'Is there anything in particular you want to do today?'

'I'm at your disposal,' Rabi said. 'I'm game for anything.'

'Well, lets just have a relaxed morning then, shall we?'

his friend suggested. 'In a couple of hours from now Ester will be coming, and we can go out someplace for lunch.'

'That suits me,' said Rabi. 'I'll take the afternoon train back to Oxford.'

'I could drive you,' Rajinder said, 'but I'm a bit tired.'

Rajinder scrambled a couple of eggs for breakfast, which they ate with toast, and followed it up with some tinned fruit salad. They carried the pot of tea to the living room, and they settled down on the large white Rexene sofas.

Rabi said, 'Your friend Ester.... Are you thinking of marrying her?'

'Nope,' said Rajinder. 'She used to work in one of my projects earlier and that's how I came to know her. I enjoy her company – and the pleasures of her body- but marriage is not on the cards.'

'Why not, if I may ask?'

'She's not bright enough and too young. I'm nearly thirty-five and she must be in her mid twenties. She has a lot of enthusiasm and it rejuvenates me to be with her, and we also have good sexual chemistry, but that's not enough.'

'I see,' said Rabi, 'but consider for a moment that you did want to marry her. How would your family react to such a proposal?'

'Oh, my mom would get quite hysterical,' said Rajinder. 'They want an Indian *bahu*.'

'And would you go against their wishes.'

'I'm not sure I would.'

Rabi said, 'Its surprising that someone as free-minded and independent as you should allow the family to intervene on such an issue.'

'It must be different for you,' insisted Rajinder. 'My family situation is different.'

'Are your parents trying to find you a nice Indian girl then?'

Rajinder grinned. 'They are certainly trying. You know,

I think sometimes, that one of the reasons I accepted this job in the UK and came away from India was to escape from the family.' He saw the startled look on Rabi's face, and added, 'No, I'm serious, but do you know what is so strange?' He sputtered on his tea in his excitement. 'The strange thing is that this middle class family, sitting so many thousands of miles away is stretching its long arm across the continent and still trying to push my buttons- and what's more, succeeding in doing so.'

Rabi understood the reason why Jagdeep had been fantasizing about making love to Ester. The Spanish girl was possibly a younger version of Bo Derek in a movie called 'Ten' he had seen several years earlier. She was blonde with blue eyes and an hourglass figure. In addition she had this infectious enthusiasm Rajinder had mentioned.

They were seated inside a restaurant by the name of 'Coimbatore.' It was tastefully decorated with sandalwood furniture that must have cost a fortune and expensive wall hangings from South India representing various Gods and Goddesses.

Rajinder said, 'Have you had South Indian food since your arrival here in England?'

Rabi shook his head.

'I guessed as much,' he said. 'That's why I thought I'd bring you here. Ester and I love this food.'

'I love this place,' Ester gushed. 'The food is great. Till Rajinder brought me here, I didn't know you had these dishes in India.'

'The food is great because it's authentic,' said Rajinder.

Ester said, 'Well, the other Indian restaurants are equally authentic. I mean you have Indians working there.'

Rabi said, 'Actually all of them are not really authentic. I've found out in the period I've been here that most of them are owned and managed by Bangladeshi's.'

'And you'll find that it's mostly Bangladeshi's from Sylhet and not from Dacca,' added Rajinder.

'That's true,' said Rabi. 'Of course you have some Indian restaurants that are owned and managed by Indians and others by Pakistanis, but the vast majority are Bangladeshi.'

'What about Bangladeshi food?' asked Ester. 'Is that different?'

'Yes, its quite different in its preparation,' opined Rabi. ' I enjoy Bengali food, especially their fish preparations, but you cannot get those in the Indian restaurants they manage.'

'And how is the Indian food in these Bangladeshi restaurants.'

'Passable,' said Rajinder, 'but, not as I mentioned really authentic.'

'I think it's a bit sad for them,' said Rabi. 'Of course its good business, but the food they are cooking is not the food they love to eat, which is of course Bengali food. They will not be able to put their heart and soul into the cooking, and then of course finally the customer will get something which is at best a compromise.'

'When people here talk of Indian food they actually mean North Indian food,' said Rajinder.

'Even North is too general,' said Rabi. 'Its actually Punjabi food more than North Indian food.'

'That's true,' admitted Rajinder. 'Actually if you say North India it could mean food from Rajasthan and Uttar Pradesh as well, couldn't it?'

'Not to forget Kashmir.'

'The same is true for South Indian food as well,' said Rajinder. 'I mean food here is typical Kerala food, and it is quite different from if you were having food from Tamil Nadu or Andhra Pradesh, but they are all covered within the broad category of South Indian food.'

'I've been thinking about this,' said Rabi, 'and I think this is because people see things through the prism of nations. And that is of course a great simplification.'

The young Malayali owner, his hair glistening with oil came over to their table and took their orders personally. They had been placed at one of the better tables and the extra attention was not lost on the group.

Rajinder said, 'It's because of the extra business I put their way.'

'Tell me something, guys,' said Ester. 'Last night I was watching Spanish television, and it showed some Indians worshipping rats in the temple. Is this true?'

Rajinder said, 'It's a fact.'

Rabi said, 'This is an example of what I mean when I say that people are used to seeing things and receiving information through the prism of nations.'

'I don't really understand what you mean,' said Rajinder.

Rabi said, 'In a certain part of India it is true that rats are worshipped, but the way the media puts it across and the way it is understood, it seem that the whole of India is worshipping rats. Its like saying Europeans are eating a lot of pizza, whereas it may be true only of the Italians. If you stop to think of it, India is at least as varied as Europe, if not more so.'

'Would you say so?'

'Yes, I would. It has all the religions of the world. Christians, Muslims, Hindus, Buddhists, Sikhs, Jains, Zoroastrians, even Jews, you name the major religions of the world, and we have a few million of them.

'Or consider languages. We have as many languages as they have in Europe. Most Indian languages spring from Sanskrit, just as the European languages are derived from the Latin. We have some very similar languages like Hindi and Punjabi, but they too have Spanish and Portugese that are so similar. We also have languages that are completely different and not deriving from Sanskrit.

Our customs and traditions are so wide ranging. We have tribes in the North East and in Himachal who practise the matriarchal system and some tribes in Central India have sexual practices which are completely at variance with the rest of the country.'

'Yes,' said Rajinder patiently, 'but where does all this 'seeing things through the prism of nations' bit come from?'

'Now, in today's world you can talk more easily about French food and Italian food because they are countries and you cannot speak so easily of food from Kerala, from Gujurat, from Punjab.'

'I think all you Indians are just the same,' said Ester.

'That's my point,' said Rabi. 'It's not true. I could say with greater justice that all Europeans are just the same. In fact I could even say that that all Europeans, Americans, English, Canadians and Austrilians are just the same, because after all you are so similar in a racial sense and then most of you are Christians too.'

Ester said, 'Oh, but Europeans are so different from each other. The English here, they are so different from the Spanish.'

'That's true,' said Rabi, 'but this is true of Indians as well.'

'Even more so,' said Rajinder, 'because as you point out we are actually more of a multi racial society.'

'For example,' Rabi addressed Ester, 'we have a community in India called the Jats, who are spread over a few states. Now the Jats in many ways, in my view are similar to the Germans. One could accurately say that the Jats are the Germans of Europe.'

'Really?' said Ester. 'I wouldn't know them if I met them.'

'If you had met sufficient numbers of them you would start to recognize them,' said Rabi.

'What are the Bengalis?' said Rajinder.

'No question,' said Rabi. 'The Bengalis are the French of Europe. They are so proud of their language and culture.'

Rajinder said, 'If you meet two Bengalis, they will immediately start speaking in Bengali. Just like the French.'

'I hadn't realised that Bangladeshi's had such a rich culture,' said Ester. 'They don't seem like that to me somehow.'

'Not so much Bangladeshis actually,' admitted Rajinder.

Ester said, 'But they are the same people, aren't they?'

'Not really,' said Rabi. 'When I said Bengali I specifically meant the Bengalis of India. The Bengalis of Bangladesh, with due respect are more like the Belgians. Very nice, but more provincial and not so culturally advanced.'

'Indians are doing so well,' said Ester, sounding confused with all these new categories. 'They say Leicester will become the first European city where an overall ethnic minority will be in the majority. And Leicester is a success story, isn't it?'

Rajinder said, 'That success may have something to do with the Gujuratis.'

'How do you mean?' said Ester.

'The Gujuratis,' explained Rabi, 'like another Indian community, the Marwaris, have excellent business skills and have a reputation for money making.'

'You could call them the Jews of Europe,' said Rajinder.

Ester said, 'I understand that Indians are very good at business.'

'Not all Indians, Ester,' said Rajinder. 'That's Rabi's point. Now take me. I'm a Sindhi. Sindhis are also generally very good businessmen, but many other Indian communities are not so good in business. They have other talents.'

Their food arrived and they busied themselves filling their plates. Rajinder and Ester were having *dosas* while Rabi had ordered some traditional fish curry. The restaurant was now packed and several customers who had not thought of making a reservation had to be turned away by the manger for lack of seating space. England was slowly discovering the exciting and exotic new cuisine from the Southern most part of India.

They had *kulfi* for dessert, evidence that the restaurant was not sticking to a strict Southern fare but was making adaptations to suit the English palate.

After lunch, it was time for Rabi to catch his train, a half hour drive from the restaurant, and as the silver coloured BMW made its way thorough up-market villages which Rajinder pointed out, his host turned on the stereo of the car to play some light classical Indian music.

Rajinder said, 'Music is another area the West had only partially explored.'

'That's true,' said Rabi. 'If it hadn't been for the Beatles, particularly George Harrison who freaked out on the sitar, Ravi Shankar's genius would have remained confined to the Indian sub-continent.'

'Even in India people started listening to Ravi Shankar, once the Beatles had given their approval,' said Rajinder disgustedly. 'That's our colonial mentality.'

Ester said, 'If you forget about Ravi Shankar's sitar and some other classical instruments and music, Indian music sounds just the same.'

'Yeah, Indian film music can be very repetitive,' admitted Rajinder, 'but it's not entirely true that there is nothing else on offer.'

'I like that other Indian singer as well,' said Ester. 'The fat man who died.'

'She means Nusrat Fateh Ali Khan, the Pakistani singer,' said Rajinder.

'That's someone you have to give credit to,' said Rabi. 'There is a lot of interesting Indian music, but its doesn't cross over into the World market, because some minor adjustments are needed. It's like Indian food in a way. It needs to be given a slight twist to adjust it to the Western palate. Nusrat Khan did this and he deserves credit for breaking into the world market.'

Rajinder said, 'I have Pakistani friends who argue that Nusrat Khan compromised and moved away from the pristine purity of the *ghazal*. Your point is that is the only way his music could have crossed over.'

'Exactly.'

'But their argument is that Western music doesn't similarly adjust to make a hit with the rest of the world.'

'They don't need to,' said Rabi. 'Anglo Saxon culture is the dominant culture in the world today. They don't even adjust for the European market. Why would they bother about Asia, still less South Asia? This is the reality and we have to move with it.'

Ester said, 'I like that other Indian singer as well. What's his name? Jasjit Singh?'

'Jagjit Singh,' Rajinder corrected. 'Well, speaking of Jagjit Singh, let me tell you an interesting story. I go for Indian concerts sometimes with an English friend from Ashton who is interested in *ghazal*. We went for a Jagjit Singh concert at Leicester and then two months later we attended another concert, also Jagjit Singh, but this time in Birmingham. It was a completely different experience. When he sang at Leicester there was pin drop silence, but in Birmingham there was chaos. It was extremely noisy. My English friend couldn't understand why this was so. I had to explain that Leicester has the quieter Gujaratis and Birmingham has the more robust Punjabis.'

They had reached the train station. Rabi stepped out with his bag. Ester hugged him and they exchanged kisses. He shook hands with Rajinder, who leaned across and whispered in his ear.

'So do you want us to get this nice English girl, and do a three some?'

Rabi didn't want to sound too virtuous but at the same time he hated the idea of getting into a venture in which he was a half hearted participant, so rather than start something he might not want to finish, he told him that no, he wasn't really interested.

Ester said, 'What are you guys talking about?'

'Nothing of your interest,' said Rajinder, and turned to Rabi. 'Well, let us know if you change your mind - and keep in touch.'

15

RELIGION

One day in the International Human Rights Law class students were called upon to express their opinion on the fairness or unfairness - as the case may be - of a decision by the European Commission of Human Rights.

The case titled 'Otto-Preminger v Austria' concerned the screening of a certain film that had been banned by the Government. The filmmaker had taken the case up to the European Commission, which after due deliberation had held that the ban was violative of Article 10 of the European Convention on Human Rights. (The European Court of Human Rights subsequently overturned the decision)

'I believe that the Commission was very fair,' said Gabby, a slender German girl in her late twenties.

'Isn't that so?' agreed Professor Harris, looking around the class. 'I think we can all agree with the approach taken by the Commission in this case. This seems to be a fairly clear-cut case, doesn't it?'

There was a murmur of assent from the class.

The reaction of the class dumbfounded Rabi. He had only half read the case the previous night, partly out of laziness, and partly for the reason that the facts of the case had annoyed him a great deal. He lifted a hand.

'Excuse me,' Rabi said, 'but I think the ban was justified.'

'Why do you say that?' said the Professor, surprise visible on his face.

'In the film, Mary, mother of Jesus, is shown to be a wanton, loose character woman, and this would certainly be extremely offensive to believers in Christianity. In the interests of pubic order, therefore I believe it ought to have been banned.'

'I see your point,' he said seriously. 'The Catholics especially would have been deeply offended.' He peered at Rabi from above his glasses. 'However,' he added, smiling amusedly, 'there was no question of public order in this case.'

'If people don't want to see the film, they can stay at home,' said Gabby. 'Nobody is forcing them to see it.'

Rabi was internally furious, but kept quiet. The class composed largely of West European and English students seemed unexcited by this debate, and tended to favour Gabby's position.

He kept his anger in check, because he thought that, hell, I'm not even a Christian, if I'm anything I'm a Hindu or a free thinking agnostic, probably more of the latter and if this doesn't bother **them**, why should it be any skin of my nose?

He thought back to the crusades, the slave trade, the extermination of the Native Indians and colonization of Asia and Africa and how Christianity had been used to legitimise all this. The worst kind of cruelty and violence had been inflicted in the name of religion. If anyone had a right to feel smug or satisfied about a film mocking Christianity it was him, yet he was the one who was outraged, and those 'pale-skins' sitting opposite him were largely indifferent.

Christianity didn't seem to have many adherents now. There were only a few diehards like Danny Crowther, the International Students Chaplain, who believed that it would revive and it was **the** only answer to the breakdown of the community. As Angus, his English flatmate commented to him later, 'Who goes to Church nowadays?'

There had been a great deal of enthusiasm amongst people during Christmas, Rabi had noticed. Many people asked him what he was doing on Christmas, and when with complete honesty he said he would be working on his computer, they were either aghast, or they thought he was joking in the English dead pan manner.

All except David, an ethnic Chinese studying philosophy at the University, who was Christian and a British national having grown up entirely in the UK. He was the only one to heartily approve and endorse his views.

'What does Christianity mean, Sir, I ask you?' he cried. 'I'm going to sit at home and watch television. Who believes in Christianity anymore? Who goes to Church, tell me, Sir? You know what Christmas means to people? It just means an excuse to go shopping.'

From what Rabi had seen and observed, he couldn't have agreed with him more. If he were to try and pinpoint what it was that had angered both David and himself, he would say it was the hugely disproportionate fuss made over the festival, when **nobody really cared.** It's fine by me if you don't care, he thought, but then don't **pretend.** This kind of tokenism at a mass level made him think of how sometimes in India, relatives came and shed crocodile tears when someone had died. In this case, of course, it was Christianity that had died, or was dying.

To come back to the discussion in the class that day, Rabi's objections to the screening of the movie in question, had, in the British manner, been rather understated. There had been a scene in it that had Mary in a state of partial undress, with Jesus (who, incidentally is represented to be a gibbering idiot) eyeing her naked breast with undisguised lust.

How much further could you desecrate a religion, Rabi had wondered. The furtherest you could go, would have been perhaps to have shown Jesus making love to Mary, or to throw aside all such notions of delicacy, since after all, damn it, it was their religion, to have Jesus **fucking** Mary. As a matter of fact, in another scene in the movie she **had** been shown getting **fucked** by the devil.

It was on the tip of his tongue to say all this, but as a foreign student, for reasons of propriety, he kept quiet. It was just as well, he mused later, for having already read the case they would have probably responded with a 'so what?'

In the evening when he discussed the issue with Janis, during their now almost ritualised tea drinking sessions, she was of the opinion that while she thought the scenes he referred to were in bad taste, even terribly bad taste, she too would have agreed with the Commission's decision that the film ought **not** to have been banned.

Rabi did a double take. If even Janis, whom he thought of as an extremely reasonable person thought this way, then maybe he **was** overreacting. Perhaps he was still carrying too much of India within him, where the screening of a film which even **vaguely** seemed to hit out at a religious practice, would have quite possibly caused the cinema to be burnt down and caused riots all over the city where it was screened. As the Professor had rightly pointed out in this case there **was** no problem of public disorder.

That night in his room before he went to sleep, Rabi reflected on the episode and began to question in his mind, what secularism really meant. Did it matter that because the Christian faith lay shattered and nobody really believed anymore, that simply because there was no question of public disorder involved, one could ride roughshod over the feelings of believers, **who for all *their* stupidity and intolerance towards others of a different faith,** did believe, in ***the purest, tenderest fashion*** in Jesus Christ and the Virgin Mary.

Even though Rabi was ultimately a non-believer himself, he believed that a tolerant religiosity was far better than an intolerant atheism for instance, as was practiced in some communist countries. This was not to say that religions cannot or should not be attacked, but merely that there is no need to desecrate them in the process of doing so. Weren't these non-believers being terribly hard and brutal, under the guise of protecting artistic freedom? What was the difference then between such **fundamental secularists** and the hard brutal intolerance of **religious fundamentalists?** In contrast to them, in fact, very many religious people seemed far more tolerant.

Perhaps the non-believer would understand the humiliation better if in the movie in question the naked look alike of his sister or mother was being violently raped. This was not an improper example, he felt, for he knew of many religious persons who would have precisely such an emotional attitude of utter devotion towards Mother Mary, or for that matter towards Sita in the Hindu-Indian context.

Yes, Rabi thought, that's how much it can hurt.

16

SEX, NEWSPAPERS AND SPORTS

Rabi said, 'What's that you're reading?'

'Oxford Times,' said Kenneth. 'Not very scholastic or intellectual I'm afraid. Just a couple of news pages and the rest are property pages.'

They had just finished drinking a couple of beers at Hogshead, an old Irish pub not far from the college.

'So are you planning on settling down in England?' said Rabi.

Kenneth said, 'You know New York real estate is as expensive as real estate anywhere in the world. It's good to know what I would get around these parts were I to sell my apartment in Manhattan.'

'When I see how newspapers are distributed free here,' Rabi said, 'I remember my *raddiwallah*.'

'Who's he?'

'Oh, he's the fellow, who in India, comes on a cycle to your house, once a month to buy old newspapers, magazines, bottles, cans, what have you.'

'Oh, I see. In American cities, just as you have machines which supply soft drinks, chocolate or chewing gum on payment, so also you have what could be called newspaper vending machines on the sidewalk.'

'So you put in a coin and the newspapers throws down a newspaper – like a can of coke?'

'Well, I haven't seen those,' Kenneth confessed. 'Here after putting in the appropriate amount of money, you 0yanked a lever to open the box and took out a newspaper from several placed inside.'

'How do they make sure that a person would take only a single newspaper?'

'They **don't** make sure,' he replied. 'They trust him. In any case what would anyone do with additional copies?'

He obviously hadn't heard of *raddi*. Rabi explained how in every Indian city and small town there were to be found the *raddiwallahs* and these gentlemen made a fair living from selling all the newspapers, bottles, etc.

'Interesting,' said Kenneth. 'Well, we don't have such a guy in the U.S., despite all the environmental claptrap about recycling wastage.'

'Even otherwise,' Rabi said, 'if you don't have hidden cameras you could maybe take one for a friend, or maybe take two extra, give one to a friend and sell the other one to somebody.'

'I suppose you **could** do that,' he admitted, knotting his eyebrows, 'but nobody would.' He took a swig of beer and returned to the real estate pages.

Why not? Rabi felt tempted to answer. *You have a very high crime rate in the country. A small beginning in a career in thievery perhaps.*

In certain parts of London Rabi found sex advertising newspapers being supplied free of cost placed inside vending machines on the sidewalk. He picked up one such paper out of curiosity. Inside were a few photographs of naked women. The rest of the magazine consisted of advertisements. Most of these advertisements could be broadly classified under four heads. Men wanting women, women wanting men, men wanting men, and finally women wanting women. All for sex of course. There was a certain kind of shorthand vocabulary used to save on space, which he managed to interpret only after racking his brains. For example SWM meant single white male and MBF correspondingly married black female. The analogy was perhaps inappropriate, but Rabi was nevertheless reminded of how matrimonial advertisements were similarly classified back home.

'Do you have any 'phone sex' advertisements in your paper?'

'Nah,' said Kenneth. 'They probably think of themselves as very respectable. Why, does that turn you on?'

'No,' said Rabi. 'Just curious. Coming from India, it appears totally bizarre and absurd, but I'm obviously wrong since it appears to be an extremely profitable business, judging from the number and size of these advertisements. How does this work?'

'You dial a certain 800 number. The woman who picked up the phone would speak to you for as long as you wanted. The telephone company would bill you for the conversation and remit a part of the profits to the woman who spoke to you.'

'I can imagine,' said Rabi, 'that the idea is obviously to titillate and excite the caller by a female voice on the other end making orgasmic noises. It doesn't of course matter that the woman in question was in reality an obese, ugly eighty year old.'

'Yes, it involves suspension of disbelief,' agreed Kenneth. 'All that matters is the quality of her voice. The advertisements reassure potential customers that the phone sex calls would be 'live'. They wouldn't have to listen to a tape recording.'

'That's a laugh,' said Rabi.

All these newspapers or rags as one could call them were freely available in several cities. Rabi's Uncle didn't subscribe to any newspaper such as the Guardian or the London Times. He was however supplied free of cost a local rag called the Ealing Times. This paper had a few news items concerning Ealing, the area in London where he lived, but for the most part consisted of property related ads - rental services, businesses, shops and houses for sale, etc.

Kenneth said, 'I can imagine your *raddiwallah*'s joy in collecting all these magazines and newspapers supplied free of cost in the West. He could have really made a killing.'

Rabi laughed.

'Just so long as he didn't blow up the profits in making phone sex calls!'

Actually of course he couldn't, thought Rabi, since he would need to cart them back to the motherland in order to sell them. In New York City, he would probably have to **pay** in order to be rid of the *raddi*.

'Let me get this round.' Rabi drained his glass of beer. When he returned, he found that Kenneth had been joined by Janis, her flatmate Gabby a slender German girl, and James a balding, stocky American who played good football.

For sometime now, he had observed James trying to get friendly with Janis. At a party thrown by Gabby to celebrate her birthday, he had watched her fend off his advances with admiration, silently applauding her good taste. He was therefore surprised and disappointed to see them together today, obviously returning from a football game.

'It was a great game,' said Janis. 'You should have come, Rabi.'

'He wants to play cricket,' said Gabby. 'All Indians play cricket.'

It was an innocent enough statement, one that could hardly have been faulted on any account, but the way she said it, with the barest under-taste of malice, made Rabi imagine that James had enlisted her in a scheme to wrest Janis away from him. Not that he even had her, but they were seen together quite often, and James could have thought of him as his chief rival.

'Not this one,' he said. 'I don't even watch cricket.'

'So what's your game Rabi?' asked his competitor. Rabi could see he was trying to put him down in front of her.

'Where I come from, James, ' Rabi said thinking hard, 'sports are a luxury.'

Janis smiled.

'All the same,' Rabi continued, 'I did play table tennis for my state.' This was true.

'Yeah?' said James, and was quiet.

Dumb American, thought Rabi.

Privately Rabi couldn't help feeling ashamed that he together with other Indians played and exercised so little. It wasn't true what he had said, that sports were a luxury. It was at best, a weak excuse.

'Let me get some beer,' said James. 'Anyone?'

Everyone raised their hand.

He tried a different approach some time later, when he came back with the beer.

'So Rabi,' he said. 'I suppose you're quite grateful to the British Government for the scholarship....'

'Not really!'

'I don't see any need for him to be grateful,' said Kenneth, 'unless its to God, and that's only if he believes in one.'

'And why not to the Government or whoever gave him the scholarship?' asked Gabby. Rabi wondered if Janis had gone to the game upon her flatmate's insistence.

'Why should I be grateful?' said Rabi.

Janis was listening intently to this exchange.

'Well you're getting something free, aren't you?' said James. 'We have had to take loans or work on jobs during weekends.'

'The British took things from my land for three hundred years,' said Rabi. 'They can take back their scholarship money if they give back what they've taken.'

'That sounds like a fair exchange,' said Kenneth grinning.

The conversation drifted off in another direction. Rabi was only half listening. From time to time, he stole a glance at Janis's eager, smiling face. His mind was in turmoil. He thought of his mother's warning at the bus station in Jaipur where she had come to see him off. 'Don't get involved with a *gori*,' she had warned him. And he thought of Yudhishtar, her *chacha*, his grandfather's brother.

Seeing Janis with James today had made him realise something. He was in love.

17

ENJOYING

'What are you doing on the weekend?' asked Anne-Sophie a French girl in his class.

'Oh, nothing,' Rabi said.

'Still,' she persisted, 'you must be doing something.'

'Oh, I'm going to enjoy myself.'

'That's right,' she said, encouragingly. 'So what are you going to be doing?'

'Nothing,' Rabi replied. 'I'm going to enjoy myself doing nothing.'

It wasn't only Anne-Sophie who asked him this question, but dozens of other English, European and American students, whom Rabi had befriended at Oxford. On Fridays, they would ask him as Anne-Sophie had done, 'What are you doing this weekend?' and on Mondays they would enquire politely, 'Did you have a good weekend?'

It took him a month at the University before he realised how rooted this weekend culture is in British society, and probably in the U.S., and several other European countries as well.

Discussing this phenomenon with his Indian friend Jagdeep, the middle level executive with a computer company near London, Rabi remarked on how he did nothing in particular on the weekend but had nevertheless learned to respond to such queries with, 'Oh, I had a great time.'

'Quite frankly,' Rabi told Jagdeep, 'all I do on the weekend is to potter about the house, write some letters, listen to music or do nothing at all, and I generally succeed in having a pretty good time. But when I ask John or Marcus whether they had a good weekend, often they respond with "It wasn't so good", or even "It was shitty. Things didn't go so well."'

'That's true.'

'Whereas John or Marcus, whoever your friend is, had possibly planned out a skiing holiday in Switzerland on the weekend. And when because of the weather conditions or some such reason, the skiing was not so good, naturally he was disappointed.'

Rabi ruminated over the possibility. He doubted if John or Marcus, being students, would have been able to afford a weekend in Switzerland. But he saw the point Jagdeep was making.

'Possibly you're right,' Rabi said, 'although I don't think that explains it fully.'

Some days after this particular conversation, Rabi was having lunch with Janis. An easy person to talk with, Rabi shared his thoughts with her.

'Well,' she said, sounding unimpressed, though too polite to say so. 'Don't **you** plan out something to do on the weekend in India?'

'No, we don't. We plan out our holidays, but not our weekends. This seems strange to me that you should have planned out something you will do on every weekend.'

'So the weekend is nothing special for you?'

'It's just like any other day for me. After all, Janis,' Rabi pleaded, 'enjoyment will come. It's not something I can go and get. As a matter of fact, if I pre-decide that I am going to enjoy myself on such and such day, I very probably won't.'

'It must be like that for you, because you enjoy your work,' she persisted, 'but I'm sure other people in India who don't enjoy their job so much, must be doing something which they particularly enjoy'

'I don't think so. The guys whom I know who don't enjoy their jobs are probably quite grumpy and dissatisfied on the weekend as well. They just do odd jobs here and there, which they didn't have time for the rest of the week; and their wives probably think, why doesn't he stay in office on the weekends as well.'

'That's exactly the point!' she exclaimed. 'That's what going to happen if you **don't** plan out your weekend. That's why you need to plan it out, so that you enjoy it.'

Rabi gave up. He couldn't explain to Janis that what you did over the weekend was simply not a big deal in India, whereas in this country it was something big. You simply couldn't ignore it. It was **there**. Friday evenings, the Law Library would be deserted. There wouldn't be a **soul** inside. On Mondays, on the other hand, it would be jam-packed. And all over the country buses, trains and bars would be especially crowded on Fridays.

To a couple of persons Rabi could be frank with, he managed to say though not in so many words, 'Please don't ask me this weekend question. Coming from where I do, it seems juvenile, formal and false. I hate to have to respond to such questions because they don't relate to my mental existence, and I am not willing to have you all push me into a corner where I too start thinking about how I am going to enjoy my weekend, in all probability thereby destroying the more or less pleasant weekends and weekdays which I generally have.'

18

STUDYING

The question Rabi was asked most frequently was what he was doing over the weekend, and the second most common question was, 'Are you enjoying your studies?'

To every tenth person, who asked him this question, he would say, 'Listen, I don't **enjoy** studies. If I want to enjoy reading something, I go and read a novel. **Not** go and do my studies.'

Seeing the look of disapproval on his face, Rabi hastened to add, 'Mind you, it's not that I don't **like** studies. I do **like** to read books on my subject, but it's simply that I associate **enjoyment** with other activities.'

Not wanting to sound pedagogic, or extremely particular over choice of words, Rabi made a further clarification, for there was a pressure to give a satisfactory response to these clichéd questions.

'What I meant to say really is that some of the books in my subject I might even **enjoy** reading, but then I would enjoy reading them outside the University as well. It's not something I'm **getting** from the University. I hope I don't sound pompous, but I don't need to be directed to enjoy my studies. Am I communicating what I want to say?'

Out of politeness or sincerity, nine times out of ten, this tenth person would say, that yes, he was understanding Rabi.

Whether or not Rabi's classmates were enjoying or conversely hating their studies, they certainly took them very seriously, which was different from how it had been for him in India when he had studied at University.

It was in a way good to see, this seriousness, although perhaps he would have been far more impressed if they had had a more relaxed attitude towards it, together with the seriousness, for Rabi didn't think the two were incompatible. And studying **ten** hours a day (there were **many** students like this) **within ten days** of the **first** term was certainly not Rabi's idea (or anyone else's) of being relaxed.

What made it necessary to take studies seriously was the fact that post graduate courses charge a fairly substantial sum of money by way of tuition fees. If you are spending all that money, you had better take it seriously. Secondly, and more importantly perhaps, thought Rabi, if you did well in your course, the presumption was that you were that much closer towards getting a better job. Several overseas as well as British students were doing part time jobs in order to manage their finances.

'Was the standard of education at Oxford University much higher than it was at Delhi University?' some friends asked Rabi.

'In a way, yes, and in a way, no,' Rabi felt compelled to answer.

Most of the lectures Rabi attended here were as boring as lectures he had attended several years earlier at Delhi University; and some were even worse because of smaller class room size, which made it impossible to doze off quietly. Missing classes was simply out of the question. After you are spending all that money, how could you **afford** to miss classes? But, yes, you could be **demanding** towards your lecturers. Rabi thought the lecturers were a bit smarter though. They would give students such a long reading list, that if you just read the reading list six times, it would be enough to exhaust you mentally- and unable to cope with the reading list for the next subject.

Yes, it was true that the lecturers at Oxford University could be equally boring, thought Rabi, but they were in comparison generally quite hard working like the students and much more up to date with the latest studies in their subject. What made the real difference for students however was the availability of vast resources at Oxford in comparison with most third world universities.

Rabi felt that if someone were to make a comparison of quality of education rendered with fees paid, Delhi University would be rated as vastly superior. Currently, the tuition fees there for a postgraduate degree in law were less than twenty pounds a year. At Oxford it was not less than **two thousand** pounds, an unaffordable sum of money for any middle class person in India; and even here a fairly high demand from an average middle class English family.

The PhD students Rabi spoke to argued the high fees they were being charged were **totally** irrational. Most British PhD students were paying upwards of two thousand pounds a year for their tuition fees, and some of the overseas students who are charged at a higher rate if they come from countries outside the EU were paying upwards of **ten** thousand pounds a year.

A Singapore girl in the latter category told him, 'Rabi, eleven thousand pounds (which is what she was paying) is totally unreasonable, especially when you consider what they are giving us for that money. I'm registered for my PhD here, and get to see my Supervisor once a month for half an hour. That half hour doesn't really make any difference often enough and we just chitchat. It's formal to an extent. For six hours a year spent with a Supervisor, isn't eleven thousand pounds excessive? It's unfair; we PhD students don't even have a separate carrel to ourselves. Imagine, we have to share a carrel with another PhD student.'

Rabi was quite startled by what she told him, and the surprise must have shown on his face, for she added, laughing in her misery, 'That's not all, mind you. Do you know, the Supervisor gets a Special Allowance for the half hour he spends with us every month, and for directing the Ph.D? I didn't know that. I just found out last week. Imagine. **He** gets paid.'

It did appear to Rabi that she was rightfully outraged and that the whole thing was ludicrously excessive. Since the PhD's were in any case largely self-directed, the huge sum being charged was really only for the label. Otherwise these students could well manage to do their PhD's without the University affiliation, if they could only access library resources.

The steep price of higher education made studies an extremely serious business, and those who didn't study were looked upon disapprovingly. It was quite harsh, Rabi thought, this judgement passed on students who were engaged in other pursuits. After all University life was also about experimentation and exploration and one could have too narrow a view on what constituted meaningful activity, even if this was Oxford a premier University in the country, and indeed in the world. If students didn't engage in meaningless activities now (which in truth could be quite meaningful) when else in life would they have the time and space to do so?

19

HEART-BREAK

For some time now, Rabi had a suspicion that things were not going well for him. Earlier, Janis came to him in his dreams sometimes whispering endearments. Sometimes he would wake up and actually feel she was lying next to him snuggled up in his warmth. He would be awake, but he kept his eyes closed savoring the moment, hearing the sound of her soft breathing. He could almost swear that *she was there.*

When he ultimately opened his eyes, he adjusted to the reality of her not being there without too much difficulty and for the most part still felt comforted, as if she had only just left.

Of late he had developed a taste for Western classical music and would play some Bach or Mozart at night before going to sleep and his last thoughts before he fell asleep were of her, and it was also her serene white face that came to him in his first waking moments.

Yes, for sometime now, his equanimity had been affected, and he now felt that things were not going well for him any more. As his ardor grew and thoughts of her possessed him, she seemed to withdraw, gently at first, but then with increasing firmness. He had felt this during their almost daily, though brief encounters during class.

He would have managed somehow, but what made the situation increasingly unbearable was a nagging doubt that she was spending more time with James, the American student who played football.

In his more unstable and distressed moments, he couldn't help wondering if history going to repeat itself? He would try his best to ensure that this did not happen. Hadn't his mother even warned him before he had left?

His worst fears were realised one evening. He was walking through the green, back to the apartment after a late class in Comparative Criminal Justice, (an optional Janis had not taken) when he saw them coming towards him.

His heart gave a lurch, but he told himself angrily that it would spoil everything if he displayed the slightest sign of jealousy, and who was to say that they were not merely friends. After all he too had walked with her on many occasions, and from her side at least it had been only friendship.

As they came closer, he steeled himself, vowing silently not to let his real feelings show.

He exchanged a friendly glance with her, then turned to him and said a shade too brightly, 'Going somewhere?'

'To the multiplex,' James said cheerily. 'Some good films running there. We haven't actually decided which one.'

Overcome by emotion and at the effort to hide his feelings he was at a loss for conversation and made a disparaging comment about the overcast sky and the dreary drizzle that had been on since the morning.

'Yeah, that's right,' James said. 'It's the kind of weather to see a movie in, isn't it? Buy some popcorn and bunch up tightly in the seat.'

Rabi waited for Janis to contradict him, to somehow dispel the vision conjured up in his mind of James and her snuggled up in the cinema hall munching popcorn, but she was silent.

Her smiling silence was for him a terrible confirmation that his worst fears had come true. She had, in a manner of speaking, hooked up with James.

He attempted a smile then, and strode past them into the altered landscape, made yet more dismal by this brief encounter. His facial expressions, usually kept under control, must have betrayed his feelings, for a little ahead he encountered Dhiraj, the British Indian student who was walking in the other direction.

'Coming from the library?' he enquired.

Rabi nodded, wanting to keep conversation to a minimum.

Dhiraj said, 'Man, you look stressed out.'

Rabi was relieved to learn that it was being assumed that the stress of impending examinations was weighing him down. *I will not break down*, he told himself repeatedly.

By the time he reached the apartment, he was in better control of his feelings. His flat mates, together with a neighbor John from Papua New Guinea (a mature student like Rabi) were getting ready to go to the city to do a 'pub crawl' and prevailed upon him to join them. He would have preferred to stay at home and mope, but somehow he managed to pull himself together and forced himself to behave naturally. He insisted however that he would not 'pub crawl' but stay with them only as far as the first one.

The first pub they descended upon, the 'Hare and the Hound' was fairly empty when they reached. A few odd groups gathered around cushioned seats aligned to the wall. There were also a couple of girls playing darts.

Rabi brought the first round of beer for everyone. He must have managed to hide the inner turmoil he was undergoing quite well, for his distress wasn't evident to the others. A part of his brain still functioned, registering what the others were saying and enabling him to give intelligent responses. After they had been settled for a few minutes, Angus and Marcus went to the girls, upon Angus's proposal that they chat them up.

Kenneth, Rabi and John stayed back content to watch the couple's efforts. They appeared to engage in fairly pleasant banter with the girls, for they could be heard giggling at something Angus had said. At any rate their efforts did not seem to yield much fruit, for they were both back in less than ten minutes.

Kenneth grinned. 'Not much luck, guys.'

Marcus said, 'They asked Angus for money.'

'Yes,' said Angus. 'Real cheeky, I call it. Imagine! Asking me for money to play on the jukebox. Wanted two quid.' He shook his head amazed. 'Real cheeky!'

Rabi wondered if it was so. In Angus's position he would have assumed that the girls were just trying to be friendly, but they had somehow managed to upset his friend.

Angus saw Rabi studying him.

'What's the matter, Rabi?' he said. 'You don't fancy English girls.'

Rabi said, 'I'm not much of a believer in one night stands.'

'Agree with you there, mate,' Angus chortled. 'Should be at least for a week!'

Two more rounds of beer and Angus, Marcus and Kenneth decided to continue with their pub-crawl, John having decided to stay back with Rabi. The pub had begun to fill up now. The DJ was playing some music and some couples were dancing.

John said, 'I like this pub. It's like working class. People are friendly here. Some of the other pubs, the people are totally different. Real snooty.'

Rabi had been too self absorbed to notice, but he looked around, studying the ambience and then nodded in half agreement.

John was a quiet type of person. His skin was slightly lighter, but most people would assume him to be an African. He was tall and well built. In the time spent in England, he has sensed that despite being minorities instead of coming together there was a divide between the black and the Asian community, largely he felt on account of cultural differences, greater economic affluence within the Asians and an assumed superiority on the part of the Asian community, for which he would sometimes feel ashamed. Sitting in this pub with John, he had the strange feeling that the rest of the people in the pub were watching them, for they both stood out, John as the only African and him as the only Asian. They stood out yet further by being together. Wouldn't the world be a better place he wondered if only the Asians and the Africans could unite? It was on account of racial divisions within the browns, the yellows and the blacks that the white race had been able to assert their dominance. Indians complained of white racism, and blacks did the same, but weren't they being racist to each other? The Indians might have started it in Africa, but then the Africans had hit back cruelly, expelling thousands from East Africa in the sixties.

As they stood and danced to the music, an English girl came up to John and they spoke to each other for a few minutes. It was noisy inside and Rabi could not hear their conversation, but it was obvious that the girl was evincing interest. She went away soon, but a little while later when they were back in their chairs, another blond girl in her late twenties came over and tried to engage John in conversation. She didn't spend more than a few minutes with him either. Rabi did not feel any jealousy for he knew he wasn't unattractive but in terms of muscles and physical attributes he realized first hand now that he could not compare himself with John at least as far as English or European girls were concerned. The Africans could certainly pull them, he told himself.

Rabi said, 'Listen I know we came together John, but we don't have to go back together.'

'No,' said John. 'I'll go back with you.'

Rabi said, 'They seem to be interested. There is no problem at all.'

John said, ' I don't want to be used.'

'I'm impressed,' Rabi said in all honesty.

At half past ten they stepped out of the pub into the cold night air to catch the bus back to the University. The night was far over for the younger lot though. It was cold enough outside, and despite his warm overcoat Rabi shivered, but it did not seem to impact on droves of youngsters cruising the streets. The girls in particular seemed impervious to the cold or perhaps they did not care to hide their bodies for they strode down the streets in their high heels and shiny black leather outfits revealing bare midriffs and a good deal of leg. They walked fast and determinedly (the cold may have helped here) eager for the excitement that they felt was due to them on Friday night, the beginning of the weekend.

So this was what it was all about, he ruminated. Adventure! Excitement!! Who wanted boring, old-fashioned love?

He did not sleep at all the whole night imagining various scenarios. *After the movie had they spent the night together?* Had it been like this, he wondered, for his great uncle Yudhishtar?

20

YUDHISHTAR

If one took a broad view of time and space the difference was not much. What had happened to Yudhishtar had taken place barely fifty years earlier in another University town, Cambridge, barely an hour's run by train from Oxford.

Yudhishtar, his great uncle had been the eldest of five brothers. Rabi's great grandmother Kunti had had a premonition that she would bear five sons, and she had accordingly decided that she would name them after the five *Pandavas*, the mythical heroes and demi-Gods of *Mahabharat*, a war epic, also the largest religious epic ever written in the world, second in importance only to the *Ramayana*. In the epic, it was the younger brother Arjun who had held center stage, owing to his skill in archery and his close association with the blue God, Krishna who acted as his charioteer.

In *Bhon* the village in Rajasthan where Rabi's forebears had had a settlement for many years, the most distinguished amongst Kunti's children had been the eldest Yudhishtar who held pre-eminence over his younger brothers Bhim, Arjuna, Nakul and Sahadev.

He was tall and possessed of exceptionally good looks. By the time he had finished his nineteenth year he was possibly the best looking youth in the village, and word had it that when he passed a street, the girls and even the women would come out into their balconies on the first floor of the house just to gaze at him and watch him pass.

He could have ended up as a screen hero in Bollywood (indeed a cousin had suggested it to him) but he was more interested in pursuing higher studies, and elevating himself by means of educational attainments.

When he finished his FA, as the graduation degree was then called with a First Class First his father Inder Sain was so pleased that he threw a big party in the village and ordered the distribution of food and blankets (for winter was then approaching) to a hundred needy families. He even summoned a band to play music outside their home till late in the evening.

A year later, Yudhishtar was bound for Cambridge to study law. His choice of subject had been philosophy, but his father had prevailed upon him to consider what a grand achievement it would be for their family to produce the first fully qualified Barrister from *Bhon.*

In the autumn of 1936, a tall young Indian with moustaches, with the presence that made even shabby places look bright, clad in a *pathani* suit joined a class of first year students at Baliol College, Cambridge. Amongst the handful of foreign students was another Indian, Ayub Khan with whom Yudhishtar became close friends and who in due course would become a Prime Minister of a new nation state called Pakistan.

Yudhishtar progressed well in his studies in the first few months, and his stately grand presence coupled with an inborn humility served to endear him to staff and students alike. He was sometimes teased about his excessive good looks though and one student went so far as even to suggest that a marble bust be prepared with Yudhisthar as the model, and this bust should then be placed at the entrance to the college. It would in his view exalt the standing and reputation of Baliol vis a vis the other colleges.

Among his newly made acquaintances and friends was a young girl, by the name of Gabrielle Haist, a brunette who was on all accounts no great beauty, but a thin (some would say weedy) flat-chested German girl. This girl ignored Yudhishtar in the first few months, but was then suddenly taken up with him the way the other girls were, and followed him around like a little terrier. It appeared that she had decided she wanted him and would have him.

Yudhishtar had been used to exercising his celibacy vows with shy, docile Indian women and he somehow managed to keep the more forthcoming English girls at bay, but he didn't know quite how to deal with this young energetic dynamo that stalked him with the tenacity of a tigress.

In the first few weeks he managed to somehow fend her off recalling his family's exhortations to him to steer clear of beef, *firangi* girls and race horses in that order, but her persistence eventually wore him out, and finally forsaking his *brahmcharya* vows of keeping the female sex at arms length, he went off on a weekend trip to the Lake Forest with her.

What exactly transpired on that fateful week was anybody's guess. An English class mate, possibly jealous of Yuddi's good looks and success with women remarked cruelly but accurately that the non rhyming and adapted lady from Niger limerick fitted the situation.

There was a young lad from Indiah
Who went for a ride with a sheetah
They returned from the ride
With the young lad inside
And a smile on the face of the sheetah.

When they embarked on their journey to the Lake Forest, Yudhishtar had been the man in control, and Gabrielle the over-smiling, anxious to please yielding vixen, but when they returned, it was obvious that the lady was in control and had somehow managed to make Yuddi succumb to her charms. It was he now who followed her around the campus, and it was she who would often be too busy to meet him.

To speak of this episode in Yudhishtar's life was to caricature it, Rabi thought and in some ways to trivialize the suffering and agony suffered by him in those months and then subsequently by members of his family.

The thin *churail* who had so bewitched Yudhishtar now proceeded to tear him apart physically, emotionally and mentally according to one version of events. The more persistent Yuddi grew, the more fervent his protestations of ardor and undying love, the more distant the lady became.

Even his fellow British students - the young lads with whom he had joked and traded insults, the young girls who had flirted with him – now saw him as Gabi's spaniel, someone whose aura had vanished, a loser, someone to be pitied.

He was still somehow bearing up under the weight of his emotions till one day he saw her walking hand in hand with an English boy, their heads tilted towards each other and the implications of the intimate manner in which they spoke to each other were not lost on him.

Yudhishtar didn't plan a bloody revenge as some of his brothers might have thought of doing on proof of the infidelity of a loved one. The possibilities too were more limited in a foreign land as weapons and would be collaborators would be hard to find, but Yuddi's sensitive temperament would have foreclosed such a possibility anyhow. He confided in Ayub who saw and knew everything that he felt that 'his heart was hemorrhaging.'

Ayub who came from a neighboring village thought that Yuddi was heading for a nervous breakdown and wrote to his family that they should send someone at once to take him back home.

Alas! It had been too late Rabi ruminated.

Yuddi did not have a nervous breakdown as his friend

Ayub had prophesized. Based on Ayub's recommendations, the family did send the younger brother Arjun to bring him back home, but by the time he reached it was already too late. Yuddi had completely lost his mind!

The Yudhishtar that came back home was a shadow of his former self, a shrunken, broken man whose thoughts had lost all coherence, and who barely experienced moments of lucidity.

At first the family, distressed as they were, thought that this was a temporary aberration and with care and nursing, Yuddi would gradually recover his mental health and sanity. It was not to be. Many doctors and traditional healers prescribed drugs, ointments, balms, concoctions, thrashings, oil baths, massages, blessings from fakirs and saints to be brought home, free food to be distributed to fifty Brahmins- and all these remedies were tried out, but to no effect.

Kirpa Ram and his wife, both saddened by Yudhishtar's condition and getting on in age passed away within a year of the arrival of their eldest son. The burden of taking care of the family fell on Arjun, the second in line who had managed to become a civil servant in His Majesty's Government in the North West Frontier Province. Arjun took over the responsibility of taking care not only of his elder brother but of other brothers as well who had not found employment and of scores of other relatives and their children. Civil servants were highly paid during the colonial period and it was possible for them to financially sustain large households.

Yudhishtar's condition worsened and someone then suggested that a marriage might restore his sanity. This was not as outlandish a suggestion then as it might seem now. The argument put forward was that the combination of a wife's loving care with the release of pent up sexual energy and anxiety would restore the individual to sanity.

The argument found favor with Rabi's grandfather who scouted around for a bride.

He did not look too close in the region for they would be sure to know of Yudhishtar's condition, but asked various matchmakers who arranged these things to look in East Punjab and adjoining territories and finally one of them brought them a proposal from Dharamsala in Himachal Pradesh. The girl Prem Rani, or the Queen of Love, was supposed to be virtuous, beautiful and well versed in all household chores.

Arjun's wife, Ishwar Devi (also Rabi's grandmother) seeing her brother in law's condition felt that this marriage would visit a terrible injustice on the would be bride, and sought to prevent it. In those times, exceptions apart, the bride and bridegroom did not even meet with each other before marriage. The decision by the elders of both families was final. It was therefore extremely unlikely that Prem Rani would ever get to see Yudhishtars before the time for the actual ceremony and by then with all relatives gathered from both sides, it would be too late!

At any rate she did what her conscience told her to do, the maximum that was possible in the circumstances of that time. She obtained the bride's family address in Dharamsala and penned an anonymous letter to the family telling them that they were marrying off their daughter to someone who was 'not entirely there.'

The girl's father wrote to Arjun a letter indicating his wish to see the groom. There was no choice for Arjun but to agree. He visited, and as per his wish he and Yudhishtar were left alone for half an hour in a room in the *haveli* to sit and talk. No one knows what transpired during that half hour interview but at the end of it, the father expressed his full satisfaction with Yudhishtar as a worthy groom for his daughter. Did Yuddi somehow have an interlude of sanity, or did the father accept Yuddi despite the evidence of his not being 'all there'? If it was the latter, why then did the father bother at all to make the visit to see and assess the groom?

There was never any answer to these questions, but as a result of the satisfaction expressed by the girl's father, and there being no hitches of any other kind, upon Arjun's insistence the girls family agreed to make arrangements full speed and the marriage took place within a month of that fateful meeting.

Of course Yudhishtar never ever recovered his sanity. Even Prem Rani, the Queen of Love could not help. A year after his marriage her husband committed suicide by drowning himself in a nearby pond. Her life appeared ruined, as there was no possibility in those days of a divorce or indeed of widow remarriage. Her only consolation during the long empty years that followed the death of her husband was their son, but he too eventually left her for job opportunities in the West. His name was Suresh and he was Rabi's Uncle who lived in London.

21

PARADISE REGAINED

The Hindi lessons between Rabi and Janis were interrupted-apparently by unspoken mutual consent. Neither of them raised the issue. He saw however that she did not at first realise that things had changed between them. He wished that nothing had changed, but his feelings were much too strong for him to pretend otherwise.

Although in the very beginning, she thought things were normal, soon she realised that they weren't, but continued to pretend that they were. When she pretended thus, she expected something from Rabi, but when he continued to evade her, she seemed, to him, to make a face and take a decision of some kind, certainly inimical to him.

It wasn't that he **wanted** to avoid her. Had it been humanly possible, he would have continued with his earlier friendly ways, but the knowledge that she was in a relationship with James forced him to exclude this possibility. In the words of the poet, it was possible for a lover to tolerate the indifference of the beloved, but it would be torture if she in truth loved someone else:

Tum agar mujh ko na chaho
To koi baat nahi
Tum kisi aur ko chaho gay
To mushkil hogi

He did realise somewhere in the back of his mind that his reaction was extreme and unwarranted in the circumstances. Nothing Janis had ever said or done could have made him presume upon her affections; his behaviour could even have been called boorish and would indeed have seemed so to a dispassionate observer, were his overall demeanour not so tragic. He was behaving as if there had been a betrayal of sorts, whereas in fact there had been nothing even remotely resembling a commitment from her side.

Matters came to a head when they were subjected to a trial examination in the Public International Law class. She was sitting not far away from him, but not only did he not greet her or acknowledge her presence in any way, he studiously ignored her. He did not mean to offend or hurt her in any way. It was however not possible for him to behave normally. He was afraid that if he spoke to her or even looked at her, he would burst into tears. It was only by somehow pretending she wasn't there that he steeled himself to write the answers, though he did so mechanically using the part of his brain that still functioned normally.

The same afternoon he had arranged to have lunch with Kenneth in the large student cafeteria inside the College premises where the noisy atmosphere was somewhat compensated for by its spaciousness, ornate decorations and view from the windows if you happened to get a table beside one.

Kenneth said, 'Do you have national newspapers in India?'

'Well, yes,' he said, 'We have the Times of India or the Indian Express just like in the UK they have the Times, the Independent or the Guardian. Most of them are in English though, because of the many languages we have. But you have them too in the US.'

'No, we don't.'

'What about the New York Times or the Wall Street Journal? They command an international reputation and readership so it would be surprising if they weren't widely read in your own country.'

'That is actually the case. You'd be surprised to know that within the US these newspapers have an extremely restricted readership. The vast majority of Americans were just not interested in reading those papers.'

'Really?'

'As a chauvinistic New Yorker,' Kenneth said, pride visible in his tone, 'I personally would not be satisfied with anything less than the New York Times. If I go to another State though I would need to carry out a full-scale investigation before I could obtain his copy of the paper, and sometimes he would just have to do without it.'

'I suppose they catch all the news on television.'

'I wish that was the case.' Kenneth shook his face regretfully. 'The average American, say in Dallas, Texas is simply not interested in what is happening either in the world at large or even in Washington DC for that matter, but is interested only in news concerning his own region.'

'I wondered if this was due to the sheer size of the country, which is why I asked you about India, but obviously that is not then the reason, or the major reason. Perhaps its because of the federal system, but you have States in India too.'

Rabi said, 'Yes, technically we are also a federal set up, but many sensible people have been arguing for years for greater devolution of powers to the States. My sense is that the Americans are more federal. Don't people drive across a State border because divorces are easier? Some States have capital punishment, others don't.'

'Exactly right,' nodded Kenneth. 'So this may be the explanation for the absence of truly national newspapers. It's the American federal set up, where what the state legislatures do is of much greater significance for the average bloke in the street, than what is done in Washington. The result of all this of course is that Europeans and the English consider the American to be a provincial ignoramus, who knows little of world affairs and cares to know still less.'

Rabi said, 'Americans can defend themselves by arguing that one's international perspective is determined to a large extent by the size and population of the country one lives in as far as most people are concerned. They could point out that in a small country such as the UK or in a European country, you need to digest less news, since there is less happening due to the sheer numbers involved. It seems reasonable to argue that it is therefore for this reason that the Europeans and the English are, broadly speaking, more concerned with what is happening in other parts of the world, as compared with their American cousins.'

'That's an interesting observations,' said Kenneth. 'Never thought of that.'

'Also,' said Rabi, warming to his theme, 'It is no doubt true that with the coming into being of the European Union and European community law, it is natural for the Europeans and the English to be more concerned with events outside their own country since these often have a bearing on developments at home.'

'Yes, but in India you said you have national newspapers. How many people read a newspaper though?'

'Millions,' said Rabi. 'India with its teeming millions has several national newspapers which sell much more than the regional newspapers do, and there again the regional papers always carry reportage of national and international events. It is of course true that we have millions of people who cannot even afford to purchase a newspaper, much less read it.'

'Well, for those people I guess its doesn't matter? They might think what's so great or important about reading the newspaper? How does it really matter?'

Rabi said, 'It matters. It's about knowing what's happening and about empowerment. In the super literate state of Kerala it is well known that workers employed in a *bidi* factory handle the workload of one of their fellow workers in order that he may stand up and read the newspaper, while they carry on with their task of rolling the indigenous cigarette.'

'Amazing!' said Kenneth. 'I hadn't looked at things from that angle. I was more focussed on responsibility as compared with empowerment. In the US for example it would not really matter so much that we don't have large selling national newspapers were it not for the fact that currently the US is the world's only real super power and its involvement in world affairs runs very deep. With such deep involvement and influence all over the globe, correspondingly in a reverse direction its citizens are terribly ill informed. It they can't be concerned with what is happening in DC, how much less concerned would they be about what is happening in far off lands.'

'But don't forget, Kenneth,' said Rabi, 'in the United Kingdom, the national newspapers are widely purchased all over the country, but in contradistinction to India sell much less than the tabloids. And you know the quality of these things. At least you don't have such rags there in the US or do you?'

'Well we do have rags, such as the National Enquirer. The rags are generally of a poorer quality.'

'Poorer than the tabloids here, ' said Rabi. 'It must be difficult. Quite an achievement.'

Kenneth said, 'In the US we have some tabloids selling with completely fabricated stories designed to shock, startle and titillate a gullible public. Stories that are carried on the front page with startling headlines such as: 'Vulture picks up baby,' 'Pregnant mother gives birth to a pig,' or yet another one 'Pregnant woman gives birth to sixteen children.' Each of these stories would be accompanied by a picture- the vulture carrying the baby, the pregnant woman with a piglet (or the brood of sixteen children) next to her on the hospital bed and so on and forth. Apparently these tabloids do sell, though thankfully not obscenely well. In the UK on the other hands the tabloids sell the most.'

Rabi said, ' I think the largest selling tabloid in the UK is the Sun, followed closely by the Mirror, and the national newspapers are far far behind in readership figures. Apparently people are more interested in reading about who was having it off with whom than they are in more hard news.'

Kenneth nodded his head. 'I find it mildly disgusting to see how gossip and scandal seemed to have become a national obsession over here.'

'I wonder if this is this what the Nobel laureate Naipaul meant when he spoke sadly of how England had become plebeian? There was no law protecting the privacy of individuals in the UK. Indeed the way things are, it was difficult to imagine how it could be otherwise.'

Kenneth said, 'Don't forget, just as there are millions of dollars at stake for the gun manufacturers in the US, there were millions of pounds at stake in the UK for the media barons who owned and ran these rags.

Rabi agreed. 'There are enormous salaries at stake here as well. I find it somewhat shocking and unjust that journalists employed with the Sun or Mirror took home a heftier pay packet than those employed with the real, more serious newspapers.'

'Don't pulp fiction writers make more than literary authors? Isn't that unjust?

'Good point,' said Rabi. 'But do you know why a privacy law cannot be introduced here, just like gun laws cannot be introduced in the States. Something even more important than financial interests?'

'And what's that?'

Rabi said, 'The important underlying reason - even more important than the financial interests at stake- why an effective privacy law could not be introduced in the UK is:' He paused dramatically. 'What would the nation do for entertainment then?'

He noticed her then, and his heart began banging away again. Control, control, he shouted silently, but it would not listen. She was seated at a table quite far away with Manjula the American Indian girl but he had a clear view of both of them through the various assortment of tables and chairs that lay in between.

He could see from Manjula's gesticulations and Janis's facial expressions that the discussion was an animated one. It occurred to him that he had never professed his love to Janis, but had somehow assumed that she was aware of his feelings. As far as Manjula was concerned he was an open book. He knew that she knew because of the pitying sidelong glances she gave him during class.

Suddenly he had a feeling of absolute certainty that their discussion centred on him.

Kenneth was speaking now of other media, and hadn't noticed that Rabi's attention had flagged.

He disengaged himself from active contributions to their conversation, and continued to study the facial expression of his two class fellows across the room. *Was there hope for him?*

'Something's going on,' he nearly shouted to Kenneth, 'but don't turn around. There's something I need to watch with my full undivided attention.'

He was about to utter those words (or say something on those lines) but they stuck in his mouth when he saw them rise from their seats. He noticed the empty plates in front of them, and saw them leave payment on the table. It was clear that they hadn't entered the cafeteria after Kenneth and he had arrived, but had already been there a while. Their orders had only just been placed on the table. So all this while, she had been there in the cafeteria and he hadn't even noticed her. What was happening to him? He had begun seeing her everywhere. When he didn't have a frontal view he would mistake strangers for her five six times a day. At the same time, when she was there, he hadn't noticed.

Was it his imagination acting up that told him with such certainty that Manjula and Janis had been talking about him? Was it a ridiculous fantasy on his part that Manjula might have been putting in a good word for him just now, had been pleading his case in fact? His mind was buzzing with these thoughts and he found he was picking at his food and hardly listening to Kenneth who had now launched on a discourse about the global dominance of Anglo Saxon culture.

They passed his table. Janis was looking straight ahead with a very serious expression on her face, as if she hadn't noticed him; but Manjula turned, the way she did in class, gave him a sidelong glance, and winked.

An hour later Janis came up to his desk, as he pretended to study in the library. Her expressions had lost the anxiety and nervousness that came up whenever she saw him these days, but was now frank and open. For his part too, he was looking and behaving normally. She leaned across the table, and whispered softly, 'Are you free tomorrow? It's the weekend and we could spend some time together. I've been missing my Hindi class.'

During the afternoon class on International Human Rights Law, he noticed the American James approach her a couple of times, but she was cool and distant. It was James she ignored now, but she turned around a couple of times to smile warmly at him.

It appeared to him that James was now in the doghouse and she was considering his case.

22

SHOPPING

Towards the end of November, winter was beginning to make its presence felt. Rabi had to turn up the heating in his room, and some mornings he now saw frost gathered on the grass. On a particular evening, he was upstairs with Janis in her room, when she commented on his shoes.

'Your shoes are awfully thin,' she said. 'This winter looks like its going to be quite severe. You need a pair of good snow shoes.'

'I realise that,' he said, 'but the local shops don't seem to have anything good and cheap.'

'What are you doing this weekend?' she said.

He looked at her.

'Don't look at me like that, ' she said. 'You're so silly. If you're not doing anything particular we can go on to my brother's house in Slough on Saturday. There is a party in the evening. We'll drive down and on the way we'll pick up some snowshoes for you. I know where you can probably get some good shoes at a bargain.'

Rabi confessed he had no plans for the weekend other than pottering about, and he would be glad to spend the evening with her and to meet her brother.

They went early to avoid the parking problem: a half hour before the shops opened. 'It seems to be a major problem,' Rabi remarked to Janis.

On this occasion, they had set out to do some purchasing, urgently required snowshoes for, and it unfortunately happened to coincide with the pre-Christmas shopping season.

'Yes, it's a real problem,' she agreed. 'They have five three storied structures for parking purposes at this particular Shopping Mall, but even then if we went a little later, they could all be full up, and we might not be permitted to enter any of the parking 'palaces', as they happen to be called.' With a grimace, she added, 'Sometimes they let you in, but even then you have hell of a time finding a place.'

'Why should that be?' Rabi enquired.

'Well, you see, the machine may have let you in because there is, according to it's calculation, one parking slot left somewhere in the three storied structure, but there is no one to tell you where exactly that happens to be. You have to then simply cruise around trying to find it, and it may be quite a while before you manage to do so.'

'Isn't there a parking attendant?'

'No.' She shook her head. 'The whole thing is completely mechanised, and except for a couple of security guards somewhere in the building, there is no one around who can help. The machine will let you in if there is a parking space available, and the machine lets you out after you have paid the parking fee.'

'How does the machine know how much you need to pay?'

'Oh, it's a clever machine. It will note the time you enter, the time you are leaving, figure out how many hours you have been inside, and bill you accordingly. It will even return the change to you.'

'That's a better machine than the one they have on buses,' Rabi commented dryly, remembering an unpleasant encounter with public transport in Oxford, two weeks earlier, when he had stepped into a bus without the precise amount of change required for the journey.

In the manner she had outlined, they entered the parking spot, parked the car and then went down by the lift to the Harlequin, the name this Shopping Mall in Ratford was known by.

True to her account, there were a large number of people milling about, mostly either just strolling around window shopping, or having tea, coffee or snacks at the open air cafeteria's, which were open (sic).

They sat down in one of these cafeteria's, and while he sipped his tea, Rabi looked around at the nodding Santa Claus and the holly covered Christmas trees, part of the Christmas decorations which had sprung up almost a month before the actual date.

'It's gaudy,' Janis remarked, and Rabi thought to myself that she hadn't spoken a truer word. Gaudy, literally with reference to the art of Anton Gaud. Having been an admirer of the Spanish architect since his University days, he had seen many photographs of the various weird buildings he had designed in Barcelona and elsewhere in Spain. Recalling the immense structures designed by him and contrasting those with the one before then, Rabi thought the resemblance was stark and obvious, but while the one was beautiful and artistic, the other was gross and smacked of something distastefully chocolaty and syrupy.

Indeed–to his amateurish eye perhaps–all shopping plazas looked pretty much the same. Apart from their sheer gaudiness, he felt dazed, disoriented and oppressed by how everything was glittering and shiny. Unlike so many others, but like Janis, his kindred gypsy spirit whom he was accompanying, Rabi was no great admirer of these shopping malls or even of the commodities they housed within.

Rabi was in sympathy with the sentiment–taken from an '80's movie 'Train Spotting' which had been a cult classic–displayed somewhere in the London Undergr38ound:

'Choose life. Choose a job. Choose a career. Choose a family. Choosing a fucking big television, choose washing machines, cars, compact disc players and electrical tin openers. Choose good health, low cholesterol, and dental insurance. Choose fixed interest mortgage repayments. Choose a starter home. Choose your friends. Choose leisurewear and matching luggage. Choose a three-piece suite or hire purchase in a range of fucking fabrics. Choose DIY and wondering whom the fuck you are on a Sunday morning. Choose sitting on that couch-watching mind - numbing, spirit - crushing game shows, stuffing fucking junk food into your mouth. Choose rotting away at the end of it all, pishing your last in a miserable home, nothing more than an embarrassment to the selfish, fucked up brats you spawned to replace yourself. Choose your future. Choose life.'

Janis had no such qualms however, and a little while later they had gathered, together with forty odd other people, outside a popular clothes boutique, where she wished to exchange a jacket purchased a few days earlier from their retail outlet in Paris.

'We should try and get all the purchases into the car in a single trip,' she said, 'because this is a time when a great number of thefts take place. Last year, I had come to this very place to do some shopping around this time. I took up about three hundred pounds worth of shopping in the first trip and when I went back twenty minutes later with the second instalment of purchases I had made, the car siren was screaming. A security guard hovering about the car said to me in a commiserating tone, "Sorry honey, you've been busted. This is the eight theft we have had this week."'

Meanwhile the crowd outside the shop had increased in size, and there were something like a hundred people now waiting for the shop to open.

'This reminds me of India,' Rabi said.

'Do people queue up like this in front of a shop in India?'

'No, but they need to queue up in so many places. To buy a train ticket, to pay the electricity or water bill, to book a telephone and so on and forth. We are a scarcity economy, not one of abundance.'

'Money is burning a hole in the pockets of all these people,' she said, 'and they want to get rid of it as soon as possible.'

'You think so?'

'Of course,' she said, in a manner suggesting considerable identification with this mass wish. She muttered, under her breath, 'Attack. Attack.'

And indeed a minute or so later, that's precisely what they did.

A ten-minute walk through the shopping plaza brought them to a row of shops selling shoes and other leather items.

'You should be able to find some really good bargains in one of those shops,' she said. 'Try and get some snowshoes with more than one lining. I'll go ahead and buy the stuff I need.' She paused. 'So where should we meet?'

'Tell you what,' Rabi said. 'I feel like a bite, so once I'm finished buying these shoes, you'll find me inside that Starbucks Coffee Shop just across.'

'Right,' she said. 'I should be with you in less than an hour.'

23

CHILDHOOD–SECOND CHILDHOOD

'Where are you from?' The tall, slim elderly Englishman whom Rabi had joined across the table asked him this question.

Satisfied with a highly discounted triple lined pair of snow shoes which the salesman had assured him would last him through five winters, Rabi had entered the Starbucks Coffee Shop, bought his cup of Earl Grey, and was looking for a place to sit in the overcrowded café, when an elderly gentleman sitting alone at one of the tables had smilingly indicated the vacant chair opposite his table.

Rabi said, 'Take a guess.'

'From your face, you appear to be from the Middle East,' he said, 'but your accent suggests that you are from the Indian subcontinent.'

'I'm from India. You got it right first time.'

He was pleased. They started chatting. He was near the end of his meal, but stayed on after finishing it, hungry for conversation.

Rabi listened to Mr Sanders - that was his name -tell him about Hongkong that he had visited several times in recent years after his retirement; and of his experiences as a photographer employed with the Education Department.

'Could you tell me about the changes you have seen in England over the years,' Rabi said, by way of conversation.

'Oh, things are going from bad to worse,' he said. 'The way parents treat their children these days for example. It's disgusting.'

'Yes?'

'Have you seen how they tie a chain to the arm of the child, when they go out with him?'

Rabi shook his head.

'Yes, they do that.' His eyes narrowed in distress. 'Shocking! They are tethered like animals. The explanation given is that he might get lost. Never heard such nonsense. Hongkong is such a populous country. Ten times as many people as here. People over here don't worry about their children getting lost.'

'I haven't seen these chained children,' Rabi confessed, 'but I gather it must be quite uncommon. However, on a couple of occasions I have seen children being abused quite badly.'

'Yes, that happens too. Mind you, they don't hesitate to use four letter words,' Veering off abruptly, he said, 'Did you know that last year there were ten thousand crimes in the city of Oxfordshire.'

'Is that so?' The statistic sounded imprecise.

'Ten thousand crimes,' he repeated. 'It's because these children are so badly treated that they turn anti-social and criminal when they grow up. That's why there is so much crime in the country.'

'I believe there could be that correlation,' Rabi agreed with him.

Perhaps they don't even need to grow up, he thought. He recalled his conversation with Manjula, who told him the amazing story of how after she had refused entry to some children aged 10-12 years into the building which housed her flat, they had turned nasty. They had found out which was the window to her flat and would yell abuses to her from below. After a week of this, the window too was smashed by pelting stones, and when repaired was smashed again and yet again. Finally in desperation, she complained to the police. Rather than attempt to solve her problem, the police suggested that she change her flat. 'Why can't you tell the parents to control their kids?' she demanded. 'Well, ma'am, the parents say that the kids are out of their control.' 'Then you should arrest the children,' she responded. 'They are too young to be arrested,' she was told. 'We suggest you shift out to some other flat somewhere.' Eventually, that's exactly what she had done. She found a new landlord and signed a fresh lease with him.

While Mr Sanders was concerned about the ill treatment of children and the social consequences thereof, Rabi's friend Jagdeep who lived near London was worried about himself and his rights as a parent. When his eight year old daughter had returned from school last week, he had scolded her gently over some minor issue and had been startled and not a little unnerved to find her threatening to report the matter by calling a certain telephone number given to her by her class teacher at school. 'If anyone treats you badly at home,' the children had been instructed, 'call up this number at once.'

Jagdeep was a doting father, who rarely ever raised his voice as far as his little daughter was concerned and would never dream of lifting a finger to hurt her, but all the same he felt that the rule whereby parents were forbidden to hit a child was unreasonable. 'People are very conscious of this rule, you know,' he said. 'In the shopping centre or walking the streets sometime they often feel tempted to smack their child, but don't do so, for fear that somebody might report them. The parents will look here and there to make sure that nobody is watching, and then when they are certain nobody is, quickly smack their child.

The rule against smacking could be traced to a decision of the European Court of Human Rights. When the Strasbourg judgement was discussed in class, Jennie who was from Scotland felt that there was no harm if on occasions a child was smacked on its bottom as a punishment for some mischief. On the other hand, a French girl, Christine felt it was terribly humiliating and degrading for any sort of corporal punishment to be inflicted on a child.

However the matter was not entirely one of differing cultural perceptions – of the Europeans vis a vis the British because for instance Mme Zoller, a French Professor of Law at Paris felt that the Strasbourg judgement had gone rather too far. On the other hand Janis, like her father, felt that all such measures were necessary to prevent increasing incidents of child abuse.

What did Rabi feel about the whole thing? As far as English society was concerned, he tended to agree with Janis, for reasons connected to the break up of the family system.

Rabi had seen a cartoon the other day in one of the English papers featuring the popular character, Charlie Brown. Charlie Brown is telling Lucy, 'In this story the step mother is shown to be wicked, in that story she is shown to be wicked as well, and in *that* story she is again wicked. Do you know what this amounts to?' 'No,' answers she. 'It amounts to a *blanket condemnation* of stepmothers,' says Charlie.

Rabi thought Charlie was right in pointing out that it was an unthinking mind that condemned stepparents, and ignored violence perpetrated on children by natural mothers and fathers, yet even then *the difference was there.* When these fairy tales were written, he thought, their authors could scarcely have dreamed of a society where the tribe of step mothers and step fathers would have proliferated to such vast numbers, to the extent that in the West today, there are **millions** of children living with a step-parent.

All this flashed through Rabi's mind, as he politely told Mr Anderson that owing to various preoccupations he would unfortunately not be able to participate in the country walks, he and some of his friends would regularly take over the weekends.

After some more chitchat with the gentleman, he said suddenly, 'I hope I haven't been boring you.'

'No, no,' Rabi hastened to assure him. 'It's been very interesting talking to you.'

'I've been going on and on,' he said tremulously, standing up. 'I've just been boring you.'

'Not at all,' Rabi repeated.

Rabi watched him go past the crowded tables. He hadn't been boring at all, and he was dismayed that he should worry about it, without any suggestion on his part, other than his expressed inability to accompany him and his friends on country walks. Gao, Rabi's Chinese flatmate, who visited an elderly English couple every month, said about them, 'They feel useless and unwanted.' Rabi too had felt the same in several of his encounters with the elderly and the aged.

There was no denying the fact that some of the old people Rabi had met *were* very boring, but the sad thing is that many of the elderly people Rabi had met, were, like the gentleman he had been speaking to, fairly interesting to speak with. As much as Rabi for that matter. Yet they too felt useless and discarded, and actively sought the company of the young. The young on their part couldn't be bothered, dismissing them all too easily.

It was all right, Rabi thought, to live in this society while you were young and healthy. In old age too they will take care of your body in the old age home or wherever else you may be dumped, but leaving that aspect of the matter aside – which is pure money, nothing else- this self seeking society will ultimately strip you of your dignity and leave you emotionally abandoned and destitute.

24

LISTENING

They reached Slough, a suburban town falling in between Oxford and London in the late afternoon. Her brother lived in a small cottage by the riverbank. He grew organic food and used electricity generated by a windmill.

They found Rob inside, a bearded, genial man in his late thirties, who wore extremely thick glasses. He was alone.

'Guess we're early,' said Janis.

'At least an hour,' he mumbled sleepily opening the door. 'Come in, come in! Make yourself comfy.'

They sat down on a settee next to a large window overlooking the river. Rabi suspected they had woken him up.

'Lucky you found me home,' he mumbled, still standing. I was just about to go out. Get some beer and stuff.' He looked at Rabi appraisingly. 'Perhaps you and your friend can just relax for a while, while I go and get the necessaries. You must be tired from your drive.'

'No, Rob, you wait,' said Janis. 'I'll go and pick up all you need. How many people are you expecting?'

'Not sure. Nine or ten, I guess'

'I know what to get then.'

So saying, she departed with a breezy cheerio.

There was an awkward silence.

'I take it you're in Janis's class,' Rob said cordially.

'Yes,' said Rabi, 'and you, what do you do?'

He had worked for many years as a senior clerk with the Midlands Bank (before it had been taken over by the Hong Kong and Shanghai Banking Corporation), but had been compelled to leave it owing to his progressively failing eyesight.

'At first I couldn't read the screen,' he explained, 'and then they got me a bigger screen, but soon I couldn't see that as well; and then I couldn't see the key-board and then the computer and finally I couldn't see the customer.'

Forced to leave the bank due to his increasing loss of vision, Rob took the redundancy option, and was given not a golden or silver, but a bronze handshake, which rescued the mortgage on his house and would see him through the next couple of years.

He was planning to start working with alcoholics, but for the moment was doing voluntary work with Nightline, the organization whose posters I had seen at several places in the University.

'Can you tell me something about this organization?' Rabi asked him, after lunch was over and they had settled down in a corner of the living room.

'Nightline has been functioning as a service for more than a decade now. It has branches all over the country. The idea has spread to other parts of the world as well. The branch at Oxford where I have offered my services has three telephone lines. We have small booths in which we sit., so that we can listen clearly. Volunteers generally work in three hour shifts, though sometimes when we are pressed for staff, it could be longer.'

'Typically, what are the kinds of calls you attend to?' Rabi asked him.

'We get all kinds of calls you know. Someone whose spouse has left after a flaming row, someone who is in mourning, someone with an alcohol or drug problem. There are lonely people, people contemplating suicide, all kinds.'

'Do you give the caller a fixed amount of time, like a consulting psychiatrist?'

'No, there is no time limit.'

'They can go on and on?'

'Yes, sometimes it does go on and on. However if we find that this person is going round and round in circles, and we are not making any progress, we discuss it with the supervisor. We might take a decision that listen we can give you only so much time.'

'Can a caller ask to speak with you specifically the next time he calls?'

'No, he can't. That's the whole thing. You don't tell him when you are going to be around, so the next time he will probably be talking to someone else. What we sometimes do is to prepare some kind of a history sheet, for anybody else who happens to be listening the second time, so that the caller doesn't have to begin his story all over again.'

'Is that because the caller might develop some kind of dependency on you?'

'Yes, I think so.' He stroked his beard thoughtfully. 'I think that's right. He might get addicted to you and develop some kind of dependency. We wouldn't want that to happen. In fact for this reason we don't even disclose our real name when we are speaking to the caller. We usually give a false name.'

'What happens in the case when a person contemplating suicide rings you up? Do you call the police or give him some advice?'

'No,' he replied. 'We don't call the police, and we don't give any advice. We are forbidden to give any advice.'

'Forbidden to give advice,' Rabi repeated shocked. 'Why should that be the case? Some good advice might make the difference between life and death.'

'It's against the rules,' he said. 'In any case what would

you advise someone who is contemplating suicide?'

'I don't know off hand,' Rabi said, 'but I would tell him *something*. Maybe just that life is beautiful and worth living, and don't be a fool in wanting to end it all.'

'It's useless. It won't make any difference to someone who has really decided.' He paused. 'However sometimes it so happens that a person has popped some pills with the idea of committing suicide, and then he calls us up and says he has changed his mind and could we call an ambulance. In that case we take down his particulars and call one up.'

'You see our task is to act as some kind of a listening device. We will say, why are you feeling depressed, oh I see, your girl friend has left you, now why did she do that? Oh, I see. We are trying to get the caller to unburden himself, to release his pent up feelings somehow.'

'I understand,' Rabi said. 'I guess you don't want to take on more than you can handle. If you start reaching out to people, then you probably won't be able to do even this job well. It's kind of a specialised emotional treatment you have here, just like medicine is branched out.'

'I suppose you could call it that,' he said. 'Mind you, listening is not an easy skill. You have to be trained.'

'How is the training imparted?'

'It's a fairly simple process. In the beginning all that will happen is that the person who is training you will pick up the phone and you will have to listen in on the conversation. You will be equipped with an instrument for this purpose only. After you have listened to him attend calls for some time, he will then ask you to take the next call. He will listen to you listen now. It's quite funny really. Quite often there will be a lot of notes being passed around. He will be sending notes to you on what you did wrong, and conversely you will be sending him notes telling him perhaps to make his meaning more clear.'

The medical analogy came to his mind once again. He thought of a surgeon performing a delicate operation and his helpers passing him relevant instruments.

He was saying, 'If he is not satisfied with your performance, then he will ask you to spend some more time listening to him listen to calls coming in. Gradually, this way, you pick up the skills. It took me a long while before I could be confident in attending these calls.'

'Do you get people bothering you with small problems?'

'It's no bother,' he said. 'A problem might seem small to you or me, but it could really seem big to the person who has it. If there is a young student who is feeling very nervous about the exam the next day, you listen to her and try to get her to calm down. You might think it is a small problem, but it is a very big problem for her. These kind of calls don't trouble us. What does bother us however are the obscene calls.'

'These must be targeted at the female listeners.'

'That's right. We blokes don't really have much of a problem in this regard. The caller waits for a woman to pick up the phone and then he starts off. He is probably masturbating while he says all kinds of obscene things to her. That's the one occasion where we **don't** listen, and disconnect the line. If the girl is new, she naturally gets very disturbed, but gradually by and by, as she gains experience she learns how to handle these kind of calls.'

The bell rang just then. It was Janis, returned from her procurement mission, and the conversation on this particular topic broke up. They helped her to cart in the beer, the soft drinks and the snacks.

The brother and sister then got embroiled in what seemed to Rabi to be unnecessarily detailed and complicated financial calculations, about who owed who how much, and he moved out into the balcony, sat down on a deck chair and looked across at the slender strip of river, finding it at this time of the evening as beautiful, as he had found the immeasurably larger rivers he knew in India.

He reflected on his conversation with Rob. In Delhi too, there was a centre called Sumaitri, (which translated meant good friend), but it handled suicide calls, nothing else. One of the things that had struck him in his conversation with Rob was that he had said that a lot of people don't want to talk about their problems to people whom they know. They would prefer to talk to a person whom they didn't know with the guarantee of confidentiality. For all of us, this could be the situation sometimes, but Rabi did feel that it was more understandably a requirement of a people who in their personal dealings with each other did not easily move on from purely formal conversation to more intimate discussions.

25

RAVING

The guests began arriving. They were a motley crowd ranging from Robert, a short, stocky carpenter who had come over all the way from Wales, Stephen a balding, bulky red haired artist who painted portraits and landscapes, Rita a thin black-haired tense looking person, apparently a psychiatrist, her husband Ralph, a burly conventional looking person, (who was the town planner Janis had once refereed to) and a tall, lanky bearded fellow whom everybody referred to as Shiva.

Shiva lived in a small cottage a little ahead of the same river, and had the added luxury of owning a small boat. He had been recently fined by the local authority for speeding and had had to appear to Court. This was amusing, and the gathering chuckled over the episode, each individual contributing a short wise cracking opinion on the incident. After some more small chitchat, the party split up into smaller groups.

Rabi was immediately cornered by Shiva, who wanted to discuss his namesake (or surely it was the other way around?). As someone who had had a moderately religious upbringing, Rabi was reasonably well informed about the numerous Gods and Goddesses, and although Shiva was only one amongst many, he held particular importance in the Hindu mind, as one of the Trinity.

In the All Powerful Trinity, Brahma was the Creator, Vishnu was the Maintainer, but Shiva held particular fascination for the common man as the Destroyer. The *Tandav Nritya*, or the Dance of Shiva was the Dance of Destruction.

Shiva had been a popular deity amongst the dope smoking student population at Hindu College, Delhi University as well. A 'smoker' routinely invoked the name when he drew on hashish filled chillum pipe. Rabi too had smoked the occasional joint, the *charas* filled chillum and had eaten opium during the *Holi* festival when it was religiously permissible, but he had always been cautious.

Indeed Shiva appealed to this young English lad, in his early twenties, Rabi guessed, for precisely the same reasons. Shiva was an unconventional dresser, having only a loin cloth draped around his waist, unlike most Gods and Goddesses who were more grandly, even ostentatiously attired. He lived in grand isolation in the Himalayas, had a fabulously beautiful wife, the Goddess Parvati, had the reputation of being a fantastic lover and occasionally got stoned on *dhatura,* the poison weed that grew in the lower Himalayas.

The Englishman Shiva had been first drawn to the deity when he had come across photographs of some Shiviite *sadhus* smoking chillum and then drinking some blood out of a human skull. The photographs had appealed to his juvenile taste, he had found them 'cool' and had then read up on Shiva. He was now familiar with various aspects of Shiva's personality

What he was not familiar with was the deeper thinking associated with the deity, exemplified in the five thousand year old *Vigyan Bhairav Tantra*, an ancient manuscript in which his beloved wife Devi asks Shiva questions and during the course of his answers, he elaborates on one hundred and twelve techniques of meditation. Rabi was no expert, but he spoke about this to the Englishman, and this said Shiva only whetted his appetite to make a trip to the Promised Land as soon as he could.

Janis and Rob came over to their table on and off, making sure they were eating and drinking enough, ever the good hosts. Rabi listened to Shiva's tale of how he had been traumatized by his parents divorce some years earlier. Unusually intimate sharing for a Brit, but then Shiva wanted to get even more Indianized.

The size of the party gradually dwindled, many people said their goodbyes and left, and the eight or nine persons left then moved outside where Ralph the town planner had lit a bonfire.

There was a cold wind blowing and it was comforting to be near the fire. Shiva had wandered off somewhere. Rabi kicked a fallen piece of wood back into the flames, and saw Janis and Rob discussing something all the while looking at him. A while later they came and stood next to him as Rabi stoked the fire, an exercise familiar to him from his days spent at Shimla and Mussorie, Indian hill stations.

'I have a question,' she said.

'Yes?' He was surprised that she should not state it at once.

'Would you like to come to a rave?' she said.

'A rave?' said Rabi, 'I've heard of these things. What is it exactly?'

Janis said, 'Well, a lot of people get together in a forest somewhere and dance to the sound of some special music.' She added, 'Some of them are on drugs.'

'Think about it,' said Rob. 'It's very carnal.'

'How do you mean?'

'You know there will be many people on E.' He looked at Rabi. 'This drug called Ecstasy, you know and it sometimes...'

'It' s not like that for everyone,' Janis interjected. 'What about Ralph and Rita?'

Rabi said, 'I don't mind going. It could be interesting...'

'That's great,' Janis said. 'I didn't know there was a possibility Rabi, or I'd have mentioned it earlier.'

A half hour later they were in Rita's car. The psychiatrist, who it appeared was Shiva's elder sister, was driving, her husband Ralph sat next to her on the front seat, and in the back were huddled together Janis, Rabi and Shiva.

The roads were quite deserted now, and they sped past the sleeping city and were soon in the countryside. Rabi learnt that raves were generally held in the open air of the countryside in a unused field and some rent was paid to the owner for the use of the land.

A half hour later they were still wandering through the countryside and had still not found the rave despite the map that Rita periodically consulted. It was a photocopy of a hand drawn map that had been circulated amongst attendees by a secret club that organised many of the raves.

Shiva said, quite suddenly and excitedly, 'Rita, we have the pigs on us!'

Rabi looked back through the glass windows of the car expecting to see the fat animals, who might have mistakenly wandered on to the road, but saw instead a blue and white police vehicle flashing lights at them.

'Keep going,' urged Shiva. 'Don't stop.'

'We have a lawyer with us, don't we?' said Rita. We had been introduced only briefly, but she had retained this. 'What do you suggest, Rabi?'

Rabi said, 'I suggest we tell him we are going to see a sick friend in the countryside and have lost our way.'

'That sounds good,' said Rita.

Shiva said, 'We can't stop now! This car is loaded.'

'How do you mean?' said Rabi.

'I mean I've got loads of E in my coat pockets and bag, besides other stuff like cannabis, marijuana, even smack.'

'Lets carry on to the rave,' said Janis. 'They can't arrest

all of us. I mean there will be hundreds of middle class people turning up for the rave from all over the country.'

Seeing Janis's eagerness, against what he thought was his better judgment and risking all, Rabi said, 'Well, if there are all these middle class people coming, I think we should be pretty safe.'

In India he would have suspected this policeman of trying to lure them all into a trap. Once the whereabouts of this terrible deed, this 'rave' has been ascertained, the implacable machinery of law would be set into motion and all of them together with the other rave attendees would be bundled off into waiting police vans to be taken to the nearest police station for a night to be spent inside a cell on a cold hard bed, to be produced before a Magistrate the next day and then sentenced to a longer term imprisonment. He fervently hoped that the English situation was different.

Hell, thought Rabi, *He had visions of the police turning up in large vans to the rave site, and everybody being arrested and taken to jail. He had come on a prestigious scholarship but would be deported back to India in ignominy and disgrace.*

His thoughts were interrupted by the careening sound of a police siren, and he guessed that this was the next step taken by the police, when flashing lights had failed to elicit a satisfactory response from the target audience.

'They've turned on the siren,' said Rita in a resigned tone. 'We have to stop now.' She drew up by the kerb and switched the motor off. A minute later the police car also drew up and a young, uniformed policeman came up to their window.

'Where are you going, madam?' He addressed Rita in a very polite, almost friendly tone.

Rita looked behind. Rabi realised that he was to be the official spokesperson of the group. This would have been suspicious enough, he thought. Why should an innocent group need a spokesperson?

Speaking with all the casualness he could muster, he said, 'We are going to see a sick friend who lives in the country side and seem to have lost our way.'

The cop's expression remained friendly, but it was clear that he did not believe Rabi.

'So where is the rave?' he asked, without batting an eyelid.

'What rave?!' said Rita indignantly. 'We don't know anything about a rave!'

'Have it your way. I'll be right behind you.' So saying, the policeman retreated back to his vehicle.

'What do we do?' Rita said. 'He is going to follow us.'

Shiva said, 'Let him follow. It doesn't matter. He is only a country bumpkin.'

Janis repeated her earlier statement. 'Let's carry on. There are too many respectable people coming for this rave. They can't arrest the lot of them.'

'Right,' said Rita, and she started the car.

They drove at a moderate speed, the police car a steady distance behind them all the while.

Rita kept consulting a map that had been distributed to the participants indicating the precise location of the rave but they saw no sign of life anywhere in the pitch-dark countryside. In order to consult it more carefully she finally drew up alongside the kerb. She was so engrossed in examining the map, and the rest of them in watching her, that they didn't actually notice him coming, but the friendly policeman was suddenly standing by her window again.

The courteous tone maintained, he said to her, 'What's that you're holding?'

'Oh, it's nothing,' she said, her tone half irritated half ratted.

'You're studying it, are you?'

He espied it in her hands, and stretched out his hand

to take it. She gave it to him without resistance. He studied it carefully for a few minutes.

'You've taken a wrong turn some ten miles back,' he informed them authoritatively. 'Why don't you follow me now?'

Reversing, they followed the police car, exclaiming and laughing to themselves. *Were they walking into a trap?*

In all this while, they had apparently been going around in circles, for they hadn't overshot a turning point by very much, and the policeman had been right about the missed turn. In a quarter of an hour they were beside a wide-open field where they could see half a dozen cars parked and some people milling around

'There you are!' The policeman shouted at them. 'That's all I needed. Now I can file my report. Have a good time, all of you.'

They waved at him, and he sped away.

An hour or so later, many other people arrived, many of whom had been similarly lost in the dark countryside. A truck arrived carrying drums, speakers and various electronic equipment, and a group of professional non ravers began setting up the sound equipment, that would play the 'techno' music that normally accompanied such raves.

When the music began Rabi who was fond of most kinds of music was frankly disappointed

and he confessed as much to Janis. It had a steady, unchanging beat, and Rabi was surprised that anyone could like it.

'The thing is that it goes with E,' she said. 'This music, some E and you start opening up.'

When thirty odd people began dancing finally - some hippie types like Shiva and others respectable like Ralph and Rita - Rabi wondered if the steady repetitive beat of the music (if it could be called that) did not somehow resemble primitive tribal music and weren't all these city bred alienated individuals gathered there somehow trying to be a tribe, to feel whole and with a community, even if it was only for a single night.

By the time the equipment had been set up and they all began dancing, it was already two in the morning. Janis had popped a couple of E's by then. Rabi had experimented with grass and hashish while studying at Delhi University, but had stayed off chemical substances and hard drugs: on this occasion he decided he would not take anything.

Janis danced away enthusiastically, though with no one in particular. Rabi stayed close to her, noticing that she looked different somehow. It was as if in her normal state there was some tension about her, which the E had released. She seemed to be in a state of deep relaxation; at the same time her eyes had a sparkle to them.

People broke away to go away and chat for sometime and then returned to dance some more. Rabi too danced, but could not really get into the rhythm of things, especially when it began raining, and the earth grew damp and muddy with all the feet churning at it.

He went and stood with the others who were fatigued of dancing and engaged in other amorous pursuits. A large woman, high on substances went around hugging and kissing everyone. She came to Rabi and clung to him for a long while, before eventually releasing him.

Ralph offered him a cup of tea from a thermos that Rabi gratefully accepted.

A young blonde girl came up to him and peered at him closely as if she were shortsighted.

'Are you a spy?' she said.

'No,' he said smiling. 'What makes you think so?'

'You're Indian, aren't you?'

He nodded.

'How many Indians of your age would come to a rave?'

'I don't know,' he said, 'but I'm not a spy.'

Ralph said, 'Piss off sister. He came with us.'

'He's a spy,' she insisted, even as she went away, the conviction that this was so writ large upon her face.

Rabi finished the tea and left the group to stand alone at a slight elevation and to get a view of Janis dancing. He was happy at the completely unexpected turn around in their relationship.

A moon shone brightly, but there was in any case powerful electric lighting that illuminated the entire area. He was gazing into the dark sky and did not notice that she had joined him.

Janis said, 'Are you having a good time, Rabi? What are you looking at?'

'It's been very interesting.' He looked at her happy, smiling face and was happy himself. 'I've been studying the sky and wondering why there are so few stars.'

'You can't expect it to be like India,' she said. 'Different countries have different skyscapes.'

'I hadn't realised that,' he said simply. 'I thought the night sky looked the same no matter where you were in the world.'

She stood very close to him. He saw that she was trembling.

'Do you love me, Rabi?' Her eyes were moist. Tears fell down her cheeks.

Rabi didn't know what to say.

'Did you ever think of having a relationship with me?'

She was on E, and the drug had made her emotional. Her brother Rob was wrong- in her case at any rate. It wasn't very carnal at all.

26

CYBER-KISSES

The intimacy experienced during the rave only served to deepen Rabi's involvement. Perhaps what had passed between them on that chilly December morning had needed the intervention of a catalyst, but he was relieved to learn that Janis was not drug dependant in any sense of the word. She had needed it to express herself emotionally to him, and as she explained to him subsequently alcohol would simply not have worked in the same way. She did not agree with her brother Rob that E aroused carnal passions, and she attributed the physical intimacy they experienced during the rave to be a mere by product of the love she now found herself more free to express to him.

For his part Rabi did not care to analyze the issue in such detail. He would have been worried if the intimacy had worn off or disappeared with the effects of the drug, but that was thankfully not the case. The deep ache he had experienced in the past weeks whenever he had looked at her, had now disappeared, replaced by a warm heady sensation. When he looked at her now, he sensed the reciprocity of his feelings and felt whole and nourished.

He was disappointed to learn that she was leaving a few days later, accompanying Rob to Scotland where there was an eye hospital established with some new technology and machines and there the doctors would carry out various tests on his eyes over a ten day period. During these ten days of separation (made difficult since it was so soon after their mutual professions of love) she called him a couple of times at the common phone used by the students in his apartment block, since Rabi hadn't felt the need to buy a mobile. Email communication was however the preferred option and they communicated often, sometimes several times a day.

She was amused and intrigued by his knowledge and use of what she termed as 'quaint' English expression. 'It's so strange, ' she would respond to his emails 'that you should use them so often and with such ease.'

On learning that he could not cook 'chicken vindaloo' she complained that she now realized that she would have to teach him 'how to cook on top of everything else.' He responded with a long note explaining that chicken vindaloo and chicken madras were dishes that did not actually exist in India.

'Dearest, (he wrote)

I cannot cook the dishes you mentioned in your last email for the simple reason that they do not exist outside the United Kingdom, certainly not in India. Any waiter in a North Indian restaurant (for restaurants in India basically represent North India and food in other parts, notably the South can be vastly different) would be confounded by such a request. Chicken *karahi*, Chicken *mughlai* and Chicken *do piazza*, yes, but Chicken *vindaloo* and Chicken *madras*, Sorry madam, I don't know about this.

I am pleased to note however that you are pleased to take on the burden of teaching me how to prepare these dishes, "on top of everything else".

And on top of everything else is so difficult to wait for!!

With love

Rabi'

Modern life is so strange he ruminated. In a way when he thought of their communication he imagined although it was much quicker that this is how his an earlier generation of Indians might have communicated in an arranged marriage set up. He knew that this is how his own grandparents had communicated. After a 'settled' engagement, they wrote letters to each others for the months during their engagement, and by and by came to know more and more about each others nature and thoughts. Of course with them there was no question of a refusal. The matter was already settled. They kept in daily touch with what each one was doing.

'Dearest *Babugosha* (he wrote)

I got back very late last night from a party at the Ritz, thrown by Manjula's Sikh millionaire father who was visiting. It was an interesting affair and the food was great. I drank too much wine, but fortunately no hangover. Had a joyful morning thinking of you today and replaying some of yesterday's conversation in my mind. I also got your E Card with the girl kissing the teddy bear! I am assuming I am him. Love you Rabi'.

She sent more E-cards and was generally more passionate and imaginative in her letters.

'Dearest Rabi,

Dreamt about you in the early hours of this morning. It was quite a vivid dream and, although I awoke abruptly to the strident buzz of the alarm, I still felt deliciously relaxed and contented from the effects of the dream...

The air is warm and there is the faint sweet scent of the almond blossom that adorns the branches of the tree that we are lying under. The fragrance is being carried by the gentle breeze that is gently teasing the leaves and the plump blossom causing one or two loose petals to float down like confetti on our hair.

The sky is a cloudless azure blue and almost too beautiful in the purity of its color ... There is a field of mustard flowers swaying in the breeze nearby and the bright yellow color of the flowers contrasts starkly with the lush green of the surrounding meadows.

There is no sound in the air and no one around for miles ... it feels as if we are the only two people in the world

We are lying on a field of sweet smelling newly mown grass, having retrieved the rug from the car. We have finished a leisurely picnic and you are lying on your back, looking up at the sky and chewing on a blade of grass. I am lying on my tummy and reading to you (I did not focus on the book in my dream but I guess it must have been something evocative of summer such as Laurie Lee's "Cider with Rosie"). There is the drone of a bee buzzing around nearby but we are both too replete and lethargic to even notice.

With the fingers of one hand you are playing with my hair that I have left loose. Then they move to gently trace the contours of my face. The touch is gentle and very sensuous and is distracting me from the book. I do not complain and carry on reading. You are amused by my determination to finish the chapter I am reading and soon give up your efforts to distract me. You smile and continue your contemplation of the sky.

Soon afterwards, I hear the rhythmic sound of your breathing and realize that you have fallen asleep. I watch you sleep for a while and note that you are sleeping with a faint smile still on your lips. You look so relaxed and contented that I forget to be annoyed with you for falling asleep on me. I lean forward to press a gentle kiss against your smiling mouth and lay my head against your chest. I snuggle my face into your warmth and I can feel the steady beat of your heart against my cheek. It is very reassuring and lulls me into a half slumber ... before I drift off I hear you murmur something in your sleep but it is unintelligible ... then I feel your lips against my hair and your arms enfold me and I realize that you have said those three little words ... I sigh contentedly and hug you back. We fall asleep in each other's arms...

Nice dream, isn't it?

Love you.

Janis

PS. Tell me about one of your dreams now darling. It is only fair.'

In a bit of a fix he nevertheless summoned his own recurring thoughts of her, especially those in the morning, and managed to placate her with:

'*Meri* Janis,

Your dream is so much like my own recurring dreams of you, only I cannot describe things as well as you do.

The only difference is in the landscape Quite often the landscape that comes in my dream is of a denser 'jungle' like place, which seems also a bit hilly, lots of trees and bushes, and some water falling as well, The rest of it is just like you said, only it involves a bit of a walk through, washing each others face in the stream, munching some fruit, listening to each others heartbeat, but eventually it ends with us snuggling up under the shade of a bush or tree.

Now I know you will say this is not fair but that's how it is really, I felt I could have been reading my own dream. Love you, Rabi '

He pondered on a choice of name for her that would be personal and intimate and suggested *babugosha* as an interim choice. She was not satisfied and wrote back asking him to think of something else.

'Dearest Rabi,

My Hindi-English dictionary didn't have the word but I finally found out from an Internet search that *"babugosha"* is the Hindi name for "Pear". How disappointing! I had been imagining it to be a much more exotic type of fruit (something like a peach or a lychee) from the earlier description that you gave. Please think of your other name soon.

Now, the name "babugosha" ... how do I like it.... at first it sounded quite masculine (not enough soft consonants but then I rolled it around my tongue a few times and now find it quite cute. But I am glad it is only temporary, as I would prefer you to call me by a name that is softer, shorter and more feminine.

Should I be thinking of my "special" name for you too darling? Mmmm ... lets see ... I think of you like a "cute and cuddly teddy bear" (that it would be nice to snuggle up to) but that is not a romantic enough name and too long. Let me think about it a little longer.

With love

Janis.'

He had never thought of himself as more than reasonably attractive and was flattered that she should include him in her fantasies.

'Dearest darling (she wrote)

I had a dream just now and want to share it with you.

It is mid summer ... the sky is cloudless and the air is warm and humid.

We have gone for a drive to the beach to watch the sunset. We stop the car some distance away and walk hand in hand to the sand dunes, carrying our shoes so we san feel the soft warm sand beneath our feet.

I am wearing a pale yellow skirt and you are wearing a blue tee shirt and jeans. There is a soft cool breeze coming in from the ocean and gently ruffling our hair. We sit side by side on the sand dune, facing the ocean. The sun is dipping over the horizon and streaking the sky with a myriad of firelight colors from orange to magenta. The ocean is a deep purple tipped with the cream foam of the rolling surf. We hold our breath at the beauty of the sight unfolding before our eyes and watch in companionable silence. All too soon, the spectacle is over and there is just the dusk and an indigo sky ...

I sigh my disappointment and turn to see if you are feeling the same way ... I find you looking at me. I smile and rise to walk back to the car. You catch my hand and pull me back down to the sand. You gently push me back against the sand and lean over me. We are not speaking, just looking into each other's eyes. We are lying side by side but our bodies are not yet touching. You trace the contours of my face with the fingers of one hand and they eventually rest on my mouth. Your index finger probes my lips and I take the finger into my mouth and circle it with my tongue. I see you close your eyes and make a faint groaning noise. I edge closer and narrow the distance between us so that your chest is brushing against my breasts. I place my hands around your neck and tangle my fingers in the hair at the nape of your neck. I bring your face closer to mine and blow gently on your closed eyelids. I then bring my mouth closer to yours and trace the outline of your lips with the tip of my tongue. I hear your sharp intake of breath but I restrain your attempts to kiss me. I chuckle at your amusing eagerness and tell you to be patient. I brush my mouth gently against your mouth, barely touching it. I kiss the corners of your mouth softly and then gently tease your bottom lip with my teeth. That is too much for you and you push me back onto the sand and I feel you press your mouth hungrily against mine. Your body is heavily pressed on top of me but I do not mind. I open my mouth for you and feel you slip your tongue inside. I stroke it gently with my tongue. The kiss is deep and long. It seems to go on forever until we both have to surface to catch our breath ...

I feel your mouth against my neck tracing small butterfly kisses from my jaw line to the sensitive area behind my ears. Your mouth moves down to my breasts. You pull down my top and I feel your warm mouth and the tip of your tongue against the top of my breasts and my midriff. The sensation is delicious and I murmur my approval. You struggle to undo the buttons of my blouse. I help you. You remove the blouse and also unhook and remove my bra. You look at me for a while and then I feel you take my breasts in your hands and stroke them gently as you kiss my mouth again. You move your mouth down to my breasts and kiss them all over in turn. You take the nipples in your mouth and suckle them whilst gently grazing them with your teeth. You take your time and realize very well the devastating effect you are having upon my senses ... You finally return your attention to my mouth. We kiss hungrily. By this time we both know what is going to happen next ... we both want each other very much.

I help you remove your clothing and you unzip my skirt and remove my underwear. We are both naked and we just lie against each other for a while, holding each other close and whispering endearments to each other. We kiss again and again and you murmur words of love against my mouth. I whisper my love back to you. My mouth places gentle butterfly kisses against your shoulders and chest. I stroke the hair at the nape of your neck as we kiss and one of your hands continues to stroke my breast. I can feel the fingers of your other hand probing my centre and finding it moist and ready for you ... I take your manhood in my hands and stroke it gently. I guide you inside me and I can feel my muscles contract to accept your entry. You begin to move inside me, gently at first and then a little harder and more rhythmically, and I close my eyes at the sheer pleasure you are creating in waves through my body ... I feel your body shudder in reaction to a corresponding sensation you are feeling ... and we both gasp in unison as we reach that ultimate crescendo of stars together.

We cling together in the aftermath. You stroke back the hair that is clinging to my face and I wipe the perspiration from your forehead with a bed sheet that we are somehow now lying on top of. We draw a duvet over ourselves and we fall into a contented sleep secure in each other's arms until the gentle melody of the dawn chorus awakens us...

Are you ok, darling...? Nice dream, isn't it?

Love you

Janis.'

When her emails suddenly stopped for two days, he was frantic and wrote to her a rather desperate email asking her if she was upset with him. She had been busy with the doctor and was shocked that he should have been so insecure, but confessed that in her case too if she did not see his email in the morning when she opened her computer, it drove her to have anxious thoughts.

Appeased by her note, he wrote:

'Dearest darling,

Well, we shared our sadness, and felt close, its fine, these things happen, and it was nothing that you did, just overreaction of my part, as Wordsworth wrote in the Lucy poems, what strange fancies should cross a lovers heart sometime, for as I descended the hill I thought, if Lucy should be dead.. Ground rule, neither of us is to feel anxious if no communication from the others side, two penalty kisses from the one feeling anxious... mmmmmmm MMMMMMMMMMMMMMMMMMMMMMMMmmmmmmm mmmmmmm There, that's done now. Have a nice day, and please don't feel sad anymore. Lets not worry As the story goes, why worry, two things can happen, either you will live or die, if you live no need to worry, if you die two things can happen, go to heaven or to hell, if you go to heaven no problem, if you go to hell you'll be so busy shaking hands with old friends there won't be any time to worry. Love you Rabi She sent a short reply at once. 'Oh ... so it doesn't matter to you if I live or die?' to which he responded 'Not at all, dearest. Just so long we are together after all, our vows require us to be together in life and death, in other words *jeeney marne ka saath hai.*'

They had some positive results in the afternoon, and she wrote him a third email that day.

'Dearest Rabi,

All the hard work and tension of the past few days was worthwhile ... and Rob was happy which was the whole idea behind this visit I guess.

Thank you for the kisses dearest... but I hope that you think of the prospect of kissing me as more of a pleasure rather than a punishment or penalty.

All for now. Have a wonderful day.

Love you

Janis.'

He wrote back explaining the concept of a penalty kiss more fully.

'Dearest Janis,

On a rainy day sometime in the future you have been anxious and are upset and refuse to allow me to comfort or kiss you in repentance. You will be reminded of the penalty kiss then, my darling. Sorry for being so mercenary and calculating Love you Rabi

It can of course be the other way around.'

She wrote back to enquire:

'What did you do to upset me so much on this rainy day darling?' and he responded by saying:

'Can't tell you that sweetheart, but this much I can say.. After I invoked the penalty kisses clause, your sense of fairness did compel you to render unto Caeser his due. And finally too you did accept that I had hurt you in all innocence.' She responded:

'Dearest Rabi,

I think if you ever do hurt me in the future ... it will always be innocently and never intentionally. The same for me too.

I don't know if I want to play Cleopatra to your Caesar darling. I would rather play Cleopatra to your Mark Anthony. Yes, their relationship eventually ended in tragedy but it was very romantic and passionate whilst it lasted.

Love you.

Janis.'

He wrote back enquiring:

'Was it the first rain of the season where we were and did we step out to enjoy the shower and eat some mangoes in the rain? Couldn't have been Oxford then.'

In reply she sent him an E-Card with kisses 'all over.'

He responded:

'Oscar Wilde once wrote that a cigarette is the perfect pleasure because it always leaves you unsatisfied. He had obviously not heard of cyber kisses.'

27

LOVING

The first few passionate yet frenetic and fumbling nights when he had stayed over at her flat had passed. Their lovemaking had become more measured now, and they explored each other's bodies more leisurely and lovingly.

'Nobody has ever looked at me the way you do, Rabi,' she said, 'as if I were a Goddess. I'm just a normal human being, okay.'

Rabi said, 'And is the normal any less Godly? I'd like to sketch you some day.'

Her flat mates cooperated and he would often spend nights in her bedroom now, and still sleepy crawl downstairs to have breakfast with his flatmates.

He found it difficult to sleep beside her. He was so aware of her body, but she slept on blissfully. It wasn't that he was a novice sexually speaking, but the sexual liaisons he had enjoyed in New Delhi had been hurried, rushed affairs and almost always clandestine. He had slept with women only in a manner of speaking; the truth was that he had had sex with them and had then left or they in their turn had left, so in a literal sense in his entire adult life he had never really slept with a woman. This experience of having a beautiful, naked woman next to him *while sleeping* was something completely new to him. He usually kept awake many hours after she had dozed off, listening to her soft breathing, studying the dark shadows that enveloped her face in the blue night lamp she switched on, a present from him. It would, he suspected, take him a few months before he got accustomed to her warm, physical presence next to him.

She had had a few boyfriends, as could have been expected. She tried telling him about them a few times, but he showed little interest and eventually told her that he didn't want to know about them.

'So you're jealous. Don't be so Indian.'

'There is nothing particularly Indian about it,' Rabi said sourly. 'These are universal cultural attributes.'

'Like universal human rights,' she laughed.

She, on the other hand, was keen to know more about the women he had known. There had not been so many, and he didn't mind talking about them.

He had come close to marriage many years ago. She was a beautiful fair skinned North Indian girl whom he had known while he had been a student at Delhi University. Their relationship had matured during the early years of his law practice and he had wanted very much to marry her but had not been earning enough to support a family. She had wanted him to give up law practice and take up a job. They had however agreed eventually to give it a year and then if Rabi was still not financially stable, he would take up a job and they would get married. He knew she was not under any pressure to get married from the family - for she told him this herself. All the same one day soon after their agreement she announced she had consented to an engagement, the guy was good looking and well placed and she was worried that her relationship with Rabi was earning her a reputation.

He had had other girl friends but in none of those relationships had he been as emotionally involved. His last relationship with a married woman had been a clandestine one, in keeping with the morality of Indian society. She lived alone with her young son being separated (though not divorced) from her husband and was teaching at a university. It had been essentially a physical relationship and at no stage had either person thought of permanency. Yet it had been not without emotion either...

During his first few weeks at Oxford, the time had passed slowly, but now when he wasn't with Janis, he was dreaming of her. He realised one morning that there was not much time left for his departure to India, and they would need to settle things between themselves, and make some decisions.

'I have to leave soon,' he said. 'My visa will expire in a month.'

Janis said, 'We could get married.'

'Yes, we could do that, but do you want to?'

'Don't I love you?'

'I know you do, but I understand that for the Western woman this is a very major decision and she generally takes a couple of years before deciding.' He nearly added, but thought better of it. 'Even though she might divorce in six weeks.'

'Not for this Western woman it isn't.'

'Are you sure?'

'What's with you,' she said. 'Don't you want to get married to me?'

'Only if you want it as well.'

'I want to be with you, sweetheart, and if marriage is going to facilitate us being together, then so be it.'

Rabi said, 'That's more or less the way I feel too.'

Rabi was politically left of center. He didn't observe the political scene very closely, and while Janis followed the nitty gritty of British politics more closely, he could keep his own in a discussion and would point out for instance how Tony Blair the leader of the Labor Party and Prime Minister appeared to be a Conservative at heart and how the reverse had appeared true of John Major when he had been at the helm of affairs some years earlier in the Conservative Party. They were pro-poor, pro-environment and anti-war.

Their Hindi lessons continued with Rabi preferring her to use Urdu words more common in Hindustani. His reasons for this lay in what he perceived as a softer quality of the sound and the greater poetic imagery they often invoked in comparison to the Sanskritized Hindi word. He checked her spellings and pronunciation.

'How do you pronounce this word?' she said, leafing through a slim volume of Urdu verse he had presented her.

'*Aashiana,*' he read aloud. 'It means a dwelling place.' He frowned. 'No, it's more than that.'

'A lovers nest perhaps' she said, peering at the translation.

'That's not it either,' he said, 'because it's not meant to be only for a couple necessarily. It could mean something like a lovers nest, but you know, the babies, the rest of the family would be part of it.'

'That's good.'

'That's what we will have when we are together,' he declared.

Janis said, 'No, we won't. We'll have something else.'

'And what's that?'

'You know a place where people are not plugged into a particular identity, a nation, a language...'

He smiled.

'What will it be called?' he said.

'A *gypsiana.*'

She felt obliged to visit Rob every other weekend to see how he coped with near blindness. On these occasions Rabi often went for day trips to different parts of England if he did not choose to visit his friends at Leighton Buzzard, or go over to London to spend time with his Uncle's family in Ealing. During these weekend breaks they continued to communicate by email.

They even discussed what name they would give to their child. Her increased Hindi vocabulary enabled her to participate keenly in the discussions. It was her idea that they give their child a name that could pass muster in both languages. The former Indian Prime Minister's wife's name Sonia was one such name, widely used in North India and in the Punjab and at the same time evidently an Italian name as well. Her own shortened name Jan could with a minor spelling change become *Jaan* which meant 'life' in Hindi and was a common enough expression of endearment in India and became one of the terms he sometimes used to her. However the two words had a different pronunciation. 'Your names sound so similar,' she said. 'Rajinder, Rabinder, Joginder...The familial character of your society is also revealed by the names you have in India.'

In an email he proposed 'Dev' for their child were it to be a boy. It had the identical pronunciation, as 'Dave' and could therefore easily double up as a convenient name in the European context.

'Dearest Rabi, (she wrote back)

Since we will spell his name as 'Dev' despite the phonetic similarity with 'Dave,' by virtue of long association I will immediately associate it with 'Devil.' So, honey, would you mind if we dropped this particular name.

I found Milan. It's a European name more than an English name, and in Hindi means 'union'. Do you like it?

Love and kisses,

Janis'

He liked her suggestion, and wrote back:

'I do agree with you about Dev or Dave, especially since Dave is actually a short form of David, isn't it? It was an obvious choice so I grabbed it at the time, but I love Milan and we can choose a second name for our daughter when we are together next week?'

He had been in love before, but it had never been this intense, and he did wonder confusedly whether it was Janis who was responsible for this or the new social context in which he found himself. It was true, he thought, that a persons capacity for love was not limited, but at the same time there was something to be said for the argument that if you were alone with no family and friends, there was then correspondingly a greater availability, a greater emotional space that needed filling. And it was the case here in the West, wasn't it, that most people had less intense emotional ties with family and friends, and this created that extra space for loving in a man-woman context.

It cut both ways really. On the one hand this greater emotional space, coupled with a higher degree of individualism made male-female relationships more intense, yet on the other hand it made such relationships, in some sense unhealthy, even pathological.

It was a Catch 22 situation really. You could take a position, quite reasonably, on either side of the argument. It could be said that it was in fact really possible to love in India, because the reduced emotional space meant that love was not a hole waiting to be filled the way it was here, but it was an overflow, an expression of the individual's emotional wholeness.

Yet on the other hand it could be argued with equal coherence that life in India was so family centric, so constricting, that it actually left behind such little emotional space and freedom that falling in love was impossibility. Of course people fell in love India all the time, but it was all in truth a pretence, a charade, an illusion, a mere simulation of the real thing.

Both situations were extreme, and perhaps the solution, if there was in fact one, was for a third kind of society to evolve, a society that was not so structured and family centric as the Indian one (to take an example) nor its existing free floating Western alternative. Rabi believed that social structures evolved and unlike fashion, could not revert back to earlier types. The solution was not (and could not be) as was repeated incessantly by politicians here for a return to 'family values' nor did it lie in the free sex, high on drugs hippie life style that was in a sense its anti-thesis. This new structure would enable people to relate strongly, but with flexibility.

What would be the glue that would hold them together, if it were not family or religion? It could only be the absence of conditioning, prejudice and identification to be found perhaps in the *gypsiana* Janis spoke of.

Their closeness could not have gone unnoticed on campus, though Rabi did not, in the Indian way, hold her hand when they sometimes walked together to class or for lunch. Gradually they were being seen and recognized as a couple, and they began developing a common circle of friends on campus. As part of this exercise of getting to know each other's friends, they went for dinner at Jagdeep's house at Maidenhead a couple of times.

28

POVERTY

Jagdeep complained that the Brits acted as if poverty was unknown to them, a common enough complaint by Indians living there.

'They too have their poor and homeless,' he exclaimed indignantly, during a discussion during a dinner at his house to which Rabi, Janis, Rajinder and Ester his Spanish girlfriend had been invited, 'and yet they act as if in India there are only poor people. The only difference is that while in India ninety five percent of people are poor and five percent are rich, in the US the ratios are reversed.'

'Come off it, Jagdeep,' said Rajinder in a disgusted tone. 'I hate it when Indians talk that way. We should be discussing the reasons why we are poor.'

'It's only a matter of being fair,' said Babita supporting her husband. She remarked on how on her last visit to New York an American lady had asked her in pitying tones where and how she lived in India. 'Do you live on the trees?' she had asked in all sincerity. 'Yes,' Babita had replied, 'but we go up in the escalators.'

There was laughter.

'That's a separate issue,' said Rajinder. 'American ignorance is legendary. I recall that on one of my first trips to the States, someone asked me how come I spoke such good English, at which I said, "Oh, I took a two week crash course before coming," and this guy, he just gaped at me and said, "Two weeks?! Wow!!!!"'

There was more laughter.

Jagdeep said, 'Try these *pakoras*, Ester. I think you'll like them.'

The Spanish girl put one hesitatingly in her mouth.

'That's great!' she said in a moment. 'Babita, you have to give me the recipe for this.'

Rabi didn't wonder at the special attention Jagdeep was giving Ester, since Rajinder has explained the attraction she held for him, but he wondered if Janis and more particularly Babita had noticed.

Rajinder continued, ' In the context of what you were saying Jagdeep, in fact American ignorance could be astounding in the reverse sense as well.' He turned to his girl friend. 'Do you remember how in San Antonio, that friendly social worker by the name of David Creker took us on a tour of the city in his Mercedes.' He turned to the rest of the group. "We had been driving through a not so upmarket part of the city for sometime, and he had been pointing out various buildings and monuments to us, when he suddenly announced. 'We are now approaching a slum area. This slum is far worse than any of the slums you might have seen in Bombay.'

"Well, Ester has a pretty good idea about India so she and I looked at each other incredulously. Worse than Bombay slums. Was the fellow sane?

'You don't believe me,' he guessed, noticing the surprise on our faces. 'Now take a look and tell me.'

"We had now reached an area where the poorest section of the community lived. The houses were certainly in a more run-down condition, but apart from this and the fact that trash cans overflowing with rubbish were more visible than in other parts of the city, there was nothing even remotely resembling a third world slum. As a matter of fact, all things considered this locality was still much better than a thousand middle class areas in India.

'Now this I am sure,' our host then announced grandly, 'is worse than any of the slums of Bombay'"

Ester giggled. 'Neither of us bothered to reply, which I think he took to indicate assent.'

Jagdeep moved a plate of cake towards her. 'Try this cake. It's a speciality from Calcutta.'

Ester took a piece

Jagdeep said, 'Well, at least the Americans are rich, so they can consider other nations poor if they like. The British seem so middle class in comparison. On the flight to San Antonio from Los Angeles, when the air-craft had been flying rather low, we were amazed to see from the window of the plane, hundreds of ranch houses, each one with a swimming pool. Even Babita's cousin Sushmita, in whose house we spent a few days, had a swimming pool in her house. She wouldn't be considered **rich** by American standards, just well off.'

'On the other hand,' Rajinder said, 'they have many more poor people as compared with Canada or the UK. That car ride I spoke off the American's remark was especially odd, considering that public welfare was his chosen field so to speak and also in view of the fact that there were far worse residential areas in other American cities like Washington, Los Angeles and New York.

In fact if you travel through the States what really hits you–more than the poor peoples colonies with their run-down look–is the presence in all these three cities of a clearly visible large population of people who were homeless, who were sleeping in parks, beaches, on the roads and streets. Welfare didn't seem to be doing much for them.'

Janis said, 'Our problems are small compared to the magnitude and enormity of problems in your country, because of the percentage of people who are living in such terrible conditions, and because we have much more money to deal with it.'

'That's my point exactly,' said Jagdeep excitedly. 'Yet some of you have the audacity to take a holier than thou attitude and tell us that **we** are incompetent in dealing with our problems!'

Rajinder said, 'Of course they are perfectly right. We **are** corrupt, unthinking, incompetent, insensitive, so many things...'

'Yet in the context of the problems of the homeless,' broke in Janis, ' it certainly does seem like a case of the pot calling the kettle black.'

'The situation is much worse in the US,' Rajinder said. 'Part of the explanation for the strange lack of concern shown for the homeless by an affluent nation is the fact that most Americans wouldn't like it if the Government spent more money in trying to rehabilitate those people. Rabi was astounded by the number of Americans who were definitely unsympathetic to the problems of the poor and the homeless.' This is so possibly owing to the reason (amongst others) that positing itself against communism, the US has had to over-emphasize the virtues of excellence, laissez faire and capitalism more than was rational. Even today they have not been able to shrug off this past.

Jagdeep said, 'I agree. Most Americans view a word like socialism as a dirty word, a four-letter word. Why else is there no labour party in the US? All this led to the curious phenomenon that while Americans are sympathetic to poor people in the third world, they have little sympathy for the poor in their own land. Charity for them certainly doesn't begin at home, ironically enough.'

'Sympathetic to poor people in the third world, did you say?' scoffed Rajinder. 'And what about this war in Iraq? An example of humanitarian intervention again.'

'Now you're talking about American foreign policy,' said Jagdeep. 'That's a whole new subject.'

Rabi said, 'I agree. We can discuss that at the next dinner. Janis and I have to be getting on now, I guess.'

As they drove back to Oxford in Janis's Renault, she seemed to be quieter than usual as if pondering the discussion.

She said, 'Rabi do you find any difference between poor, homeless people here and those in India?'

'A big difference!' said Rabi, 'in my opinion, although in this case, oddly enough, living conditions are the least of it. The main difference that strikes me is that unlike the case in India, when you see a poor homeless person in England nine time out of ten, his eyes would have an emotionally disturbed look about them. He would appear terribly unhappy, drugged, mentally disturbed, half mad, and possibly violent. In stark contrast to this picture, in India, you found the majority of such people- destitutes being an obvious exception- still relatively speaking full of spirit, much more centred, emotionally stable, and still so obviously sane, despite the grinding poverty.'

'That's interesting,' said Janis. 'Why is this the case?'

'I suppose it's partly the family system,' he said sadly. 'And don't forget that there are millions of poor people, so they have lots of company. Over here they are in such a minority the rejection by mainstream society is much more severe, psychologically speaking.'

'So how did you find my friends?' he said.

'Quite likeable,' she said, 'but Jagdeep and Babita seem to be having some strain in their relationship.'

'Do you think so?' he said. 'I didn't notice anything.'

The car picked up speed as they left the smaller dark streets and entered the M 5. There was more traffic now, but the road was well lit

Rabi wondered if poverty was a relative phenomenon.

There are of course the better off poor people (sic) in the West, who whilst being on welfare, still lived in proper houses in the middle class areas. Such persons fell into an entirely different category and could not be compared with the poor in the third world by any stretch of imagination.

Rabi saw many people who belonged to this group in London. Young, unemployed people in need of money, who were playing guitars or other musical instruments in the trains in the London underground for example. After they had sung a song or played a number, a cap would be sent to commuters to throw coins into. In order to distinguish it from plain and simple begging, which it really is, the British have coined a new expression to describe it. They call it 'busking'

'PLEASE DO NOT ENCOURAGE BUSKING.' Rabi saw the sign all over the underground stations as well as in Central London. In Leicester Square, where all the tourists gather every evening, several young men and women, individually or in groups, gather around the central park and play musical instruments such as the guitar, the violin and the bagpipes on the street, at different times of the day. In other words they busk. It's a popular place to busk in, despite the occasional raid by the police, because it is visited by many tourists, who as a category, both in the first world and in the third world are more prone to giving alms. Rabi thought that in terms of real deprivation, the British buskers could not be compared to their counterparts in India, who like them are sometimes found performing in trains, buses and streets.

29

REMEMBERING THE MOTHERLAND

After the decision to get married had been made, the next step was to bring his mother round. He explained to Janis that while his mom was liberal she would need to have a good reference from his Uncle. He explained that Suresh was the son of Yudhishtar, his great Uncle who had gone insane, and there was no knowing how he would react, but for all that his mother would trust his opinion more than she would trust her son's.. He made a preparatory weekend visit to his Uncle's house to assess their attitudes and reactions.

On a Sunday afternoon at his Uncle's house after lunch Rabi broke the news of his romantic entanglement and intentions to marry. There was much excitement in the house. The three cousins were thrilled, Kavita Auntie was all smiles, but his Uncle's reaction was more measured.

'I don't know what *bhabhiji* is going to feel about this,' he said, referring to Rabi's mother.

'I was hoping you will help me with mother, Uncle,' said Rabi. 'You know the story about Yudhishtar Uncle. That's what worries her, but Janis is a fine girl.'

'Of course your Uncle will help,' said Aunty K. 'but when are we going to meet your…girlfriend?'

'Next Sunday, Aunty? Would that be convenient? I've told her to come at six, but said I would let her know if this was inconvenient.'

'She can come anytime' said his aunt. 'Sixish is fine. She will stay for dinner of course. I have to prepare something special then.'

His Uncle said, 'Well, this will be exciting...'

His cousins were full of questions about how they had met.

Amita said, 'Is she the same girl who had called on your very first visit here?'

Rabi nodded.

He saw his Uncle was a bit pensive, and guessed that he was wondering how his mother would reconcile Rabi's wishes with what had happened in the past to her great Uncle, Yudhishtar.

'You're sure that this is the girl you want to marry?' he said.

Rabi said, 'Yes, I'm very sure.'

His Uncle pursed his lips in thought, while the rest of the family waited with bated breath as if he was about to announce something of momentous import.

'All right,' he said finally. ' In that case I will call *Bhabhiji* tomorrow and tell her that I have already seen the girl you want to marry, and that she is very very nice. That way I can gauge her reaction and tell you how she reacts on the phone tomorrow evening. I think she should not have any objection. This way we will have her approval even before Janis comes here for dinner, which will make here feel more relaxed and at home.'

Amita said, 'Otherwise she may feel we are judging her. She might feel as if she was on parade and we are going to decide whether or not to approve her.'

'Exactly,' said her father. 'What do you say, Rabi?'

Rabi was overwhelmed.

'What can I say, Uncle? I think it's a fantastic idea, if you are willing to go with it.'

'I trust your judgement,' his Uncle said. 'You'll have to

give me a full briefing about this girl. How does she look, what is her background, everything. Your mother will be full of questions and I don't want to be caught out.' He laughed. 'I tell her she's blonde, and it turns out she is a brunette.'

'Good, that's all settled now, ' said Aunty K. 'Did you hear the news today, Rabi? The Court has released Lal Krishan Advani, but found Murli Manohar guilty?'

Rabi knew that they watched satellite channels, which divided news between what was happening in the UK, in India, in Pakistan and then the World in that order. This channel catered to the South Asian minorities. His aunts reference was to the criminal prosecution of ministers suspected of having had a hand in the destruction of the Ayodhya mosque some years ago, an event which had led to wide spread rioting and condemnation across the globe.

His Uncle said, 'The Court hasn't found him guilty. It has only said he can be charge sheeted.' He paused and then added, 'And that's right, but so should the others be.'

Rabi found his Uncle's attitude refreshing and in sharp contrast to that of other Hindu Indians he had met at Oxford and elsewhere, who took a hard line position arguing that what had happened had happened and now a temple should be built on that site.

He had recently come across an interesting article on attitudes of immigrants towards their motherland, which appeared in the New York Times. This article written by Sasthi Bratha, himself a well-known and successful immigrant author drew an interesting connection between the immigrant's guilt complex and the advocating of fundamentalist 'solutions' to problems faced by the mother country.

It was his opinion that many émigrés from the third world who had settled down in the affluent West suffered from a feeling of inner guilt for having, to use the expression used by him ' *abandoned the motherland.*' These guilt feelings were however sublimated into fundamentalist or extreme attitudes. The immigrant fixed the blame on certain aspects of national life, and thought in terms of simplistic solutions. The immigrant convinced himself that it was for such and such reasons that he had been compelled to leave his motherland and if the said reasons that had caused all the problems had not been there he would have continued to live happily in the land of his birth.

Living in a foreign land, flush with money and 'safe' from any trouble themselves, these émigrés often became convinced of extreme solutions; Khalistan, in the case of émigré Sikhs; a Hindu party taking over the reigns of power in the case of immigrant Hindu's, etc.

Ironically enough, however, it is in the case of these very émigrés that what constitutes patriotism itself becomes doubtful, and a question mark of sorts.

At a party that evening at his Uncle's house, Rabi met this fifty five year old immigrant shopkeeper who like several others in the gathering, was of the firm opinion that the only solution to India's problems lay in a Hindu party coming to power; and in the Muslims learning to 'behave themselves' whatever that meant.

As the discussion continued, and the debate grew heated, he raised an oft-quoted argument. Questioning the patriotism of the Muslims and their right to live in the country except on sufferance, he said, 'Whenever India and Pakistan play cricket, the Muslims clap for Pakistan.'

At this, his twenty two year old son who had been silently listening to his father argue and who obviously held different views spoke up. 'Dad', he said, 'even if it is true that a few Indians clap for Pakistan, you do the same thing whenever there is a cricket match played between India and England. Once having taken up British citizenship, why do you then continue to clap for India? Should **you** not then be thrown out of this country?'

During the course of the discussion that followed this statement Rabi was surprised to learn then that this had been a very live issue in England, several years ago. A British politician had stood up in Parliament and made a statement to the effect that those Indians and Pakistanis who now held British citizenship, but who still continued to clap for India or Pakistan, as the case may be, had no right to live there. They should lose all citizenship rights and summarily be thrown out of the country. This particular statement became extremely controversial, there was a public outcry and a huge debate took place, with the press joining in, and this advocated test of patriotism came to be known ultimately as 'the cricket test'.

By a peculiar coincidence the day the article appeared in the newspaper, Rabi had been invited together with certain friends for a dinner at the Ritz in London by a Sikh millionaire, father of the plump girl Manjula who studied in his class at Oxford.

Unlike the case of his London Uncle, at the end of the day it certainly wasn't the same for Dr A.S. Marwah, BDS, DDS, MS, a doctor by profession, who had Bob Hope and Barbara Streisland as his neighbours and was even by American standards an extremely rich man.

He was a very warm and hospitable host- and his generosity was not made easier by the highly priced dishes that were on offer- but in the course of conversation that followed dinner frankly maintained that he would never ever visit India again. It transpired that during his last visit to the country several years earlier he had been on a train to Ludhiana from Delhi when two policemen insisted on searching his luggage after having singled him out amongst several other non-Sikh passengers. While Rabi empathised with the humiliation and the pain at having been singled out in the compartment, he tried to explain to him, unsuccessfully, that even then the country was larger and comprised much more than two chauvinistic Hindu policemen.

That evening when Rabi caught the late night train to Oxford, he reflected with satisfaction that his Uncle's family had not offered much resistance to his marriage plans. Fortunately the immigrant's greater potential for fundamentalism did not translate in his Uncle's family's case into resistance to a *gori* bride. Reflecting on the issue, he thought he agreed with Mr Bratha that there was quite possibly a sublimation of guilt feelings, but he believed that it was the isolation and loneliness experienced by an immigrant in a strange land that tended to harden regional, sectarian or religious identities which were after all much more 'real' and less abstract as compared to a sense of nationalism, which correspondingly got diluted. This had a tendency to happen; no matter you are Hindu, Muslim or Sikh.

30

GETTING MARRIED

Janis said, turning around, 'So have Rajinder and Jagdeep agreed to be witnesses at our marriage?'

She was punching out her dissertation on her computer, while Rabi lay on her bed flipping through a magazine. They were in her small room in the apartment. For some weeks they had toyed with the idea of taking up a larger accommodation and living together, but had eventually decided against it. This was convenient enough for the time being, and they had the rest of their life to be together. Exams were over, only a dissertation had to be submitted. Rabi had finished his, and she was revising hers.

'Rajinder can come,' he said. 'Not possible for Jagdeep.'

Rabi knew that it would not be difficult for them to get married in India, and they had planned on doing so. Civil marriages in India took place under the Special Marriage Act and were used mostly in the case of inter-religious marriages or cases where there was family opposition to the marriage. They were fairly simple affairs, and Rabi had himself attended a couple so was familiar with the ropes.

It required only one of the parties to the marriage to be domiciled in the State where the marriage was to take place. As Rabi was domiciled in New Delhi, he could make a formal application together with Janis even though she was non-resident. After a one month mandatory waiting period – this was kept in case any third party had any valid objections to the ceremony- they had to simply to turn up at the office one afternoon and after some waiting together with other to-be-newly-weds would be called in by an examining magistrate, asked some routine questions, and then be pronounced husband and wife and issued a certificate to that effect. The whole thing took barely half an hour.

She kept punching at the machine for a few minutes more, before asking, 'Why? Are they going to India?'

'I spoke to Rajinder in the morning today. He tells me that Jagdeep came back from office to find that Babita had caught a flight home with the kids. He is in a blue funk.'

She left her essay and turned to him wide-eyed.

'Why on earth did she do that? Did they have a row?'

'I guess.'

'Tell me.'

'You don't want to know what happened.'

'I do,' she insisted.

'Well,' he said hesitatingly, 'This friend of mine is a bit sex obsessed, you know...'

'A bit?' she laughed. 'Aren't you all?'

Rabi said, 'What actually happened was that Jagdeep took a fancy to Ester...'

'That Spanish girl?'

'Yes. Now she's been Rajinder's girlfriend for quite a while, and while she is keen on marriage he isn't. Jagdeep met her a few times at Rajinder's place, thought she had the most fantastic body he had ever seen and he made Rajinder a proposition that they swap.'

'What?! You mean...'

'Yes, it was purely physical attraction and was because he needed a change. According to Jagdeep, its like vanilla.'

Rabi explained the vanilla concept to her.

'Shit! The guy must be sick.'

'Well, you know Rajinder wasn't sure if Jagdeep was serious. He thought it was a funny kind of offer, but his mistake was that he didn't tell Jagdeep to piss off directly.'

'And so?'

'And so Jagdeep mentioned it to Babita. Apparently he did so that night we had dinner at their place.'

'My God! I don't blame her for going away.' She was lost in thought for a few moments. 'And incidentally, did Rajinder mention this to Ester?'

'Yes, he did as a matter of fact.'

'What was her reaction?'

'She told him to fuck off.'

'Good for her, at least,' said Janis. 'So Jagdeep is going back to fetch Babita.'

'They've spoken on the phone, apparently. She is tightening the screws. He is eating as much humble pie as he can, had agreed to destroy his blue movie collection, accepted that he had lost his bearings, did not really mean what he said, and so on and forth. It's not clear if she will come back.'

'Hell, I thought that Indians were different in this regard,' she said. 'Hell, I'd better be getting back to this essay. I have to hand it over tomorrow morning. So who do we call from your side then?'

'We just need witnesses,' he said. 'Anyone should do, although I suppose it's better if there are a couple of people who have known me a long time.'

'That was the idea,' she said. 'And it's better to have four, two from my side and two from yours.'

'We're leaving for India in a month, aren't we?' he said. 'We can always get married there.'

'Yes,' she said patiently, 'but since we are here, why don't we do it here as well. It will be a lot simpler later on whenever we come back, and if we decide to live here.'

'What did Rob say? We need some proof of nationality and proof of residence. Passport for nationality and letters and utility bills for proof of residence. Is it a quick affair here?'

'I believe all you need is a month's notice, ' she said. 'We can have a simple wedding with two witnesses, but they provide options of doing the thing with bridesmaids, music and readings.'

'No religious content though,' he said. 'I can call Madhu my lawyer friend and see if she's free. Why don't we go over to the office tomorrow and find out if there is anything else they may need?'

As things had turned out, Rabi's mother had been fairly accepting of his decision to wed an English girl, more so than he had supposed. As they had decided during his visit to Ealing, his Uncle had placed the preliminary telephone call, and told her how Rabi had brought an English girl home, that she was very nice and respectful, the two of them seemed serious- and she hadn't taken the news badly at all. The groundwork having thus been laid, the very next day Rabi had called and broken the news to his mother, which she had received with reserved pleasure. He sensed that while she was happy with his decision to 'settle down' she worried about his choice.

On the following occasions he had called home, Janis accompanied him, and she had spoken briefly with his mother. His mother tried to speak in the halting English she had picked up from years of working in an English medium school, and Janis on her part had spoken in the halting Hindi she had now picked up and practised with Rabi. They seemed to like each other, and as time passed he noticed a growing confidence in her voice that he had chosen a suitable girl for himself.

Two days later, they turned up at the office of the Registrar of Marriages. There were nine such offices within the county, some traditional structures and others more contemporary, but they chose the one nearest to the University.

The big board outside the office told them that working hours commenced from nine in the morning till one in the afternoon. They were early but spotted another couple come ostensibly for the same purpose. They joined them next to an adjacent bench.

The man, a red haired overweight person dressed in tight fitting suit was English and the woman accompanying him was from the Far East.

'Come to get married, have you?' he said.

'No,' said Rabi. 'Just to give notice actually. Find out more about the procedures.'

'Hi,' he said stretching out his hand. 'I'm Luke. Where abouts are you from?'

'From India,' said Rabi.

'Oh, in that case you'll have to go through the same drill we went thorough. Well, do you know what soap she uses?' he asked, pointing to Janis.

Rabi was intrigued at this invasion of privacy by a complete stranger. They wouldn't ask this even in India. He was about to say something, but the Chinese, or Japanese woman began giggling.

She looked at Rabi and then at Janis. 'And does she know what soap you use?'

'I guess we do,' said Janis, 'but why should that be important?'

The man said, 'Oh, it's important, very important. You can't get permission to marry if you don't know these things. They grilled Linda and me for two hours. Separate rooms. All kinds of questions. What food does she like? How much salt does she eat?'

The girl joined him, still giggling. 'How much beer does Luke drink? What shampoo does he use?'

Rabi said, 'What is the purpose of this enquiry? Do they ask everyone?'

The man called Luke said, 'They do this enquiry only in those cases where one of the parties is a foreign national who is not from a certain group of countries such as the EU. The idea, obviously is to stop people who are getting married only so that they can stay in the UK.'

Rabi and Janis looked at each other.

Rabi said, 'Do you know which shampoo I use?'

'No,' she smiled.

'Look,' the man said, 'Linda and I didn't know many things about each other as well, even though we've been living together for the past six months. She's from Vietnam, also one of the countries not in the list I spoke to you about. I suggest that both of you get familiar with all these little details which a couple living together are supposed to know, even if in fact they just didn't notice or remember.'

'Thanks for the advice,' said Janis. 'I think we'll do just that.'

Rabi stood up bemusedly and cast his eye around as if to remember the place he hadn't made an application to marry. A short hurried consultation took place, just to confirm each other's view that nothing was to be gained by staying there.

As they stepped out of the building, they saw the staff coming in. Three girls and a tall, balding middle aged man wearing a black coat and tails, whom Rabi guessed could have been the Magistrate. They cast a curious eye at Rabi and Janis as they moved past them.

The car crossed the High Street market and took a turn towards the main highway that led to the University. Rabi saw that Janis was silent and had her lips tightly pursed together.

Rabi said, 'Shall we spend a weekend in some hotel at Blackpool and get familiar with all these little details?

'I doubt if a weekend would do it,' she said. 'We'd have to live together for at least two months. These people are bound to be very thorough. And if you foul up the test once, they probably blacklist you or something like that.'

Rabi said, 'Are you upset?

'Well, yes.'

'Don't be.'

'Why not?'

'We're gypsies, aren't we? And the world is our oyster.'

Janis smiled.

'What about India, Rabi?' she asked. 'Would it be a problem for us to get married there?'

'No problem at all. No one would have any reason to fake a marriage there, would they? At least not yet.'

'I guess so,' she said. 'Isn't that strange? Aren't we supposed to have higher standards of human rights, right to privacy and so on and forth. Don't they realize that these laws and procedures impact on their own people as well? They reduce our freedom.'

The common law principle that let a thousand guilty

persons go scot free, rather than have one innocent person suffer. It cannot obviously be extended to marriages; it would be foolish to do so.

They had decided to get married at first in England since they were already there, then travel to India to do a marriage there which Rabi's relatives could all attend and afterwards they would travel through Rajasthan and Himachal Pradesh for a month or so before deciding where to initially settle.

If they decided to live in England, Janis would go back to her job with her NGO promoting the cause of gypsies and Rabi's best bet initially, they had agreed, would be to try and secure a job as a Lecturer. Lecturers didn't receive high salaries but there were scores of such advertisements every week, and it would serve as a good stopgap arrangement till he found something else.

On the other hand if it was decided that they would live in India, Rabi could return to the law firm, and since India was much cheaper to live in, Janis could do what she wanted. Even if she chose to work for an NGO, it would be out of interest or a need for occupation as it was unlikely that she would receive a comparable salary.

Reflecting on their narrowly missed encounter with British officialdom, he mused that it was in a way ironical that in the case of marriages between different nationalities including a British one, the sense of privacy that surrounded much of public interaction in the UK was merrily abandoned and the authorities thought nothing of asking those couples what were extremely personal questions.

He understood that such enquiries had become necessary to prevent marriage becoming a means for certain individuals from the third world to acquire citizenship in the West. At least in England they still retained a greater decorum and civility about the whole process: he had heard that in Germany they would put men through a medical test to check whether their sexual organs functioned properly and if they were capable of producing sperm in sufficient density to produce children

31

THE JOURNEY HOME

Rabi was in the queue to board the Swiss Air flight to New Delhi when they had stopped Javed, who was just ahead of him.

'So you are Iranian?' said the Airlines Officer, flipping through the pages of his passport.

Javed said, 'That is correct.'

Another officer, someone more Senior, who had been talking on his walkie talkie then said, 'Could you please step aside, sir?'

Rabi said, 'We are all together and will prefer to wait with our friend.'

They had all abandoned the queue under the curious glances of onward moving passengers and waited for matters to be sorted out. But as it turned out matters did not get sorted out. Explanations that Javed was traveling with them to India on a holiday and his luggage had been checked and searched twice were to no avail. For some reason, they had decided that he posed a security risk, and that conclusion did not seem to be mitigated by the fact that there were companions from other religions and nationalities traveling with him.

And now this, barely an hour after the flight had departed.

The large television screen in front of him at Zurich airport was full of images of the scene at Frankfurt airport. An attractive Asian BBC newscaster was saying:

'We have just received a report twenty minutes ago of the arrest of two hijackers aboard a Swiss airliner. All crew members and passengers aboard the aircraft are believed to be safe.'

Another face appeared on the screen, his plump face cheerful and excited, and in the background Rabi could see the selfsame passengers who had departed not long ago. He remembered the blonde girl who had stood just ahead of Javed in the queue, and pointed her out to him.

Her face non-committal, the lady continued, 'We have our reporter David Bergman reporting from Frankfurt airport. David, what can you tell us about the rescue operation? Do we have any news about the intention of the hijackers?' and passengers and airport officials milling about in the background a cheery, upbeat looking David, replied, 'Fatima, it is almost certain that the intention was to blow up the aircraft by crashing it against one of the many high rise structures in Frankfurt. Where precisely we do not know as yet. It is quite similar to the methodology adopted by the hijackers in last week's incident. This has certainly given a fillip to the decision by the Swiss Government to put air marshals dressed in civilian clothes on some of their flights.'

'Can you tell us something about who these persons were? Has it been possible to establish their identity?'

The reporter explained that as far as he had been able to ascertain and according to fresh reports coming in it appeared that there were two hijackers, both of Iranian nationality traveling on forged Slovenian passports.

A huge crowd was gathered around the screen some of them departing passengers, baggage in hand, relief writ large upon their faces, stopping by to stand and watch.

Rabi said, 'I hate to think of what could have happened to the people on that aircraft.'

'And to think how narrowly we ourselves missed boarding it. What does it look like to you?'

'My guess is that the Swiss had received some tip off, which is why they stopped you from boarding the plane. They weren't to know that it was Iranians traveling on forged Slovenian passports.' Rabi sighed.

Javed said, 'I've seen enough. Shall we go and see where the girls have buggered off to?'

'I think I need a cup of tea,' said Rabi. 'I'm falling asleep. You'll find me by that small bar.'

'Probably gone off to powder their noses and do some extra airport shopping,' said Javed, 'but all the same lets not lose sight of each other. I'll see you in a while.'

Rabi went across to small bar and ordered some tea and a croissant. He continued to look through the corridor on to the large waiting hall, surrounded by glitzy shops. After a while he observed that the crowd near the television screen had thinned out. Airport activity and the general ambiance seemed to have returned to normal. Was it possible that people were getting used to living with terrorism?

He reflected on how the world needed to understand itself and different cultures needed to comprehend differing world views for how else could there be peace on the planet? Yet the exploration of an alien culture was not an easy task, as he had discovered during the course of his stay in a foreign land. If it had been difficult for him with his University education and language skills, how much more so would it be for others who were less intellectually equipped and more deeply rooted in their native culture? All the same, he thought, as he reflected on various incidents that had characterized his cultural encounter, if there was a way forward, it was this: through exploration followed by understanding.

Rabi looked at his watch. It had been fifteen minutes since Javed had been gone, but there was as yet no sign of him or the girls. He went to the counter and brought himself another cup of Earl Grey tea.

In the end, he reflected, it had turned out more difficult for his Uncle Suresh than it had been for his mother. He had always known that his mother had an undoubted preference that he marry an Indian girl, but it was not an insurmountable obstacle. It would have been far, far more difficult for her had he intended to marry a Muslim woman.

His mother was not anti-Muslim. However the events of the Partition had left their indelible mark on her psyche. It had been the single largest global migration of refugees that had even taken place, and the communal violence and bloodletting that had accompanied it had been a source of shame for the country's leaders.

In his first visit to his Uncle's house he had noticed Anjali's shy retiring ways, in marked contrast to the other two sisters, and then when she realized that he had come across the Islamic inscriptions inside the cupboard she had made a spirited defense of women living under Islam and had contrasted it with sexual promiscuity prevalent in the West, and even in India. He had wondered then about the circumstances of her emotional tilt towards a new religion.

In subsequent visits he had learnt that in the early years his Uncle had needed his wife to support him in the general merchandise corner shop he ran in a prominent suburb of London. It would have been well beyond their means to afford an English nanny, but they had found a Palestinian refugee woman in whose custody the children had been left. Anjali had formed an emotional attachment with this woman, who spent more real time with her than her own mother, who assisted her husband in the shop the whole day and came back too tired to look to her children.

Rabi had supposed this to be the reason for Anjali's interest in Islam. Now, it transpired that there was yet another reason, a reason that should have been obvious in hindsight.

His Uncle's middle daughter Anjali had fallen in love with an Iranian student doing research at the School of

Oriental and African Studies in London, and was hell bent on marrying him.

It had been really difficult for his Uncle. Rabi had himself grown up with stories of Muslim cruelty and violence during the Partition, and he knew that for his Uncle there had been first hand accounts involving members of his own family of silent trains coming into Indian territory from East Punjab with hundreds of passengers all lying mute, their bodies hacked to pieces and blood all over the floor of the compartments. These were visuals impossible to forget- or forgive.

When Rabi grew older, he realized that he had heard only one version of events and that there had been in fact atrocities committed by both sides. Hindus and Sikhs had also carried out large-scale killings, rape and looting against the Muslims.

It had been unexpected- though not unwelcome- news for Rabi when he found out a week prior to his departure that Janis and he were going to have some company on the flight to New Delhi.

It had been difficult for his Uncle, but in the end what could he do? His wife had wormed it out of her daughters that Anjali had lost her virginity to the Iranian and even though she had taken precautions not to be pregnant, as Aunty K explained to her husband, this was bad enough and they should consider it their good fortune that the boy had expressed a wish to marry her.

All these developments had however been kept a secret from Rabi, till a week before his departure his Uncle had called to make an unusual request. He was worried about his mother, Yudhishtar's wife, who had already suffered two heart attacks and whose health was fragile. She would have to be handled with kid gloves. He wished the Iranian and Anjali to accompany Rabi and Janis to India and Javed, for that was the Iranian's name, to be introduced to Prem Rani as Rabi's good friend. After she had met with Javed and few times and understood that he was no monster, it might be easier to break the news to her.

Rabi finished his tea and had decided to go and look for his companions when he saw them approaching. Javed, tall, burly, bearded, a heavy arm falling on Anjali's shoulders who looked short and plumpish in *salwar kameez* and beside her Janis slim, taller, relaxed in her silk flowing green top and pajamas. They were talking animatedly, perhaps still discussing the miraculous rescue operation carried out by the air marshals, as they walked and pushed their trolleys loaded with baggage.

'It's just a night's stay,' said Janis, as the group crowded around the small table. 'We have our flight tomorrow at noon. I'll be glad when we reach New Delhi.'

That was true. Rabi heaved a sigh of relief. Six months in the United Kingdom had been such an emotionally charged experience for him. He thought back to his departure, the Pakistani he had met at Frankfurt airport, his friends from India, the new British, American and European friends he had made at Oxford, his Uncle's family, this completely different society he had entered and suddenly he felt a wave of tenderness for Janis as he thought of the huge cultural experience that awaited her.